KB128393

커서 마스터
Cursor Master

커서 마스터 8 완결

Cursor Master

초판 1쇄 인쇄일 2017년 12월 13일 | **초판 1쇄 발행일** 2017년 12월 18일

지은이 장성필 | **펴낸이** 곽동현 | **담당편집 팀장** 이범수
편집부 신연제 김예리 이윤아 홍현주 김유진 조서영 임소담 정요한 김미경 박수빈

펴낸곳 (주) 조은세상 | 출판등록 제 2002-23호
주소 경기도 연천군 미산면 청정로 1355
TEL 편집부 02)587-2966 | FAX 02)587-2922
e-mail bukdu@comics21c.co.kr

ISBN 979-11-6171-487-5 | ISBN 979-11-6171-008-2(set) | 값 8,000원

장성필 현대판타지 장편소설 NEO MODERN FANTASY STORY

완결

커서 마스터

Cursor Master

CONTENTS

커서 마스터

Cursor Master

커서 마스터

Cursor Master

1. 세 개의 탑 (2)

커서 마스터
Cursor Master

1. 세 개의 탑 (2)

처음엔 이 아이템의 기능을 제대로 이해하고 있지 못했지만, 위험한 순간에 유정상을 보호하는 기능이 내장되어 있다는 것을 몇 번의 던전 사냥 중 깨우쳤었다.

한번은 한국에서 가장 위험하다는 던전 중 하나인 강원도 속초에 있던 8성급 던전을 공략했을 때 방심하다 땅속에서 덮친 지옥불개미에게 큰 대미지를 입을 뻔했던 일이 있었다.

그런데 그때 그 공격을 이 수호자의 반지가 무산시키면서 유정상도 이 반지의 진정한 능력을 깨달을 수 있었던 것이다.

아무튼 이 반지를 착용한 후에 유정상의 방어력은 한층 더 견고해졌다. 기본 방어는 항상 지속되는 커서 방패의 전방위 방어이며, 혹시 모를 빈틈이 발생하는 상황에는 수호자의 반지가 그 자리를 메운다.

방금도 충분히 피할 수 있음에도, 저런 거대한 공격도 회피가 가능한 것인지 반지의 성능테스트 겸 해본 일이었다.

물론 저 정도의 공격이면 대미지는 적지 않을 테지만, 때로는 정확한 자신의 능력을 파악하기 위해 그런 위험을 감수하는 것도 필요한 법이다.

부우우웅.

터엉!

다시 꼬리가 유정상을 향해 휘둘러졌지만, 이번엔 커서 방패에 의해 막혀 버리면서 커다란 꼬리가 튕겨나간다.

두 번의 공격 실패에 놈이 잔뜩 흥분하더니, 다른 각성자들에게는 눈길도 주지 않고 유정상을 향해 검붉은 색깔에 독이 잔뜩 찌들어 있는 느낌의 혀를 날렸다.

휘리리리릭.

돌기가 사방에 솟아 있는 흉측스런 놈의 혀가 날아들었지만, 회피하는 유정상의 움직임에는 여전히 여유가 있었다.

레벨이 깡패라는 말이 괜히 있는 게 아니라는 것이 확실히 느껴질 정도였다.

펴엉!

유정상의 펀치가 아래에서 위로 휘둘러지자 동시에 발생한 기파에 의해 자이언트 리저드의 머리가 허공으로 치솟아 올랐고, 사납게 휘둘러지던 혀도 그 충격에 위로 튕겼다.

머리를 때린 충격으로 놈이 균형을 잃고 비틀거리자 유정상은 바로 놈을 향해 달려들면서 버스터 펀치를 날렸다.

강제로 들려진 자이언트 리저드의 머리에 엄청난 크기의 주먹모양 기파가 사정없이 떨어져 내렸다.

콰아아아앙!

"꾸에에에엑!"

놈의 머리가 땅에 박힐 듯이 떨어지자 유정상은 허공으로 점프를 했다. 그러는 동시에 몸을 빠르게 회전시키며 반월광을 만들어서 놈의 목을 향해 날렸다.

휘리리릭.

반월광이 공기를 가르며 놈의 목으로 번개처럼 빠르게 날아들었다. 그런데 반월광에 공격당하기 직전, 자이언트 리저드가 본능처럼 움직이며 몸을 빠르게 뒤로 후퇴시켰다.

콰아앙!

놈이 피해 버린 바닥에 반월광이 박히며 커다란 구멍을 만들어낸다. 그 찰나의 순간에 자이언트 리저드가 그 큰 거구를 이끌고 이렇게나 귀신처럼 빨리 피해 버릴 줄을 정말 몰랐다.

하지만 그래봐야 이미 공격패턴은 파악이 끝났기에 상대하기 어려울 건 없는 놈이었다.

그런데 뒷걸음질로 후퇴하던 놈이 그대로 몸을 돌려 자리를 벗어나기 시작했다.

본능적으로 자신이 상대가 되지 않는다고 판단하자마자 재빨리 도망치려는 것이다.

"젠장, 놈이 도망치고 있어!"

"빨리 막아야 돼!"

인근에서 그들의 전투를 지켜보던 각성자들이 다급한 움직임으로 도망치는 자이언트 리저드를 향해 달렸지만 거대한 덩치를 가지고도 엄청난 속도를 내는 놈을 따라잡기엔 역부족이었다.

저렇게 거대한 놈이 저런 무식한 속도로 마음먹고 도망가고자 한다면 무엇으로도 쫓을 수 없을 것이 분명했다.

그런데 놈이 세 개의 탑으로 만들어진 삼각구역을 벗어나려던 그 순간, 번쩍하며 강력한 스파크가 발생하며 자이언트 리저드를 덮쳤다.

파지지지직!

"끄에에에에엑!"

마치 투명한 벽에 부딪힌 것처럼 튕겨 나온 놈이 어디서 발생한 것인지 알 수 없는 강력한 전기에 감전되어 발버둥치며 뒹굴었다. 그 때문에 주변에 있던 건물들이 마구 허물어지면서 박살이 났다.

그런 상황이 펼쳐지는 도중, 제법 멀리에서 대기 중이던 헬기에서 미사일이 발사되었다.

슈우우우우우우.

콰아아아앙!

정확하게 자이언트 리저드의 몸에 명중한 미사일이 커다란 폭발만 일으켰다. 하지만 놈의 몸에는 전혀 상처를 주지 못하고 각성자들의 접근을 어렵게 만드는 화염만 일으켰다.

"씨발, 누가 명령 내린 거야? 미사일 따위는 안 통한다는 것도 모르는 거야?"

"군대를 더 뒤로 물리라는 연락 안 받은 거야?"

자이언트 리저드의 뒤를 따라가던 각성자들이 큰 폭음과 갑자기 치솟는 화염에 깜짝 놀라서 소리쳤다.

그런 때에도 자이언트 리저드는 고통에 찬 몸부림을 멈추지 않고 있었다.

여유 있게 뒤따라온 유정상은 이미 가까운 옥상에 올라서서 발버둥치는 놈의 모습을 바라보고 있었다.

'처음에 느껴졌던 그 결계가 이거였군.'

알고 보니 세 개의 탑으로 만들어진 그 이상한 느낌의 뿌연 막은 놀랍게도 몬스터를 가둬놓은 결계였다.

다른 사람들에게는 전혀 보이지 않는 것 같았지만 지금도 유정상의 눈에는 허공에 만들어진 장막에 전격의 기운이 엷게 흐르는 모습이 흐릿하게 보이고 있었다.

인간이 사는 곳에 몬스터를 불러들였으면서, 어째서 동시에 몬스터를 가두는 결계를 만들었는지는 알 수 없지만 일단 이것이 있는 이상은 몬스터가 밖으로 빠져나가는 건 막을 수 있었다. 다만 세 개의 탑이 생성된 내부의 구역이 부서지는 건 막을 도리가 없다.

'그래도 이게 어디야?'

놈이 결계로 인한 충격에서 벗어났는지 겨우 몸을 바로 세우더니 머리를 몇 번 흔들고는 주변을 살핀다.

그때 유정상이 놈을 향해 몸을 날렸다.

그리고 허공에서 떨어지면서 동시에 회전력을 일으켜 다시 한 번 반월광을 날렸다.

이번에도 놈이 반월광의 파괴력에 반응해서 재빨리 도망치려고 하자 유정상은 커서로 놈의 머리를 붙들었다.

"키엑!"

보이지 않는 커서에 의해 움직임이 봉쇄되자 놈도 깜짝 놀라서 비명처럼 들리는 소리를 질렀다.

그러나 그사이에 이미 반월광은 놈의 목을 파고들었다.

카카카카카.

자이언트 리저드의 강력한 피부와 반월광이 부딪치자 불꽃이 튀었다. 특히나 놈의 목 부위는 특별한 부위였는지 다른 곳과 달리 피부가 더 강하고 두꺼운 것 같았다. 어지간한 드래곤을 능가하는 방어력을 가진 피부였다.

하지만 그래봐야 잔뜩 기세를 집중한 반월광에는 소용없는 몸부림에 불과했다. 불꽃이 튀면서 견뎌내는가 했는데 그 순간 반월광이 놈의 피부를 파고들기 시작한 것이다.

"쿠에에엑!"

댕겅.

결국 놈의 머리가 잘려 나갔고 자이언트 리저드는 사방에 피를 뿌리며 바닥에 쓰러졌다.

쿠웅. 데구르르르.

목이 잘리는 순간에 완전히 힘을 잃고 쓰러지는 놈을

지켜보고 있는데 그때 메시지가 떴다.

[세 번째 조각 얻기, 미션완료.]

놈의 머리가 바닥을 구르다 멈추자 곧 머리를 잃은 놈의 몸뚱이에서 빛이 생겨났다. 그리고 이어서 그 빛 속에서 뭔가가 유정상을 향해 날아들었다.

유정상은 커서를 움직여서 빛 무리에 휩싸여 날아오는 그것을 반사적으로 붙잡았다.

그러자 곧이어 눈앞에 직소퍼즐 같은 익숙한 모양의 판이 생성되었고 빛에 휩싸여 있던 조각 하나가 그곳에 박힌다.

하지만 이런 현상이야 다른 사람들에게는 당연히 보이지 않는다. 사람들은 자이언트 리저드의 몸에서 빛이 났다는 사실 자체도 모르고 있는 눈치다.

한순간에 목이 잘려 나간 광경을 본 각성자들이 얼떨떨한 얼굴로 바닥에 떨어진 자이언트 리저드의 머리를 바라보다 곧 호기심 가득한 표정으로 모여들었다.

유정상은 모여드는 각성자들을 느끼고는 곧바로 커서를 이용해 자이언트 리저드의 머리와 몸 전체를 인벤토리에 집어넣었다. 인벤토리가 무한 확장되면서 들어가는 크기에도 제한이 없어진 것이다.

마치 신기루처럼 사라지는 몬스터의 사체를 보면서 유정상은 만족스러운 미소를 지었다.

이곳에 몬스터를 두고 가봐야 남 좋은 일만 시킬게 뻔한 일이라 지금은 일단 이렇게 챙겨둔 다음 나중에라도 인벤토리에서 꺼내 해체작업을 하면 되면 그만이었다.

하지만 이런 상황을 모르는 각성자들에겐 눈앞에서 몬스터의 시체가 감쪽같이 사라져 버리는 것처럼 보일 뿐이었기에 일제히 경악했다.

죽은 몬스터가 느닷없이 사라지는 경우는 물리법칙의 아래에서 사는 한 불가능한 것으로 보았지만 그래도 던전 밖에 등장한 몬스터이니 그럴 수도 있다는 생각에 곧 그 현상을 받아들이는 자들도 있었다. 소환몬스터라든가 뭐 그런 종류가 아닐까 하고 추측하는 것이었다.

그런 생각으로 각성자들의 머리가 복잡해지는 사이, 이미 자이언트 리저드의 사체를 챙긴 블랙로브는 그 자리에 사라지고 없었다.

"던전 입구!"

누군가 던전 입구에 얼핏 모습을 드러낸 블랙로브를 보고는 소리쳤다. 모두의 시선이 중앙에 있는 던전 쪽으로 쏠렸다.

"언제 이동한 거야?"

"젠장, 인간 맞아?"

모두가 경악한 얼굴로 그저 멍하게 바라보고만 있을 뿐이었다.

커서 마스터

Cursor Master

2. 비취섬으로

커서 마스터

Cursor Master

2. 비취섬으로

자이언트 리저드를 처리한 다음 빠르게 던전 쪽으로 이동한 유정상이 입구에 다다르자 느긋한 걸음으로 조심스럽게 포탈에 발을 집어넣었다.

그러자 이번엔 별다른 경고 메시지가 나타나지 않고 곧바로 들어가졌다. 시야가 어두워졌다 다시 밝아지더니 새로운 풍경이 펼쳐졌다.

이번엔 거대한 나무들이 사방에 널려 있는 정글지대였다.

그런데 일반적인 정글지대에 비해 나무들의 크기가 수 배는 더 커 보이는 곳이었다.

마치 고대의 정글에 간 느낌이 든다는 공룡 던전과 비슷한 분위기였다.

"크우우우우우!"

"오오오오!"

알 수 없는 몬스터의 울음소리가 먼 곳에서 여기저기 들려오고 있다.

그리고 이어서 새로운 메시지가 떴다.

[첫 번째 미션]

[일곱 개의 조각 중 네 번째 '감각의 조각' 을 얻어라.]

[생존을 위해서는 감각을 칼처럼 날카롭게 할 필요가 있다. 새로운 환경에선 필수조건이다.]

"첫 번째 미션?"

이제까지는 던전에 일단 들어서면 보통 미션은 하나고 특별한 경우에만 추가미션이나 선택미션 같은 게 생겨났었다.

그런데 이번엔 아예 시작부터 노골적으로 첫 번째라고 하니 최소 두 개 이상의 연계미션이라는 뜻이 아닌가?

그런데 아직 일곱 개의 조각미션이 이어지고 있다. 결국 이번이 네 번째라면 최소 세 번은 더 있다는 이야기. 이곳에서 적어도 4개의 미션은 해결해야 될 것 같은 분위기였다.

던전이 특별하다보니 미션도 이전과는 전혀 다른 모양이었다.

하지만 고민해봐야 아무런 답이 나오지 않는 이상 쓸데없는 잡념은 버리고 집중해야 한다.

그런 생각을 하고 있는데 소환수 세 녀석들이 한꺼번에 생겨나며 유정상을 반겼다.

"삐이이!"

"어서 와라, 주인."

"여긴, 또 새로운 장소네."

주코는 가볍게 몸을 띄우더니 마치 관광을 하는 모습으로 느긋하게 주위를 두리번거린다.

"정글은 오랜만이네."

"어쩐지 고향 같은 느낌이 드는 곳이다."

산제이가 살던 곳도 숲이 우거진 곳이었으니 그런 기분이 들었을 것이다.

물론 이 정도로 빽빽한 밀림지대는 아니지만 기본적으로 숲에 익숙한 덕분에 기분이 좋은 듯 했다.

하지만 곧 사방에서 느껴지는 강력한 몬스터들의 기운을 느낀 산제이가 주위를 두리번거리면서 호기심 어린 목소리로 말했다.

"주변에 엄청난 놈들이 많은 것 같다."

같이 활동한 건 그리 오래되지 않았지만, 산제이가 강력한 존재를 대상으로 투지를 보이는 습성이 있다는 건 유정상도 잘 알고 있었다.

"우리 이번엔 많이 싸울 수 있냐?"

"힘들어, 힘들어. 들어오기 전에 이미 한바탕했으니까 난 좀 쉬어야겠다."

산제이의 질문에 유정상이 귀찮다는 듯이 대답했다.

실제로 힘든 것은 아니었지만 어쩐지 처음부터 연계미션을 암시하는 메시지를 보고나니까 기력이 딸리는 것 같은 기분이 든 것이다.

"언제? 언제? 왜 우린 안 불렀어?"

"그냥 너희들이 상황 되면 나타나는 거지, 내가 너희들을 따로 어떻게 불러? 거기다 방금 전에 싸운 곳은 던전 밖이었으니까 더더욱 불가능하지."

그제야 이해했는지 산제이가 불만스러운 표정으로 고개를 끄덕인다.

"아쉽다. 그런 일에는 빠지고 싶지 않은데."

"그렇게 싸우는 걸 좋아하는 녀석이 어째서 그땐 그렇게 조용히 살았는가 몰라."

예전 처음 만났을 때 숲에서 혼자 조용히 숨어 지내던 걸 기억하고는 그렇게 말했다.

"그땐, 그놈이 무서웠으니까. 그리고 목숨도 하나밖에 없었고."

소환수로 등록되고 나서는 유정상이 죽지 않는 이상 자신은 죽어도 실제로는 죽지 않는다는 걸 알았으니 더더욱 싸움에 열중하는 모습이었다.

물론 소환수 계약을 해지하면 죽게 되지만 주코와는 달리 산제이는 그런 쪽으로는 신경도 쓰지 않는 것 같았다.

"그래. 알았다. 알았으니까 몬스터가 나오면 실컷 싸워라."

"저 녀석은 왜 저렇게 못 싸워서 안달인지 몰라. 좀 쉬엄 쉬엄 살자."

주코는 그런 산제이의 습성이 마음에 들지 않는다는 듯이 불퉁한 음성으로 말했다.

하지만 이번에도 산제이는 그런 주코의 잔소리는 들은 채 만 채다.

"어휴, 진짜."

그러는 와중에도 백정은 땅속에 들어가더니 거대 벌레 한 마리를 잡아다가 정신없이 식사중이다.

그 모습을 보다 보니 유정상은 문득 궁금함이 생겨서 물었다.

"산제이, 넌 뭘 먹지?"

"난, 살아 있는 건 먹지 않아도 된다."

"그럼?"

"공기 중에 떠도는 에너지."

산제이는 그렇게 말하면서 양손을 펼쳐서 주위를 가리켰다.

즐거워 보이는 그 모습을 보면서 유정상은 자신이 알고 있는 것 중에서 공기 중에 떠다니는 에너지를 떠올려보았다.

"마나 같은 거?"

"그래. 마나도 있고 생명의 기운 같은 거도 있고. 나름 골고루 먹는다. 편식하면 강해지기 힘들다."

특이한 존재라는 것은 알았지만 먹는 것도 저렇게 특이할 거라고는 미처 예상하지 못했다.

그런데 주코가 문득 끼어들면서 산제이를 놀렸다.

"킥킥. 먹는 재미를 모르다니 인생의 행복 절반을 잃은 거나 다름없지. 어쩨 불쌍하다야."

산제이도 이번엔 무시하지 않고 주코의 말투를 흉내 내어 대답했다.

"너도 불쌍하다. 이런 에너지의 맛이 얼마나 좋은데."

"그런 게 맛있을 리가 없잖아!"

"먹어본 적 없으면 이야기 안 한다."

"으휴, 속 터져!"

주코가 답답한지 자신의 가슴을 퍽퍽 치며 분통터져했다.

과연 주코저격수.

둘의 말다툼을 즐겁게 지켜보며 걸어가고 있는데 그때 주변의 공기가 갑자기 이상해졌다.

몬스터가 일대에 많이 서식하고 있다는 건 이미 알아차리고 있었지만, 급격하게 기운이 변해가자 유정상은 심각한 표정으로 얼른 걸음을 멈추고 주변에 기감을 확장시켜갔다.

그런 유정상의 갑작스런 행동에 모두들 숨을 죽였다.

뭔가 심상치 않은 일이 생겼다는 것을 본능적으로 알게 된 것이다.

유정상은 은신술을 펼치며 근처에 보이는 가장 큰 나무의 위쪽으로 몸을 날렸다.

다른 소환수들도 각자 은신 스킬을 발휘하며 주변에 숨어들었다.

그러는 사이에 높이가 백여 미터는 될 법한 나무의 정상에 올라간 유정상이 심각한 표정으로 강한 기운이 밀집되어 있는 장소 쪽을 주시했다.

그러자 유정상이 바라보는 곳의 나무들이 좌우로 흔들린다.

그런데 놀랍게도 그런 움직임 속에서도 땅의 울림은 거의 느껴지지 않았고 낌새로 느낄 수 없을 정도로 은밀한 느낌이었다.

'일반적인 놈은 아니다.'

애초에 일반적인 던전이 아니니까 등장하는 몬스터도 그럴 게 당연한 일이겠지만, 그럼에도 유정상은 긴장을 늦출 수 없을 정도로 싸늘한 느낌을 받고 있었다.

온몸의 솜털이 곤두서는 것 같은 이런 감각은 이전에도 그다지 느껴본 적이 없었는데, 그동안 레벨을 엄청나게 올렸음에도 이런 위기감이라니 정말 놀라웠다.

잠시 후, 흔들리던 나무들의 움직임이 멈추었다.

애초에 기세도 거의 느껴지지 않았는데 이제는 시각적으로도 전혀 확인이 되지 않았다.

'어디지?'

날카로운 눈빛으로 계속 주변을 살펴봐도 보이는 건 없다.

감각을 더욱더 확장시켜 봐도 결과는 마찬가지였다.

'사라졌나?'

그렇게 생각하던 순간.

콰아앙!

갑자기 커서 방패가 모습을 드러냈고 뭔가 알 수 없는 공격에 강한 충격을 받고 튕겨져 나간다. 유정상은 전혀 감지하지 못한 공격이었지만 커서 방패는 그것을 감지한 것이다.

그러나 커서 방패가 받은 충격이 적지 않았는지 거칠게 튕겨나간 상태에서 빛이 깜박거린다.

이번 한 번의 충격 때문에 앞으로 몇 분간은 방패로서의 기능을 제대로 하지 못하는 상태가 된 것이다.

그것을 깨닫자마자 유정상은 더 이상 생각할 틈도 없이 빠르게 몸을 날렸다.

콰아아아앙!

유정상이 있던 자리가 터져 나가고 나무의 커다란 줄기가 폭발과 함께 갈라지며 바닥으로 떨어졌다.

허공으로 몸을 날리는 와중에도 유정상의 머릿속이 빠르게 돌아가고 있었다. 은신술을 극성으로 발현시키고 있었음에도 노출된 상황이고, 상대의 공격은 한 방, 한 방이 목숨을 위협하고 있다. 상대의 정체라도 알면 모를까 이런 상태에서는 그저 도주가 최선책일 뿐이다.

몸을 날려서 겨우 위기를 벗어난 유정상은 이네크의 걸음을 이용해 도주했다. 그동안 빨라진 다리를 열심히 재촉하며 최대한 빨리 그 자리를 탈출한 것이다.

타타탁.

그사이 주변에서 스쳐지나가는 무수한 몬스터들이 있었지만, 그놈들 중 누구도 유정상의 존재를 제대로 알아차리는 놈은 없었다.

지금 유정상이 사용하고 있는 은신술이 거의 완벽에 가깝다는 의미일 것이다.

그럼에도 유정상을 공격한 그 녀석에게는 전혀 통하지 않았다.

한동안 정신없이 도망만을 치던 유정상이 곧 속도를 줄이고 거대한 나무의 뒤로 몸을 숨기며 다시 주변을 경계했다.

차분히 호흡을 가다듬으며 기감을 날카롭게 세워 보아도 더 이상의 추격은 없어보였다.

아니, 처음부터 추격자체를 안 했을지도 모른다는 생각도 들었다.

그렇게 긴장을 늦추지 못하고 있는데 잠시 후 유정상이 있던 장소로 소환수들이 모여들었다.

"주인, 방금 뭐였는지 확인했어? 내 마법엔 아무것도 감지되지 않았는데."

"나도 아무것도 못보고 죽어라 주인만 쫓아왔다."

주코와 산제이는 도착하자마자 놀라고 긴장된 음성으로 그렇게 말했다.

백정은 아무 소리도 하지 않고 털을 세우며 주위를 경계할 뿐이었다.

두 녀석의 호들갑에도 유정상은 아무런 반응도 하지 않고 계속 주변을 경계하며 살피기만 했다.

이렇게 극심한 심리적 압박감은 유정상도 처음이라 내심

몹시 당황하고 있었던 것이다.

유정상은 잠시 동안 전신의 감각을 모두 세운 채로 주변을 살폈지만 더 이상 이상한 공격의 조짐은 보이지 않았다.

그 솜털이 곤두서는 감각의 아찔한 위기감이 지금은 느껴지지 않았던 것이다.

커서 방패도 이젠 본래의 힘을 되찾을 정도의 시간이 흘렀으니, 또다시 갑작스러운 공격을 받더라도 한 번은 유정상을 보호할 수 있을 것이다.

약간 안심되기는 하지만 그것만으로 방금 전 같은 상황을 벗어나기는 힘들다.

커서 방패가 단 한 방에 제 기능을 잃어버릴 정도의 파괴력이었고, 또한 그런 공격이 연속으로 들어올 수 있다는 것을 조금 전의 경험으로 알고 있었다.

정확하게 자신을 노리고 공격해 온 것인지 아니면 우연히 걸려든 것뿐인지는 알 수 없었지만, 절대 방심할 수는 없는 상황이었다.

그러고 보니 첫 번째 미션이 '감각의 조각' 을 얻으라는 것이었는데 어쩌면 지금의 상황을 벗어나기 위한 힌트 같은 게 아닌가 싶은 생각도 들었다.

일단 이 던전에서 살아남기 위해서는 서둘러 커서가 가리키는 방향으로 이동할 수밖에 없었다.

"여긴 도대체……."

"지금은 좀 닥치고 있어."

"넵."

습관처럼 불만을 쏟아내려던 주코였지만, 유정상이 날선 목소리로 호통 치자 입을 꾹 다물었다.

녀석도 눈치가 있는 놈이다 보니 유정상의 목소리만 들어도 지금 얼마나 신경을 날카롭게 세우고 있는지 느낄 수 있었던 것이다. 때문에 쓸데없는 말로 매를 벌고 싶지는 않아서 얼른 입을 다물었다.

한동안 그렇게 침묵을 유지한 가운데 이동하다보니 스트레스가 극심해졌고, 결국 유정상은 활력을 불꽃을 사용해서 좀 쉬기로 했다.

급격한 성장을 이루고 얼마동안은 크게 필요성을 느끼지 않은 탓에 잘 활용하지 않던 아이템이었지만 지금은 그 어떤 때보다 필요한 상황이었다.

화악.

모닥불이 피어오르자 안전지대 영역이 활성화된다.

그런데 그것과 동시에 유정상의 눈앞에 새로운 메시지가 생성되었다.

[새로운 영역의 던전에서는 활력의 불꽃이 제 기능이 발휘되지 못한다.]

['불꽃의 보석 조각' 50개를 구해 활력의 불꽃을 업그레이드 하라.]

그것을 읽기가 무섭게 유정상은 활력의 불꽃을 보고 달려든 몬스터 두 마리와 마주해야만 했다.

"젠장, 이건 또 무슨 상황이야? 앱처럼 이놈도 정기적 업데이트가 필요한가?"

거친 숨을 몰아쉬면서 덤벼드는 두 마리의 몬스터를 보고도 유정상이 농담을 했다.

허무하다는 생각이 든 것도 있었지만, 그보다 지금 눈앞에 있는 몬스터들은 유정상이 위협을 느낄 정도의 놈들이 아니었기 때문에 별로 긴장감이 느껴지지 않았던 것이다.

댕겅. 댕겅.

두 마리의 거대 도마뱀의 머리가 바닥으로 떨어졌다.

유정상이 여유를 부리는 사이에 한 놈은 백정이, 다른 한 놈은 산제이가 처리한 것이다. 애초에 유정상이 나설 필요도 없는 것들이었지만, 지금 중요한 문제는 이놈들에게 모닥불의 가호가 전혀 소용이 없었다는 사실이었다.

결국은 아직까지 무엇인지도 모르는 '불꽃의 보석 조각'이라는 아이템이 반드시 필요한 시점이기도 했다.

그런데 두 마리의 도마뱀을 처단하고 나서 백정이 전신을 해체하자 몸속에서 붉은 색 보석이 나왔다.

그리고 커서로 가리켜보니 예상대로의 이름이 떠올랐다.

[불꽃의 보석 조각]

결국 불꽃의 보석 조각은 마정석처럼 몸속에 들어 있는 종류의 보석이었던 것이다.

"결국 이런 놈 50마리를 잡아야 한다는 뜻이군."

처음에는 아주 운이 좋았던 모양이었다.

왜냐하면 이후로 사냥을 시작해보니 불꽃의 보석 조각은 쉽게 구할 수 있는 아이템이 아니었고 거대 도마뱀의 몸속, 그것도 일정 레벨 이상의 놈들에게만 있는 특별한 물건이라는 걸 알았기 때문이었다.

유정상은 아무렇게나 닥치는 대로 몬스터 100여 마리 이상을 사냥하고서야 그런 사실을 알게 되었다.

덕분에 처음에 쉽게 구했기에 금방 끝날 줄 알았던 사냥이 의외로 길어졌다.

한참 동안 숲을 떠돌며 사냥을 하고나서야 결국 50개의 보석을 모두 구할 수 있었다.

보석을 구하자마자 활력의 불꽃을 피우고는 모닥불에 보석을 집어넣자 불꽃이 더욱 붉게 변하더니 다시 푸른 불꽃을 강하게 피어 올렸다.

[활력의 불꽃 업그레이드가 완료되었습니다.]

그리고 유정상은 모닥불 앞에 몸을 뉘었다.

그동안 사냥을 하는 중간에 유정상은 클린볼과 포션들을 물 쓰듯 사용했다.

하지만 언제부턴가 이것들도 사용할 때뿐으로, 잠시만 흐르면 그 효과가 사라져 버렸다.

이 현상은 유정상의 레벨이 100이 넘는 것과 동시에 생겨나더니 레벨이 오르면서 점점 가속화되어 왔었는데, 급기야 200을 넘어서자 극단적으로 사용효과가 감소되어 버렸다.

그나마 소환수들에게는 효과가 조금 오래가는 편이라 다행한 일이었지만, 정작 본인에게 별 효과가 없으니 그것도 답답한 일이었다.

"후우, 이런 기분 정말 오랜만이네."

그동안 모닥불의 효과를 잊고 지내오다가 모처럼 편안하게 누워서 초창기의 효능을 체험하니 저절로 기분이 좋아졌다.

전신에 전해져 오는 포근함과 안정된 마음이 지친 유정상의 영혼을 위로해 준다.

이런 것들을 왜 잊고 지냈나싶었고 또한 그동안 제대로 사용하지 못했다는 사실이 아쉬울 정도였다.

"이 좋은 걸 그동안 잊고 지냈다니."

"궁하면 다 소중하게 느껴지는 거야."

애늙은이 같은 주코의 말에 유정상이 피식 웃었다.

"그래. 궁해보니까 잘 알겠네."

"그렇지?"

"주인, 나도 해보게 해줘."

갑자기 불쑥 머리를 들이대는 산제이가 하는 말에 유정상이 고개를 갸웃거렸다.

"뭘 말이야?"

"백정이 하던 거."

"몬스터 도축?"

"응. 나도 그거 해보고 싶어."

"아이고, 뭔 고생을 사서하겠다는 건지. 도무지 저 녀석은 내 상식으로 이해를 못하겠다니까."

주코가 빈정대듯 말했지만 산제이는 여전히 진지한 표정으로 유정상을 바라보며 계속 말했다.

"주인, 해봐도 괜찮지?"

"하고 싶으면 해. 다음 사냥부터는 백정에게 배우면서 해보면 되겠네."

"아니, 보는 건 이미 충분히 했으니까 직접 해보고 싶다."

"뭐, 그렇게 하든가."

산제이도 백정처럼 칼을 주로 사용하는 전투법을 구사하다 보니 저절로 백정의 도축능력에 호기심이 생긴 모양이었다.

"일꾼 나셨네. 일꾼 나셨어."

주코가 어이없는지 빈정댔지만 별로 신경 쓰지 않는 눈치였다.

그렇게 안전지대에서 20여 분을 쉬고 있는 동안 그곳 근처에 대형 독두꺼비 몬스터가 어슬렁거리며 지나가는 게 보이자 곧바로 산제이와 백정이 놈을 사냥하기위해 구역을 벗어났다.

이곳은 아무리 주변을 어슬렁거리는 몬스터라고 해도

레벨이 굉장히 높다.

같은 과의 몬스터라 할지라도 던전마다 레벨이나 성향이 조금씩 다르기 때문에, 보기에 어설퍼 보인다고 해서 함부로 덤볐다가는 큰일 날 수도 있다.

하지만 놈들이 강한 만큼 유정상의 소환수들은 더욱 강해져 있다는 것은 조금만 지켜보면 금방 알 수 있었다.

"끄에에엑!"

의외로 굵직한 느낌을 주는 독두꺼비의 비명소리가 울려 퍼졌다.

그리고 순식간에 사냥을 마치고는 그 자리에서 산제이가 독두꺼비를 해체해 버렸다.

"제법이네."

속도는 백정에 비견될 정도로 빨랐지만 아직 정밀함에서는 미치지 못했다.

하지만 이것이 첫 번째 도축이라는 걸 감안하면 산제이도 이쪽 방면으로 엄청난 재능을 가졌음이 분명했다.

"이거 재미있다. 주인."

"미친, 별 게 다 재미있어."

"삐이이이!"

어이없어하는 주코에 비해 백정은 비슷한 취미를 가진 동료를 반기는 분위기다.

자신의 일을 뺏길까봐 텃세를 부리는 일은 역시 인간들 사이에서나 일어나는 일인 것 같다.

어찌되었건 유정상의 입장에서는 백정에는 미치지 못하지만 미래가 기대되는 엄청난 실력의 도축꾼을 하나 더 얻은 것과 같은 상황이라 반가울 수밖에 없다.

산제이의 호기심 때문에 공짜로 생긴 독두꺼비의 부산물들을 인벤토리에 쓸어 담은 유정상은 휴식을 마무리하고 다시 안전지대를 벗어났다.

보이지 않던 적과 조우하면서 생겼던 극도의 긴장감은 어느새 사라져 있었다.

과연 안전지대의 진정한 위력은 이런 정신적인 피로를 푸는 게 아닐까 생각하며 유정상은 다시 커서의 방향을 확인하며 이동을 시작했다.

한동안 이동을 하며 가끔 출현하는 몬스터를 사냥하다보니 어느새 거대한 바다를 마주한 장소에 다다랐다.

커서의 방향을 보니 이 바다의 건너편에 뭔가가 있는 것으로 판단되어 일단 드라칸을 소환했다.

그런데 드라칸 녀석이 모습을 드러내자마자 뒤쪽 숲에서 거대한 괴물이 허공으로 날아오른다.

갑자기 자신의 영역을 침범한 드라칸을 경계해서 모습을 드러낸 것 같은 저 비행 몬스터는 이 근방 하늘의 주인이 분명했다.

"캬우우우우우!"

도마뱀을 닮은 머리가 두 개나 달려 있고 박쥐의 날개처럼 피막으로 만들어진 모습에 듬성듬성 깃털이 나 있는 날개를 가진 기이한 비행 몬스터였다.

이름은 테라겐으로 레벨은 고작(?) 150정도라 드라칸이 버거워 할 상대로는 보이지 않았다.

하지만 문제는 전혀 예상하지 못한 새로운 곳에서 발생했다.

놈이 허공으로 치솟아 오르자 갑자기 그 옆의 바다에서 폭발과도 같은 거대한 물보라가 일며 엄청난 크기의 무언가가 하늘로 치솟아 오른 것이다.

덥썩.

"캬아우우우우우!"

테라켄은 물속에서 튀어나온 건물 크기의 괴 생명체에게 다리가 붙들려 맥없이 바다로 끌려들어가 버렸다.

짧은 순간 커서로 확인해보니 그 바다괴물은 던전의 보스도 아닌 주제에 레벨이 무려 230짜리 괴수였다.

게다가 저 보이는 부분이 괴물의 머리와 목이라고 생각한다면 감춰진 몸은 또 얼마나 클지 상상이 되지 않았다.

일단 그 모습을 확인한 유정상이 드라칸의 활강을 중단시켰다.

그리고 이번엔 다시 공중으로 높이 올라가 바다로부터 거리를 벌리고 유정상이 지나왔던 숲 쪽으로 우회해서 아래쪽으로 내려오도록 지시했다.

제법 큰 원형을 그리는 움직임이었지만 드라칸의 속도라면 별 문제 될 것은 없는 거리였는데 그렇게 드라칸이 지상으로 내려오던 때에 갑자기 번쩍이는 느낌과 함께 드라칸의 몸이 조각이 나 버렸다.

순간 유정상이 미처 인식을 하기도 전에 드라칸이 비명을 지르며 소멸하고는 강제로 소환취소가 되어 버렸다.

처음부터 드라칸을 불렀다 하더라도 결국 이 던전의 내부는 드라칸을 타고 이동하는 건 불가능한 곳이었다.

"젠장, 바다를 어떻게든 건너가라는 건가?"

주변에 깔린 게 쉽게 생각할 수 없는 엄청난 몬스터들이다.

그나마 숲속을 걸어 이동할 땐 그럭저럭 상대할 만했지만, 공중이나 물위 같은 곳에선 몬스터와의 싸움이 쉽지 않을 수밖에 없다.

특히 드라칸을 소멸시킨 그 빛의 정체는 아직 제대로 파악할 수도 없었다.

일단 바다를 바라보며 생각에 잠긴 유정상은 말없이 바닷가를 걸었다.

순간 이동을 하며 건너갈 수도 있겠지만 이 방법은 마나의 소모가 극단적으로 많다.

게다가 건너가야 할 거리가 어느 정도인지 전혀 알 수 없기 때문에 잘못하면 모든 마나를 다 소모하고 바다 한가운데로 추락해서 아무 방법도 써보지 못하고 저런 괴물에게 먹혀 버릴지도 모른다.

그렇다고 배 같은 게 있다고 해서 해결될 문제도 아니다.

제일 좋은 건 목적한 장소로 바로 보내주는 워프진 같은 것이지만, 유정상 본인도 목적한 장소를 정확하게 모르는 마당에 뜬금없이 그런 게 이곳에 있을 리가 없다.

아무리 머리를 굴려 봐도 쉽사리 답이 나오지 않는 상황에서 유정상이 난감하다는 표정으로 걷고 있는데 아름다운 모래사장이 펼쳐져 있는 장소가 보인다.

마치 멋진 관광지의 해변과도 같은 절경이라서 유정상은 고민하는 와중에도 절로 눈이 갔다.

그런데 그 모래사장 한쪽에 더욱 황당한 것이 보였다.

이런 곳에서 볼 거라고 전혀 예상하지 못했기에 더욱 황당한 기분이 들었다.

해변 모래사장의 중앙 부근에 덩그렇게 놓인 자그마한 판잣집 하나가 눈에 들어왔던 것이다.

분명 문명세계의 인간들이나 만들 법한 그런 조그마한 집이 있었던 것이다.

"주인, 저거 인간이 만든 집처럼 보이는데, 어때?"

주코가 물었지만 던전에 부족이 있다는 건 이미 경험했으니 집이 있다는 것 자체는 그리 놀랄 일은 아니다.

하지만 어쩐지 건물의 형태가 관광지의 해변에나 어울릴 법한 기념품 가게처럼 보이니 더욱 황당한 기분이 들었던 것이다.

또한 강력한 몬스터가 사방천지 널려 있는 이 던전에 저런 가게가 있다는 것도 좀 이상했고, 저렇게 눈에 띄는 곳에 있는 허접한 판잣집이 무시무시한 몬스터들의 공격으로부터 멀쩡하다는 사실에 또 한 번 더 놀랄 수밖에 없었다.

가게라 짐작되는 판자로 지은 집으로 다가갈수록 어쩐지 이 세상의 것 같지 않은 고요함에 더욱더 놀랄 수밖에 없었다.

[안전지대로 진입합니다.]

[몬스터의 공격으로부터 보호되는 구역입니다.]

놀랍게도 적막감마저 흐르는 이 가게의 주변은 유정상이 만들어낸 안전지대와 같은 곳이었다.

'하기야, 안전지대가 아니라면 이따위 판잣집 같은 게 멀쩡하게 남아 있을 리 없지.'

곧 수긍하며 그곳을 향해 걸어갔다.

그리고 어느덧 가게 앞으로 다가간 유정상이 문도 없이 완전 오픈된 가게 안을 슬쩍 들여다보았다.

"어서 오세요. 손님."

놀랍게도 가게 안에 있던 젊은 여자가 유정상에게 느긋하게 인사를 건네 온다.

약간 주춤거리던 유정상은 일단 그녀의 인사를 받으며 가게 안으로 발을 들였다.

주코와 백정, 산제이도 호기심으로 주월 둘러보며 유정상을 따라 안으로 들어섰다.

"오랜만에 찾아온 손님이군요."

가게의 안에는 밝은 표정으로 맞이하는 인간……처럼 보이는 여자가 있었다.

남미의 여자처럼 햇볕에 검게 그을린 피부가 이국적으로 보이는 얼굴에, 천을 휘감은 것 같은 바닷가 원주민들이 주로 입고 있을 법한 디자인의 낡은 원피스를 입고 있었다.

그녀를 보는 순간 여기가 던전이라는 걸 몰랐다면 남미 어딘가로 여행을 왔다고 생각될 정도였다.

"여긴 물건을 판매하는 곳인가?"

"네. 바다에서 사용하는 물건으로 한정이기는 하지만요."

"바다에서 사용하는 물건?"

"대체적으로 낚시도구나 배를 판매하죠."

안 그래도 바다를 건너가야 하는데 너무 시기적절한 상황에서 등장한 그녀의 말에 유정상은 겨우 황당함을 감추며 물었다.

"배라고? 그런 건 안 보이던데?"

"주문하시면 금방 이쪽으로 배달이 되니까 굳이 재고를 가지고 있을 필요는 없어요."

"배달?"

"네. 한번 보시겠어요?"

그렇게 말한 점원 여자가 낡은 책자 하나를 내밀었다.

미리 준비된 낡은 책자를 보아하니 진짜 이곳은 그런 용도의 가게인 것처럼 보였다.

유정상은 일단 의심을 지우고 담담하게 오래된 잡지책처럼 너저분해 보이는 그 책자를 펼쳤다.

글자는 알아볼 수 없었지만 다양한 배와 각종 낚시 도구들이 그림으로 그려져 있었는데, 그림으로 봐도 수백 년 전의 유럽 같은 곳에서 사용하던 종류의 낡은 배처럼 보였다.

"나도 보여줘."

주코의 몸이 공중으로 떠오르며 유정상 곁으로 다가오더니 어깨너머로 머리를 내밀고 그가 펼친 잡지책의 그림들을 보았다.

"뭐야? 낡아빠진 배밖에 없잖아. 이런 건 거저 준다고 해도 사용할 수나 있겠어?"

주코의 투덜거림을 듣고도 여자점원의 표정은 여전히 밝았다.

소환수의 의견 따위는 전혀 신경 쓰지 않는 것인지 아니면 아주 투철한 직업의식을 가진 것인지 아리송한 그녀는 카탈로그를 가리키면서 설명을 덧붙였다.

"여기 바다를 건너가시려면 붉은 보석 등급의 배는 아무거나 사셔도 좋아요."

"붉은 보석 등급?"

그러고 보니 그림 옆에 색깔표시가 되어 있는 보석그림이 붙어 있다.

주로 파란색이고 가끔 붉은색 보석의 표시가 되어 있었다.

유정상이 그 보석의 색깔을 참고하면서 카탈로그를 살펴보는데 그녀의 설명이 이어졌다.

"가장 낮은 등급은 파란색, 그리고 그 위가 붉은색이에요. 물론 최고로 높은 등급은 검은색인데, 이건 그야말로 최고의 배라고 할 수 있죠. 물론 가격이 문제지만.”

“얼마지?”

“붉은색은 200만 골드부터 시작해요.”

“아니, 검은색.”

“그건, 가격이…….”

유정상이 그녀를 바라보면서 단호하게 묻자 그녀는 조금 당황한 표정으로 더듬거린다.

하지만 유정상이 아무런 말없이 가만히 지켜보자 그녀도 나직이 한숨을 쉬더니 카탈로그의 뒷부분에 있는 검은 보석의 배가 있는 부분을 펼치면서 대답했다.

“아, 뭐 가격 정도야 알려드릴 수는 있으니까……. 일단 1,500만 골드부터 시작해요.”

“1,500만 골드라…….”

그녀가 펼친 책을 보면서 유정상이 혼잣말을 중얼거렸다.

그곳에는 검은색 보석으로 표시된 여러 가지 대형 배들의 그림이 그려져 있었는데, 한두 개의 돛이 달려 있는 배부터 수십 명은 탈 수 있을 것 같은 배도 있었다.

유정상의 반응을 보면서 그녀가 어깨를 으쓱해보였다.

“역시 가격이 만만치 않으실 거예요. 아무래도 이런 종류의 배를 구입하시는 분들은 따로 계시니…….”

“구입하겠다. 검은색으로.”

“……네?”

점원이 순간 유정상의 말을 알아듣지 못한 것처럼 크게

놀란 얼굴로 잠시 멍해 있었다.

그런데 그런 그녀의 반응 따위엔 관심 없던 유정상이 펼쳐진 책에 나와 있는 그림 하나를 손가락으로 짚으며 말했다.

"이걸로."

그 말에 저절로 그녀의 시선이 손가락과 붙어 있는 그림에 닿았다.

그리고는 더욱 당황한 음성으로 말까지 더듬는다.

"이…… 이건……?"

"얼마지?"

카탈로그의 제일 아래에 있는 그림에는 제법 튼튼해 보이는 배가 있었지만 책에는 가격을 나타내는 보석색깔도 표시되지 않았으므로 곧바로 질문을 던졌다.

"저, 저기 이건……."

"주문이 불가능한 건가?"

"아, 아니에요. 주문하면 곧바로 배달은 될 거에요. 하지만, 만약 주문실수라도 일어나면 그것에 대한 책임을 져야 하기 때문에, 선금으로 절반은 주셔야……."

어쩐지 엄청 당황한 표정의 그녀는 가격은 말하지 않고 이리저리 변명을 하는 모습이다.

유정상과 함께 그녀의 반응을 지켜보고 있던 주코가 갑자기 빽 소리쳤다.

"그러니까 가격이 얼마냐고!"

"오, 오천만 골드예요!"

주코의 고함에 화들짝 놀란 여직원이 반사적으로 대답했다.

그러자 주코는 유정상을 돌아보면서 아무 일도 없었다는 듯이 느긋한 말투로 말했다.

"……라는데, 주인?"

"그럼 그걸로 하지. 현금은 지금 바로 주겠다."

"저, 정말요?"

믿을 수 없다는 표정으로 바라보는 여직원을 무시하고 유정상은 먼저 인벤토리를 열어 보조 커서로 골드의 잔액을 확인했다.

그리고는 가볍게 고개를 끄덕이면서 말했다.

"오천만 골드를 사용하겠다."

그 말과 동시에 유정상의 눈앞으로 엄청난 양의 금괴가 나타나 쌓이기 시작했다.

천 골드짜리 작은 금괴와 만 골드짜리 큰 금괴가 골드 주머니와 뒤섞여서 마구 생겨난 것이다.

던전 밖에서 이용하는 아이템 상점의 경우엔 온라인 거래처럼 숫자가 줄어들며 바로 거래가 성립되었지만, 이곳에서는 실물의 금화나 금괴가 눈앞에 나타나는 방식이었다.

"맞지?"

유정상은 별 거 아니라는 듯이 덤덤하게 말했지만 이 광경을 본 여점원은 경악할 수밖에 없었다.

워낙 손님이 없는 곳이기도 했지만 애초에 인간이 이곳을 찾은 일 자체를 경험해보지 못한 여자점원은 손님대접을 하고 있었지만 기본적으로 상대를 좀 가볍게 보고 있었다.

인간이 자신들이 거래하는 돈을 가져봐야 얼마나 가지고 있을까.

그저 운이 좋다면 앞바다를 돌아 볼 작은 배 한 척 정도 팔 수 있을 거라는 희망에 손님을 맞이했는데, 알고 보니 생각보다 훨씬 더 엄청난 거물이라는 것에 놀라지 않을 수 없었다.

잠깐 얼이 빠져 있는 점원을 보면서 주코가 삐딱한 자세로 건들거리며 말했다.

"뭘 그렇게 멍하게 있어? 주문 안 받을 거냐? 여기 서비스 엉망이네."

"아, 죄송합니다!"

다시 한 번 화들짝 놀란 여점원은 당황한 표정으로 금괴와 금화를 세어 액수를 확인했다.

단순히 금액을 확인하는 것만 해도 한참이나 걸릴 정도로 엄청난 분량이었다.

정확하게 5천만 골드임을 확인한 점원은 일단 모두 마법 금고에 넣은 후에 서둘러 선반 아래에서 주문서로 보이는 종이 한 장을 꺼내고는 열심히 뭔가를 적어 내려갔다.

점원이 주문서를 완성하고 그 아래에 도장을 찍자 순간 그 종이가 번쩍한다.

주문이 완료된 것이다.

점원은 완료된 주문서를 종이집게가 걸려 있는 한편에 걸어두고 말했다.

"저, 저를 따라오시겠어요?"

여전히 조금 정신없어 보이는 그녀는 조심스러운 표정으로 앞서 걸으며 유정상을 바깥으로 안내한다. 그리고 바닷가 근처로 이동해간 그녀가 잠시 걸음을 멈추고 돌아보며 말했다.

"여기에서 잠시만 기다려 주세요."

그녀의 말에 유정상은 별다른 대답 없이 그저 바다로 길게 뻗어 있는 하얀색의 나무다리를 바라보며 서 있었다.

배를 정박시키도록 만들어 둔 장소 같은데 정작 세워져 있는 배는 한 척도 보이지 않았다.

그런데 잠시 후 그 비어 있는 선착장 근처 바닥에서 하얀 빛이 어리더니 마법진이 그려지기 시작했다.

그다음엔 그 마법진의 바닥에서부터 커다란 배가 서서히 위로 올라왔다.

마치 얕은 바다 속에서 물살을 가르고 커다란 배 하나가 솟아오르는 것처럼 보였다.

그렇게 모습을 드러낸 배는 일명 카락이라고 부르는 중세의 범선으로, 크기가 유정상의 생각보다 더 컸다.

잠시 배를 바라보던 유정상이 여점원을 돌아보면서 물었다.

"이 배는 혹시 선원이 따로 필요한 건가?"

"아뇨. 마법선이라 자동항해가 가능해요. 물론 원하시면 따로 조종을 하셔도 무방하고요."

"그건 좋군. 그나저나 몬스터의 공격으로부터는 정말 안전한가?"

그게 제일 중요한 문제였다. 익숙하지 않은 바다인데다가 무척이나 위험한 몬스터가 많으니 당연한 질문이었다.

"이 정도의 배라면 350레벨까지 안전해요. 그 이상의 몬스터를 이 바다에서 만났다는 이야기는 들어본 일이 없으니까 가장 안전한 배라고 생각하시면 됩니다."

"350레벨? 안전하다는 건 무슨 뜻이지?"

"그 아래의 몬스터들은 아예 접근하지 않는다는 얘기죠. 배엔 안전결계 마법이 걸려 있거든요. 그래서 그만큼 비싼 거죠. 사실 가까운 바다는 어지간하면 붉은색 보석 등급이면 괜찮거든요."

점원의 설명을 들으면서 유정상은 대충 돌아가는 상황을 이해할 수 있었다.

이 바다는 워낙 위험한 곳이다 보니까 안전결계가 있는 배 없이는 아예 바다로 나갈 수도 없는 모양이다.

'그래서 점원이 붉은색 보석 등급을 추천한 것이었군.'

유정상이 그런 생각을 하면서 고개를 끄덕이고 있는데 점원이 호기심 가득한 눈빛으로 바라보면서 물었다.

"그런데, 혹시 목적지가 어디신가요?"

"그건 왜 묻지?"

"아, 특별히 뭔가 의도가 있었던 물음은 아니에요. 기분 나쁘셨다면 사과드릴게요."

유정상이 날카로운 느낌으로 반문하니까 여점원이 살짝 놀라며 사과한다.

사실은 전혀 그럴 마음은 없는데 블랙로브의 특성 때문에 엄청 깐깐한 손님처럼 굴고 있어서 좀 미안한 생각이 들었다.

"왜 묻는지 궁금했을 뿐, 별로 의도를 의심하는 건 아니야. 그리고 목적지는 나도 모른다. 그냥 저 방향으로 가야 한다는 사실만 알고 있을 뿐이지."

그렇게 말하며 바다의 한 지점을 가리키고 있는 커서의 방향을 따라서 손가락으로 가리켰다.

그러자 그녀가 유정상의 손가락이 가리키는 곳을 잠시 바라보다 주변의 지형과 비교하더니 그 방향에 있는 것을 유추하려 잠시 미간을 찡그렸다.

그리고 곧 눈이 커다랗게 떠졌다.

"서, 설마?"

"뭐, 아는 거 있어?"

그녀의 반응에 주코가 호기심을 보이더니 은근한 음성으로 여점원에게 물었다.

"그쪽 방향이라면 생각나는 섬이 하나 있긴 해요."

"어떤 섬이지?"

"비취(Jade)섬이에요."

"비취섬?"

어쩐지 중요한 이야기가 나오는 것 같은 느낌에 이제껏 입을 다물고 있던 유정상이 끼어들었다. 그러자 여자점원은 다시 유정상을 돌아보면서 설명을 덧붙였다.

"네. 먼 곳에서 보면 녹색의 옥처럼 아름답게 보인다고 해서 그렇게 부르고 있어요."

"괜찮은 곳이네."

"하지만, 보기와 달리 죽음의 섬으로도 더 알려져 있어요. 그곳에 들어가 살아나온 자가 아무도 없다는 이야기를 들었거든요."

주코의 추임새를 받으면서 점원이 점점 심각한 표정으로 설명을 이어갔다.

어쩐지 유정상도 덩달아 심각해지는 기분이 들었다.

"저 섬으로 간 자가 있었나?"

"제가 이곳의 가게에서 일한 건 5년이지만, 아직 그곳으로 간 존재는 없었어요. 아니, 애초에 제가 일하는 동안 가게를 찾은 인간은 손님이 유일하지만요."

유정상의 질문에 여점원은 슬쩍 미소를 지으며 대답했다.

로브에 가려 점원은 보지 못했겠지만 유정상은 그녀의 말을 들으며 조금 신기하다는 표정으로 다시 물었다.

"인간이 아닌 존재는 있었다는 건가?"

"네. 마계의 존재 둘과 천계의 존재 하나가 있었죠. 물론, 그들도 비취섬으로 가지는 않았고요."

"그들은 어디로 갔었지?"

"그분들은 근처 섬에서 낚시만 즐기시고 그냥 돌아가셨어요. 사실, 이곳은 워낙 오지라 찾는 분들이 적긴 해도 간혹 이런 곳을 찾아다니며 방랑을 즐기시는 분들도 있으니까요."

점원은 모두 진지하게 이야기 하고 있었지만 정작 별 도움은 되지 않는 이야기였다.

유정상이 다시 물었다.

"비취섬에 간 이에 대해서 이야기를 들은 건 없나?"

"몇 백 년 전에 인간 한 명이 그곳으로 갔었다는 이야기는 들었지만, 살아서 돌아왔다는 이야기를 들은 기억은 없으니까……. 아! 그러고 보니 그도 인간이었군요."

그녀는 이 우연이 너무나 놀랍다는 듯이 다시 유정상을 바라보았다.

그녀가 알기론 인간이란 약하디 약한 존재였다.

그런 인간이 이 험지의 상점까지 찾아온 것만 봐도 절대 평범하지 않는데, 거기다 수백 년 전의 그때 그 인간처럼 비취섬으로 찾아가려 한다는 사실이 너무도 놀라운 우연처럼 느껴졌다.

"비취섬에 간 인간의 이름이 뭔지 혹시 알고 있나?"

"아뇨, 그런 것까지는 모르겠어요. 애초에 그것이 사실인지 거짓인지조차 확실하지 않거든요."

그녀의 이야기를 들으면서 유정상은 잠깐 고민에 빠졌다.

어쩐지 그 오래전에 비취섬으로 간 인간이라는 존재가 누군지 알 것 같다는 기분이 들었던 것이다.

그 틈에 주코와 산제이 녀석들이 제멋대로 끼어들면서 참견을 했다.

"주인, 그렇게 위험하다는데 굳이 가야해?"

"난 재밌을 것 같다. 주인."

"넌 좀 잠자코 있어!"

투닥거리는 두 녀석을 무시하고 유정상은 다시 점원에게 물었다.

"배는 바로 출발 가능하지?"

"네. 하지만, 정말 괜찮으시겠어요?"

"그런 건 네가 걱정할 일이 아니니 신경 쓰지 마라."

"……그야 그렇긴 하지만."

그녀는 모처럼 찾아온 손님에게, 그것도 생애 처음 만난 인간이었기 때문에 그에 대한 호기심이 생겨서 그런지 그가 죽음의 섬으로 간다는 사실에 조금 안타깝게 느껴졌다.

하지만, 그의 말대로 배를 판매한 이후의 일은 그녀가 간섭할 문제가 아니었다.

그런 안타까운 눈빛의 시선을 받으며 유정상은 배로 훌쩍 뛰어올랐다.

그리고 그가 따르던 소환수들도 모두 배에 올라타자 곧바로 배가 서서히 움직이며 출발하려했기에 그녀가 다급한 음성으로 소리쳤다.

"배안의 객실에는 배의 여러 가지 기능에 대한 설명서가 있으니까 혹시 특별한 일이 생겨 곤란해지면 그곳에서 방법을 한번 찾아보세요."

그녀의 다급한 외침을 들은 유정상은 배의 난간에 팔을 걸치고 아래를 돌아다보면서 물었다.

"특별한 일?"

"바다에선 여러 가지 일들이 많이 일어나니까요."

"알았어."

점원이 별 거 아니라는 듯이 둘러대자 유정상도 가볍게 대답하고는 곧바로 배를 출발시켰다.

배가 빠른 속도로 움직이며 바다 한가운데로 나갔지만 확실히 여자 점원의 말대로 배 주위로는 몬스터가 접근하지 않았다.

하다못해 비행 몬스터들이 주변에 그렇게 많이 날고 있었음에도 단 한 마리조차 배에 접근하는 경우가 없었다.

배가 있다는 사실을 인식하지 못하는 것인지, 아니면 배에게 뭔가 거북한 느낌이 나서 도망가는 건지는 알 수 없지만 그런 것이야 편한 여행만 할 수 있다면 아무래도 상관없는 유정상이었다.

아무튼 배를 벗어나지만 않는다면 아무 일도 없을 거라는 것만 명심하면 되는 것이다.

그렇게 커서의 방향에 맞춰 배를 움직이는 건 생각보다 쉬웠다.

그저 커서를 바라보며 그곳으로 가고자하는 의지만으로 이동이 가능했다.

그리고 유정상의 의지에 반응한 조종키와 돛의 모양들이 자동으로 움직이는 모습도 제법 신기하게 보였다.

산제이는 조금 흥분했는지 뱃머리까지 달려가서는 바다로

몸을 반쯤 내밀고는 크게 외쳤다.

"바다란 게 이런 거구나. 정말 굉장하다!"

"산제이 넌 바다를 처음 보는 거냐?"

그런 산제이를 보면서 주코가 괜히 으스대는 표정으로 물었다.

하지만 산제이는 주코의 재수 없어 보이는 표정에도 순수하게 웃으면서 고개를 끄덕였다.

"그래. 숲에서만 평생 살았었으니까. 어쨌든 주인 따라 나서고 나서 재미난 걸 많이 구경하니까 너무 좋다."

"그래, 순진할 때가 좋은 거다."

주코와 산제이가 떠드는 동안 유정상은 갑판에 서서 조용히 바다를 바라보고 있었다.

먼 바다에 보이는 바다괴물들이 간간이 등장함에도 배가 지켜주는 안전함 때문인지 마음이 아주 편안했다.

마치 놀이공원에 가서 단단하게 고정되어 있는 배를 타고 유람하는 기분이랄까, 아무튼 그렇게 바다를 보고 있으려니까 마음이 절로 시원해졌다.

"어? 주인, 저쪽!"

산제이가 뭔가를 발견했는지 소리쳤다.

유정상의 범선 쪽으로 다가오는 뭔가가 보인다.

몬스터의 종류가 아닐까 생각하며 커서로 그곳을 잠깐 확대해 확인해보니까 의외로 작은 배 하나가 범선을 향해 빠른 속도로 달려오고 있었다.

분명 아까 여자점원의 말로는 한동안 손님이 없었다고 했으니까 아마도 저 작은 배는 그녀에게 구입한 배는 아닐 것 같았다.

그도 그럴 것이 그 작은 배의 뒤쪽에는 뒤를 쫓는 몬스터가 보이고 있었다.

유정상이 타고 있는 범선에 비하면 상당히 조그마한 배였지만 어쩐지 그 속도만큼은 아주 특별했다.

모터가 달려 있는 현대의 고속정만큼 빠르진 못해도 뒤쪽으로 길게 하얀 포말을 남기며 달려가는 그 배는 나무로 만들어진 옛날 형태의 배라고는 믿기 힘들 정도로 빠르기는 했다.

그리고 그 배를 쫓는 거대한 몬스터는 유정상이 타고 있는 범선보다 더 컸다.

[이름: 레비아탄]

[레벨: 260]

[…….]

거대한 레비아탄이 작은 배를 바짝 뒤쫓으며 커다란 입을 쩍 벌리자 배를 한입에 삼켜 버릴 듯했다.

“저거, 한입에 삼켜지겠네.”

주코는 재미난 구경이라도 하는 양 킥킥거리며 말했다.

유정상 역시도 남의 일이라 생각하며 그저 멀뚱히 구경만

하고 있는데, 그쪽에서 범선을 발견했는지 푸른색 천을 흔들며 도움을 요청하고 있었다.

커서로 다시 한 번 확대해서 확인해보니까 인간의 모습을 한 이들임은 틀림없어 보였다.

물론 이곳이 던전의 내부이다 보니까 인간의 모습이라 해도 진짜 인간이라는 보장은 없었지만 말이다.

여자점원도 완전히 인간의 모습을 하고 있었지만 확실히 인간은 아닌 게 그녀는 어딘지 모르게 인간을 깔보는 인상이 있었다.

하지만 일단 저렇게 도움요청까지 하고 있는 모습을 보고 있으려니까 그냥 모른 척하고만 있을 수 없다는 생각에 일단 유정상이 직접 나서기로 했다.

아무래도 레비아탄이라는 저 몬스터의 레벨은 유정상과 비슷했으니까 다른 소환수들은 보내봐야 별다른 효과도 없을 것이기 때문이었다.

물론 바다 위라는 특성 때문에 유정상 역시도 위험할 수 있지만 지금의 상황은 꼭 레비아탄을 사냥할 필요는 없었고, 저들이 배까지 도착할 수 있을 정도의 시간만 벌어주면 되는 것이다.

번쩍.

유정상이 순간이동을 펼쳤다.

마나의 소모가 많아 오래 사용하기는 힘들지만 어차피 괴물 같은 덩치를 가진 레비아탄과 오랜 시간을 싸울 생각도 없었다.

세 번의 순간이동을 사용해서 순식간에 작은 배 근처의 허공까지 이동한 유정상이 레비아탄을 향해 폭격펀치를 날렸다.

콰가가가가가가.

캬우우우.

많은 수의 기파가 레비아탄의 머리위로 떨어져 내리자 레비아탄이 기괴한 소리를 지르며 물속으로 잠수해 들어갔다.

유정상이 물속으로 비치는 놈의 그림자를 확인하며 다시 버스터 펀치까지 날리자 엄청난 물기둥이 터져 올라갔고 놈은 더욱 깊은 물속으로 자신의 모습을 감춰 버렸다.

그때 유정상이 작은 배의 위로 이동했다.

그러자 배 위에 세 명의 인간이 보인다.

여자 둘에 조그마한 꼬마 사내아이.

"빨리 배를 이동시켜! 우리 쪽으로!"

유정상이 그렇게 소리치고는 곧바로 그들 중 사내아이를 먼저 붙잡아서 자신의 배 쪽으로 순간이동을 했다.

갑판 위에 사내아이를 내려놓고 다시 순간이동을 써서 작은 배로 이동하는 사이에 다시 레비아탄이 물 위로 모습을 드러냈다.

쿠우우우우!

그리고 이번에는 놈이 엄청난 물보라를 일으키며 유정상을 향해 공격을 시작했다.

이미 작은 배에 대한 호기심은 사라진 상태인지 오직 순간이동으로 움직이는 유정상을 향해서만 많은 수의 촉수를 쏘아 보낸 것이다.

붉은색의 징그러운 촉수 수백여 개가 놈의 몸에서 길게 뻗어 나오자 유정상도 직선으로 움직이지 못하고 순간이동을 짧게 시전하며 놈의 공격을 이리저리 피해야 했다.

유정상은 빠르게 배로 다가가서는 곧바로 녹색의 옷을 입은 여자를 꽉 붙들었다.

"어맛!"

그리고 순간이동으로 그곳을 벗어나려하는 순간 사각지대로 날아든 놈의 촉수 하나가 유정상을 향해 공격해 들어왔다.

하지만 찰나의 순간에 나타난 커서 방패가 그것을 막아 버렸다.

텅!

유정상은 녹색옷의 여자를 데리고 순간이동으로 빠르게 자신의 배를 향해 이동해 갔다.

그러자 레비아탄의 촉수가 유정상의 순간이동에 반응해서 어지럽게 허공을 가르며 유정상을 위협해 들어왔다.

쿠어어어!

얼마나 분노한 것인지 끈질기게 날아오는 레비아탄의 공격은 제법 매서웠다.

위험한 방향에서 공격해 들어오던 촉수 하나가 유정상의 방패에 막히자마자 그 사이를 뚫고 새로운 촉수가 유정상을 향해 달려들었다.

핑!

쿠아아!

배 위에 남아 있던 여자가 쏘아 보낸 화살이 유정상의 코 앞까지 날아왔던 촉수에 박히자 길게 뻗어 나왔던 촉수도 놈의 몸 쪽으로 빠르게 되돌아간다.

그녀는 자신이 탄 배가 거의 레비아탄의 손아귀에 떨어진 상황에서도 이쪽을 도와준 것이었다.

하지만 아직 수백 개의 촉수가 더 남아 있는 상황.

운이 좋게 화살의 도움을 받아 레비아탄의 촉수로부터 탈출할 시간을 번 유정상이 다시 한 명 남은 여자를 향해 순간이동을 펼쳤다.

그러나 레비아탄의 공격이 생각 이상으로 거센 덕분에 순간이동의 방향을 자주 꺾다 보니까 마나의 사용량이 많아 남은 양이 미묘했다.

그런데 놈이 유정상을 공격하지 않고 거대한 촉수로 작은 배를 내려쳤다.

콰아앙!

갑작스런 촉수 공격에 작은 배가 한순간 폭발하듯 파괴되어 버렸다. 그 배에 있던 여자가 화살로 방해를 하는 바람에 유정상을 잡을 수 있는 기회가 무산되자 화풀이를 하고 있는 것 같았다.

그러나 배가 완벽하게 박살이 나려던 순간 몸을 공중으로 날리면서 몸을 피한 여자를 발견한 유정상이 빠르게 커서를 이동시켜 그녀를 붙잡았다.

그러나 순간이동을 하게 되면 커서 역시도 순간 사라지기 때문에 일단 커서를 이용해 그녀를 공중으로 던졌다.

"꺄아악!"

여자가 비명을 질렀지만 다시 순간이동을 시전한 다음에 그녀를 붙잡고 다시 범선 쪽으로 던지는 방법으로 이동해 갔다.

그런데 마나가 거의 바닥을 치고 있어서 범선까지 도착하기에는 부족하다.

유정상은 일단 커서로 잡고 있는 여자를 범선 쪽으로 던졌다.

그리고 이동의 팔찌를 범선의 돛대 정상을 겨냥해 밧줄을 발사했다.

그 순간 잠깐 속도가 늦춰진 유정상의 근처까지 놈의 촉수가 날아들었다.

터엉!

커서 방패가 튕겨내긴 했지만 커서 역시도 마나의 영향을 받는 놈이라 강력한 충격을 막아내는 것과 동시에 커서 방패의 모습이 흐려졌다.

그 뒤를 이어서 날아드는 촉수.

댕겅.

어느새 산제이가 허공에 나타나더니 자신의 검으로 촉수 하나를 잘라 버렸다.

백정의 다리에 매달려 이 근처까지 날아와서 위기의 순간에 뛰어든 것이다.

다른 촉수가 다시 날아들었지만 산제이는 단 한 번의 칼질만으로도 에너지 소모가 생각 이상으로 많았는지 허공에서 제대로 대응하지 못하고 위험한 상황에 빠졌다.

그 때 백정의 하얀 쌍검이 그 촉수를 쳐내더니 균형을 잃고 추락하는 산제이를 낚아챘다.

겨우 위기의 순간을 벗어났다고 생각하던 그 순간 잠깐 숨 쉴 틈도 없이 다시 다른 방향에서 촉수가 날아들었다.

그런데 이번에는 날아들던 촉수가 비틀거리더니 엉뚱한 곳 휘어지며 공격을 하기 시작했다.

처음에는 수호자의 반지 효과가 발현된 것인 줄 알았는데 다시 보니 그 효과가 유정상을 공격하는 촉수뿐만 아니라 거의 대부분의 촉수에 적용될 정도로 너무 광범위했다.

"하하하하. 대마법사 주코님이 바로 나다!"

헛바람이 잔뜩 들어간 주코의 고함소리가 들려왔다.

주코의 혼란 마법이 적중하자 레비아탄이 유정상의 흔적을 놓치면서 생긴 현상이었다. 그리고 놈이 혼란한 틈에 모두 무사히 범선의 갑판에 도착했다.

유정상과 소환수들을 쫓던 레비아탄은 금방 혼란 마법에서 벗어났지만 표적을 잃어버리고는 사방을 두리번거린다.

범선의 안전결계 범위 안으로 들어온 덕분에 놈의 감각에서 완전히 사라져 버린 것이다.

"우우우우우!"

놈이 흥분했는지 한참 동안 괴성을 질렀다. 하지만 이미 완전히 놓쳐 버렸다는 깨닫고는 더 이상 방법이 없다고 생각했는지 조용히 바닷속으로 사라져갔다. 그 모습을 지켜보던 유정상이 겨우 안심하면서 한숨을 쉬었다.

"휴우. 생각보다 강한 놈이네. 얕보면 안 되겠어."

레벨이 비슷한 육상 몬스터였다면 전투력에서 충분히 압도할 자신이 있었음에도 불구하고 워낙 거대한 덩치를 가진 바다 몬스터라 그런지 상대하는 것이 생각 이상으로 버거웠다.

그나마도 물속에 빠진 것도 아니었고 그냥 탈출할 수 있을 정도로 시간만 벌어주면 되는 일이었으면서도 말이다.

레비아탄이 사라져간 장소 쪽을 바라보고 있던 유정상의 곁으로 갑판에 쓰러져 있던 사람들이 몸을 일으켜 다가오더니 고개를 숙였다.

"구해주셔서 고맙습니다."

"감사해요."

"감사합니다."

방금 레비아탄으로부터 구해진 세 명은 반쯤 녹초가 된 표정으로 감사인사를 했다.

녹색 옷을 입은 두 여자는 머리카락과 눈동자 모두 녹색이었다. 키가 작은 아이는 덩치는 작았지만, 외관에 비해 제법 성장한 소년의 느낌이 물씬 나고 있었다.

아마도 원래 덩치가 작은 종족인 것 같았는데 헝클어진 갈색머리에 누더기 같이 낡은 자줏빛의 옷을 입고 있었으며 등 뒤에는 여행자들이 쓸 법한 낡은 배낭을 짊어지고 있었다.

키가 크고 머리카락이 긴 여자가 나서서 자신들을 소개했다.

"우리 자매는 동쪽 숲의 인간으로 제 이름은 마요네, 그리고 제 동생은 마브네라고 해요. 저희들은 궁수예요."

"전 남쪽 숲의 난쟁이인 보르도라고 합니다. 직업은 상인입니다."

그들은 발토르라는 항구에서 만나 같이 배를 구입해 이동 중이라고 했다. 발토르라는 곳은 이 바다에서는 제법 먼 곳이라는데, 아마도 이 세상 인간의 대부분이 모여 사는 대륙에 위치한 항구인 모양이었다.

보르도의 자세한 이야기가 끝나자 주코가 마치 리더인양 건들거리며 나서더니 유정상 일행을 소개했다. 주코의 소개를 가만히 지켜보던 유정상이 보르도에게 물었다.

"상인이 이런 위험한 곳에서 무얼 얻으러 온 거지? 목숨이 아깝지 않다는 건가?"

이곳은 엄청난 레벨의 몬스터들이 득실거리는 곳이다.

척 봐도 시원찮은 레벨의 그가 돌아다닐 만한 장소는 아닌 것이다.

사실 유정상이 그를 가장 먼저 구한 것은 어린애 같은 외모도 있었지만, 셋 중에 그가 가장 약하다는 것을 한눈에 알아보았기 때문이었다.

"대상인이 되는 것이 꿈이라서요. 대상인이 되려면 세상의 많은 곳을 경험해봐야 하죠. 그래서 이 두 자매 분들을 따라 나선 겁니다."

"그래도 너무 위험한 경험을 하려 하는군."

"그게 상인의 운명이지요."

조그마한 덩치에 어울리지 않게 제법 멋있는 척하려 하는데 주코가 약간 빈정거리는 말투로 끼어들었다.

"말은 잘하네. 죽을지도 모른다는데."

"그, 그런가요?"

크기는 오히려 주코가 조금 더 작았다.

하지만 조금 전에 주코가 마법으로 레비아탄을 우롱하던 모습을 보았기에 보르도는 그를 감히 쉽게 생각할 수가 없어서 그저 머리를 긁적이며 어색하게 웃었다.

대충 그들의 상황을 파악한 유정상이 물었다.

"어디로 가는 중이었지? 우리는 목적지가 정해져 있어서. 가는 길목에 가까운 섬에 내려주도록 하지."

"저흰 비취섬이 목적지입니다."

"얼래? 우리랑 같네?"

주코가 놀란 얼굴로 말하자 세 명의 얼굴도 놀람으로 물들었다. 그리고 이어서 마요네가 믿어지지 않는다는 표정으로 유정상을 바라보면서 물었다.

"비취섬으로 가신다고요? 그 섬이 어떤 곳인지 알고

가시는 건가요?"

"그러는 너희들은 알고 가는 건가?"

"저희는……."

늘 그렇듯 뭔가 사연이 있는 듯이 마요네와 마브네 자매의 복잡한 눈빛이 허공에서 얽혔다.

그리고 잠시 뜸을 들이다 마요네가 다시 입을 열었다.

"비취섬엔 저희 막내 동생이 끌려갔습니다. 저희들은 그 때문에 이곳까지 온 거고요."

"끌려가다니, 누구에게?"

"비취섬에 가신다더니 그 섬의 주인이 누군지는 모르시는가 보군요."

"몰라."

마요네가 이상하다는 듯이 물었지만 유정상은 당당하게 대답했다. 유정상은 어차피 그런 것에는 별로 관심이 없었고 그저 미션을 달성하는 일에만 관심이 있었을 뿐이었다.

"이미르예요."

"이미르? 최초의 거인이라고 불리던 그 괴물?"

마요네의 대답에 이번에는 주코가 그 이름을 알고 있는지 화들짝 놀라며 되물었다.

"맞아요."

"설마, 그 놈이 아직 살아 있다고? 예전에 신의 노여움을 사서 벼락에 맞아 죽었다는 이야기를 들었는데?"

"아뇨. 아직 건재해요. 그리고 안드바리라고 하는 저주스러운 난쟁이들을 부리고 있죠. 그놈들이 우리 마슈네를 납치해 갔어요."

유정상은 이 심각한 와중에도 마슈네의 이름을 들으니까 마로 시작해 네로 끝나는 세 자매의 이름이 우습다는 생각이 들어서 웃음이 나올 것 같았다.

하지만 눈치 없이 이 상황에서 혼자 킥킥거릴 수는 없어서 잠시 웃음을 참느라 입을 다물었다. 그러자 다른 사람들도 유정상이 무언가를 생각하는 줄 알고 잠시 말을 멈추고 침묵을 지켰다. 덕분에 동생의 납치에 대해서 이야기하느라 좀 흥분했던 마요네의 분위기도 좀 차분해졌다.

잠시 후 유정상이 다시 물었다.

"놈들이 납치를 한 목적이 뭐지?"

"거인이 가장 좋아하는 음식이 여자아이라는 이야기를 들었어요. 그 때문에 우리 부족의 많은 여자아이들이 놈들에게 납치를 당했어요. 듣기론 다른 숲의 부족들 역시 동일한 상황이라고 들었어요."

"그들은 모두 뭘 하고 너희들만 그곳에 가는 거냐?"

"모두 이미르를 두려워해요. 예전부터 가끔 있던 일이라 그저 운명이라고 받아들이고 있죠."

안타까운 표정으로 이야기하는 마요네의 말에 마브네는 오히려 발끈하면서 끼어들었다.

"난 그런 거 몰라요. 내 동생 마슈네는 반드시 구해내고 말 거예요."

용감하게 볼 수도 있는 행동이었지만 주코는 오히려 그 철없음을 빈정거렸다.

"겁이 없는 데다가 세상물정도 모르는 애들이로군."

"뭐라고? 이 꼬맹이 자식이!"

"마브네! 그러지 마!"

동생인 마브네가 발끈했지만 언니 마요네가 그녀를 제지시킨다. 유정상은 그런 그녀들의 이야기를 듣고 나서 시선을 보르도에게 옮겼다.

"넌 무엇을 사고팔기 위해 그곳까지 간다는 거지?"

"비취섬에는 이미르가 모아둔 엄청난 양의 보물들이 있다고 전해져요. 거기엔 세상에서 가장 귀한 보석이나 마법아이템들이 산더미처럼 쌓여 있다는 이야기도 들었거든요."

"그럼, 그런 걸 얻기 위해 목숨을 걸었다는 이야기군."

"그, 그렇죠."

그런데 그 순간 녀석이 자매의 첫째인 마요네를 슬쩍 훔쳐보면서 얼굴을 발그레 붉히는 게 보였다. 어쩐지 약해빠진 상인주제에 모험가 같은 행동을 한다했더니 다 이유가 있었던 것이다. 그러나 유정상은 남의 애정사엔 관심이 없던 터라 크게 신경 쓰지 않았다.

"아무튼 목적지는 같다는 말이군."

"저희들을 같이 데리고 가주시면 안 될까요?"

마요네가 묻자 주코가 팔짱을 끼고는 고개를 절레절레 흔들면서 대답했다.

"이런 코 묻은 것들을 데려가 봐야 신경만 쓰이지. 까딱하면 우리가 위험해질지도 모른다고. 안 그래, 주인?"

주코가 슬쩍 올려다보면서 그렇게 물었지만 여러 가지 상황을 고려해보고 있던 유정상은 묵묵부답이었다.

배에 태우고 가는 거야 별로 상관없는 일이지만, 도착하고 나면 분명 주코의 말처럼 신경 쓰이는 귀찮은 상황이 벌여질 것이다. 잠시 고민에 빠져서 아무 말도 하지 않고 있는 유정상 때문에 덩달아 세 명의 얼굴이 긴장으로 물들었다.

그리고 잠시 눈치를 살피던 숲의 난쟁이 보르도가 조심스러운 목소리로 물었다.

"혹시, 뭣 때문에 그곳에 가려는 것인지 물어도 될까요?"

"감각의 조각 때문에."

"네?"

"감각의 조각이라는 물건에 대해 들어본 일 있나?"

"감각의 조각…… 글쎄요. 그런 물건에 대해 들어본 기억이 없군요."

혹시나 하는 기대를 하면서 물었지만 역시 쉽게 구할 수 있는 정보는 아니었다. 보르도의 반응에 유정상이 당연하다는 듯이 고개를 끄덕이며 말했다.

"그렇겠지. 아무튼 그것이 아마도 너희들이 말하는 비취섬 어딘가에 있는 것 같다. 난 그것을 찾아야 해."

"이미르가 가진 수많은 보물 가운데 있는 건 아닐까요?"

"그럴 수도 있겠지."

"아!"

그때 보르도가 뭔가 생각이 났는지 밝은 표정으로 변하더니 자신의 배낭을 열어 열심히 뒤적거리기 시작했다.

그리고는 먼지가 잔뜩 묻은 낡고 두꺼운 양장본 책을 꺼내 그것을 유정상에게 내밀었다. 하지만 그의 행동을 이해할 수 없었던 유정상은 그냥 그 책을 내려다보면서 물었다.

"이건 뭐지?"

"토투스 지식의 책입니다."

"그런데?"

"이건 지식을 알려주는 마법책입니다."

"마법책?"

"네. 잠시 만요."

그렇게 말하고는 책의 옆 부분에 꼽혀 있는 펜을 꺼냈다.

깃털모양의 구식 펜이었는데 그는 잉크를 찍지도 않고 그냥 바로 책에다 무언가를 적었다.

책뿐만 아니라 펜에도 마법이 걸려 있는 모양이었다.

"각감의 조각에 대한 답이 나왔어요."

"뭐라고 나왔지?"

"'커서 완전체 일곱 조각 중 하나로 감각을 극성으로 키워주는 조각이다. 이미르를 부활시킨 원인이기도 하다. 현재 이미르의 목 척추에 박혀 있다.' 라고 써 있군요."

"놀라운 책이군."

커서도 자세히 설명해주지 못한 것을 낡은 책이 아주

상세하게 설명하고 있으니 놀라지 않을 수 없었다.

유정상이 '완전체 일곱 조각 중 하나' 라고 혼자서 낮은 음성으로 중얼거리고 있는데 보르도가 그 책을 다시 유정상에게 내밀면서 말했다.

"이것을 드릴 테니 저희들을 그곳까지 같이 데려가 주십시오. 하시는 일은 절대 방해하지 않겠습니다."

"보르도! 그건 당신 아버지가 물려주신 보물이라고 하지 않았나요?"

놀란 마요네가 소리쳤지만 보르도가 괜찮다는 듯 손을 흔들어 그녀를 진정시켰다.

"당신 동생의 목숨이 달려 있는 일이에요. 도움이 될 수 있다면 더한 것도 드릴 수 있어요."

"보르도."

잔뜩 감동한 눈빛으로 바라보는 마요네. 그런 마요네를 사랑이 듬뿍 담긴 눈빛으로 마주보는 보르도.

어쩐지 이 손발이 오그라들 것 같은 이 상황을 빨리 벗어나고 싶었던 주코가 잔뜩 인상을 찡그리며 소리쳤다.

"이 정도 물건이라면 그냥 태워주자, 주인."

그 말에 유정상이 고개를 끄덕였다. 이만한 물건이라면 그 가치가 충분하고도 넘친다. 태워주는 정도로 이만한 물건을 받을 수 있다면 그것 나름대로 큰 수확인 것이다.

"좋아."

"고맙습니다."

"정말 감사해요."

그렇게 범선을 타고 항해한 지 반나절 정도 흘렀을 무렵, 먼 곳에 녹색 빛의 섬이 보였다.

과연 비취섬이라더니 섬 전체가 옥빛으로 반짝였고, 중앙에 위치한 거대한 산은 산꼭대기에 구름이 걸려 있을 만큼 높았다. 신비에 쌓인 미지의 섬이라는 느낌의 첫인상이었지만, 그만큼 이미르라고 하는 거인이 어떤 놈인 것인가에 대해서도 궁금해졌다.

유정상은 보르도에게서 받은 지식의 책을 꺼냈다.

그리고 그곳에 마법 펜을 이용해서 한글로 이미르라고 썼다. 어떤 문자도 마법으로 해석할 수 있는 능력은 기본 옵션이고 대답도 같은 문자로 이루어진다기에 한글로 쓴 것이다.

잠시 기다리자 번쩍이는 느낌과 함께 새로운 글자들이 생겨났다.

[이미르는 1,200년 전에 화염산의 지배자 불카누스에 의해 만들어진 존재로 처음엔 산의 지킴이가 본연의 역할이었다. 그러나 수백 년의 시간이 흐르는 동안 점점 자신의 존재에 대한 의문이 증폭되면서 결국 그곳을 벗어나 버렸다. 그 때문에 불카누스의 노여움을 사지만 불카누스는 그 동안의 정으로 인해 결국 이미르를 풀어준다. 그 때문에 이미르는 불카누스를 자신의 아버지처럼 생각하게 되었다.

그런데 이후에 불카누스가 천계에 반역했다는 죄명으로 지옥으로 끌려가자 그것에 불만을 가진 이미르가 결국 불카누스를 구하기 위해 삶과 죽음의 경계를 무너뜨리면서 천계의 군대와 싸우게 되었고, 결국 번개의 창에 의해 죽음에 이르게 되었다. 하지만, 4백 년 전 하늘에서 나타난 신이 만든 신비로운 물건의 한 조각에 의해 다시 부활했고, 이후에 비취섬의 왕이 되었다.]

"흐음, 그런 일이 있었군."

뭔지 이상한 시간개념이 좀 신경 쓰였지만 아무튼 이미르란 녀석이 천계와 사이가 나쁘다는 건 확실해 보였다.

하지만 마계와도 특별한 접점이 없는 걸로 봐서는 그저 중립적인 입장인 듯 보인다.

그렇게 이미르에 대한 생각을 정리하면서 잡념에 빠진 사이 어느새 유정상이 타고 있던 범선이 섬 인근에 다다랐다.

구형의 범선이지만 마법의 효과인지 엄청나게 빠른 속도로 바다 위를 달려서 금방 목적지인 섬에 도착했다.

하지만 섬 근처에 다다르자 갑자기 커서의 경고 메시지가 떴다.

[경고. 섬 인근에 강력한 장막이 있다.]

메시지를 확인한 유정상이 얼른 커서를 이용해 섬 주위를 훑어보자 커서가 지나친 자리에 슬쩍 반투명 막이 보였다 사라지는 것이 눈에 들어왔다.

"왜 그러시죠?"

"섬 주위에 결계가 있다."

"결계요?"

"그래. 아마도 외부로부터의 침입을 막기 위해 만들어진 마법결계 같은데?"

그렇게 말하며 결계의 성능을 확인하기 위해 커서에 집중하며 그것을 살피다 곧 고개를 흔들었다. 그냥 힘으로 밀고 들어가기엔 너무 강력해 위험성이 있었다. 범선의 자체 방어 마법으로는 저 결계의 압력을 견딜 수 없을 것 같았다.

그런데 잠시 결계의 마법을 살펴보던 유정상은 언뜻 완벽해 보이는 저 결계에도 빈틈이 있음을 곧 알게 되었다.

"바닷속인가?"

결계의 힘은 바다를 기준으로 그 위쪽으로만 작용하고 있었기에 물속에는 결계가 미치지 않고 있었던 것이다.

하지만 이 바다에는 강력한 몬스터가 많이 서식하고 있어서 겁 없이 무턱대고 물속으로 헤엄쳐서 들어갔다가는 무슨 일을 당할지 알 수가 없다.

유정상도 아직은 물속이 그리 익숙하지 않은 장소였지만 레벨이 높아 그럭저럭 큰 피해 없이 섬으로 들어갈 수 있을 것이다. 하지만 동행인 세 명은 절대 불가능해 보였다.

사실 소환수들처럼 제법 레벨이 높다고 해도 혹시 레비

아탄이나 그보다 더 위험한 녀석이 나타나면 큰 피해를 당할 수도 있을 만큼 위험한 바다였다.

대략적인 상황을 그들에게 설명해주자 모두 난감해 하는 표정이다. 그런데 유정상은 배를 출항시키기 직전에 상점의 여자점원이 했던 말이 문득 떠올랐다.

"그러니까 객실을 살피면 도움이 되는 설명서가 있다고 했었지."

"아, 나도 그 말 생각난다."

곧바로 유정상이 배 뒤편에 있던 객실 쪽으로 이동했다.

사실은 점원의 말을 듣고는 바로 읽어보려고 했는데 갑자기 레비아탄에 쫓기는 저들이 등장하는 바람에 잠깐 잊어먹고 있었다.

문을 열고 객실 안으로 들어가자 고급스러운 소파와 침대 그리고 식탁이 놓인 장소가 나타났다. 객실의 가운데 놓인 커다란 탁자 위를 살피자 배의 설계도로 보이는 큰 종이 한 장이 펼쳐져 있었다.

이 설계도가 바로 점원이 이야기하던 설명서인 모양이었다.

그곳을 확인하자 각종 마법주문들이 배 구석구석에 그려져 있는 것이 보였고, 배 바닥의 중앙쯤에 뚱뚱한 로켓같이 생긴 특이한 구조물의 그림이 있는 게 보였다.

한 번도 배 밑으로 내려가 본 일이 없었던 탓에 그런 것이 있다는 건 유정상도 알지 못했다.

그 옆에는 알아 볼 수 없는 언어로 뭔가 설명이 적혀 있다.

커서를 글자에 가져가자 [물속으로 이동가능한 배]라는 글이 떠오른다. 쉽게 말하면 배의 내부에 짧은 거리를 이동할 수 있는 작은 잠수정이 보관되어 있다는 말이다.

“호오, 이런 게 있었군. 괜히 비싼 게 아니야.”

가진 돈의 절반가량이나 들여 구입했을 정도로 엄청 비싼 가격의 배였지만, 유정상은 목숨이 위험한 바다로 나가는 입장이었기에 과감하게 가장 좋은 배를 질렀다.

사실 이미 돈에 대한 집착이 사라진 유정상에게 골드의 소모는 별 감흥 없는 일이었다. 정말 그의 다짐대로 어느샌가 진짜 게임머니처럼 여기고 있었던 것이다.

어찌되었건 이런 구형 범선의 중심부에 설마 잠수정이 있을 거라고는 전혀 예상하지 못했었던 일이었다.

유정상은 바로 모두를 이끌고 배의 아래로 내려가 잠수함의 실체를 확인했다.

“이게 정말로 물속으로 이동이 가능한 배라고요?”

마요네가 믿기 힘들다는 표정으로 말했다. 하지만 사실 말만 하지 않았지 유정상도 별반 다르지 않은 심정이었다.

마요네처럼 배가 물속으로 이동한다는 사실을 못 믿는 게 아니라 너무 엉성하게 생긴 잠수정의 디자인 때문이었다.

말은 잠수정이라고는 하지만 마치 오크 나무을 깎아서 만든 술통처럼 생긴 그것을 보면 도저히 잠수정으로 생각하기는 어려웠던 것이다.

그래도 일단은 현재로서는 저 섬에 침투할 수 있는 가장 안전한 방법이라고 스스로를 위로한 유정상은 자그마한 자동차 크기의 나무 잠수정 문을 열었다.

위쪽이나 아래쪽에 입구를 만들어 두는 현대의 잠수정과는 달리, 이 잠정수은 문이 옆면에 달려 있었다.

문의 이음새가 너무 어설퍼서 진짜로 방수효과가 있을지 의문이지만 어차피 이곳의 물건에 인간의 상식을 대입시키기엔 무리가 있다.

유정상은 일단 안으로 모두를 데리고 안으로 들어갔는데 밖에서 보는 것보다는 좁지 않았다.

애초에 많은 숫자를 태우기 위해 만들어진 잠수정이 아니다보니 다소 비좁았지만, 백정은 유정상의 무릎 위에 앉을 수 있었고 또 주코와 보르도가 워낙 작았기에 크게 문제가 될 정도는 아니었다.

모두 타고 문을 닫자 곧바로 배의 측면에 문이 열린다.

그리고 잠수정과 연결되어 있는 각종 밧줄과 도르래가 자동으로 움직이며 잠수정이 어두운 관을 통해서 바깥으로 밀려나갔다. 그리고 배 아래로 퉁 떨어졌다.

풍덩!

출렁거리는 수면에 떨어진 잠수정은 물위에 뜬다.

그러다가 서서히 물속으로 들어가기 시작했다.

그때 작은 유리창 밖으로 수면 위가 사라지는 것을 보면서 주코가 깜짝 놀라더니 당황한 음성으로 말했다.

"주, 주인 그냥 가라앉는 것 같은데?"

그 말에 세 명의 얼굴이 흙빛으로 변했다.

그들은 모두 배가 물속으로 이동할 수 있다는 사실을 의심하고 있던 차에 주코의 말 때문에 놀란 탓이다.

그러나 잠수정의 움직임이 원래 그렇다는 것을 잘 알고 있는 유정상은 그저 느긋하게 팔짱을 끼고 있을 뿐 아무 말도 없다. 문제가 있다면 가라앉는 것이 아니라 물이 세어 들어오는 현상일 텐데, 그런 면에서 이 작은 잠수정은 아주 안정적인 모습이었기 때문이었다.

어느 순간 가라앉던 배가 앞으로 전진하기 시작했다.

"어?"

"와아!"

모두의 입에서 자연스럽게 탄성이 흘러나왔다.

나름 이 잠수정에도 고급의 마법이 걸려 있어서인지 방수뿐만 아니라 접근하는 몬스터도 없어서 바다 속을 이동하는 데 아무런 무리가 없었다.

"역시 엄청나게 비싼 놈이라 제값을 톡톡히 하는구나!"

주코가 호들갑을 떨며 작은 창문에 붙어서 바닷속을 구경하는 사이 잠수정은 결계 밑의 수중을 지나 섬으로 다가가고 있었다. 그리고 어느 순간 물위로 부상하는 기분이 드는가 싶더니, 바닥이 땅에 닿는 느낌과 동시에 바닥에서 모래에 잠수정이 긁히는 소음이 들려온다.

정면의 작은 창을 통해서 섬에 도착했다는 것을 확인한

유정상이 잠수정의 문을 열자 뜨거운 열대의 햇볕과 함께 해변의 풍경이 눈에 들어왔다.

죽음의 섬이라는 소문에 비해 섬의 풍경자체는 굉장히 아름다웠다. 맑고 투명한 바닷물, 해변에 피어 있는 아름다운 꽃들과 나무, 그리고 멋진 바위들과 넓게 펼쳐진 모래사장이 멋들어지게 조화를 이루는 곳이라 동생을 구하러온 마요네, 마브네 자매도 한순간 섬의 풍경에 취할 정도였다.

유정상이 그런 그들을 슬쩍 바라보면서 말했다.

"너희들은 천천히 이동해라. 난 먼저 가겠다."

"네?"

그들의 반응이 채 끝나기도 전에 이미 유정상은 그 자리에서 사라지고 없었다.

물론 유정상이 데리고 온 소환수 셋도 마찬가지였다.

처음의 약속을 칼같이 지키는 모습이었다.

"언니……."

"여기까지 우릴 데리고 와준 것만 해도 고마운 일이야. 더 이상 폐를 끼치는 건 안 돼."

"그래요. 마요네님."

"이제부터는 우리 힘으로 이동해요."

"네."

커서 마스터

Cursor Master

3. 최초의 거인

커서 마스터

Cursor Master

3. 최초의 거인

그들을 해변에 내버려두고 떠난 유정상은 엄청난 속도로 숲을 가르며 이동 중이었다.

커서의 방향을 확인하며 빠르게 이동한 그는 곧 목적한 장소에 도달했다.

섬 가운데 있던 커다란 바위산의 아래 커다란 동굴이 보이는 장소였는데 커서는 정확히 그 동굴을 가리키고 있었다.

"저기에 그 이미르라는 거인이 살고 있다는 말이지?"

"이미르가 어떤 놈이야? 싸워야 하는 거야?"

산제이가 호기심에 흥분하며 묻자 주코가 한심하다는 눈빛으로 잠시 노려보다 한숨을 푹 쉬었다.

"어째, 이 녀석은 싸우는 걸 그렇게 좋아하는지 몰라."

"얼마나 재밌는데."

"그러시겠지."

그런데 그때 동굴 속에서 갈색에 조그맣게 생긴 뭔가가 우르르 쏟아져 나왔다.

숫자도 많으면서 제법 강해보이는 그들의 모습에 주코가 살짝 인상을 찡그리면서 말했다.

"저놈들이 안드바리라는 놈들인가 봐."

"저놈들이랑 싸울 거나?"

"넌 좀 닥치라니까."

많은 수의 안드바리라는 난쟁이들이 쏟아져 나오더니 동굴 밖에 일제히 도열했다.

마치 잘 훈련된 군대처럼 보이는 움직임이었다.

그리고 잠시 후 유정상 일행의 오른쪽으로 제법 떨어진 곳에서 줄줄이 묶여 있는 여자아이들이 안드바리의 감시 속에서 동굴근처로 이동하고 있었다.

몇몇 소녀들은 삶을 포기한 듯이 체념한 얼굴이었고 몇몇은 울고 있다.

그러던 중 두 명이 소녀가 동굴을 바라보고는 공포심에 더 이상 걷지 못하고 바닥에 주저앉아 버리자 안드바리가 채찍으로 후려친다.

"꺄아아악! 살려주세요!"

"아파요!"

여자들의 비명이 울려 퍼지자 잠깐 상황만 지켜보려던

유정상의 표정이 분노로 극심하게 일그러졌다.

냉정하게 주변을 살피고 나서 움직이려던 마음이 한꺼번에 사라지자 곧바로 채찍을 내려치는 안드바리가 있는 곳으로 몸을 날렸다.

"주, 주인. 지금 뭐 하는 거야?"

"얏호! 싸움이다!"

"삐이이!"

유정상을 따라 몸을 신나하며 날린 산제이와 백정을 보던 주코가 어이가 없는지 혀를 찼다.

"에휴, 이런 상황에서 이성을 잃으면 어쩌자는 거야? 멍청한 주인을 둔 내 업보다."

그렇게 말하며 주코도 조심스럽게 주위를 살피며 유정상을 따라서 비행마법으로 움직였다.

콰가가가가가가가.

소나기 같은 기파들이 안드바리들이 모여 있는 곳에 떨어졌다.

"꾸에에엑!"

"꾸악!"

갑작스런 공격에 혼비백산한 놈들이 비명을 질러댔다.

콰가가가가가가.

몇 번의 기파 소나기가 떨어져 내리자 수백의 안드바리 중 1/3 가량이 즉사하거나 심각한 부상에 빠져 버렸다.

묶여 이동하던 여자아이들은 갑작스런 상황에 놀라 한쪽

벽으로 몰려들면서 몸을 숨겼다.

안드바리들은 그런 아이들을 내팽개쳐둔 채 우르르 이동하며 자신들을 공격하는 자를 찾기 위해 분주하게 움직였다.

그러나 감지 능력은 평범한 안드바리들로서는 은신술을 펼치고 있는 유정상을 발견하는 건 불가능한 일이었다.

그들이 할 수 있는 거라고는 그저 계속해서 이어지는 폭격펀치에 속수무책으로 죽어나갈 뿐이었다.

그렇게 놈들을 유린하며 안드바리들의 숫자를 차근차근 줄여나가는 사이에 유정상은 또 드루킹과 드루이드 100명을 소환해 여자아이들을 보호하도록 지시했다.

그리고 드루이드들의 보호막이 만들어지자 아이들을 대피시키기 시작했다.

일단 주코와 드루킹, 그리고 드루이드들에게 아이들을 이끌고 안전한 장소로 이동하라는 지시를 내리고 유정상은 혼자 남아서 주변을 초토화시켰다.

적의 숫자가 훨씬 많았지만 유정상의 폭격펀치를 제대로 받아내는 녀석은 아무도 없었기에 일방적인 전투가 되었다.

그때 해변에서 헤어졌던 마요네 자매와 보르도가 모습을 드러냈다.

그들은 요란한 소리에 이끌려 빠르게 이동해오던 중 많은 수의 안드바리들이 죽어 나가는 상황을 보고는 깜짝 놀라고 말았다.

그때 자신들이 있는 방향으로 여자아이들을 보호하며 이동하는 드루이드들의 모습을 보고는 그들을 적으로 인식해 화살을 날리려 했다.

하지만 다행스럽게도 주코가 그 모습을 먼저 발견하고는 얼른 막아서면서 소리쳤다.

"병신들아, 아군이라고. 애들을 몽땅 죽이려고 그래?"

주코의 말을 듣고서야 안심한 그들은 도망치는 여자아이들과 합류했다.

하지만 그들 사이에 자매의 막내 동생이 없다는 걸 확인하고는 다시 동굴 쪽으로 발을 옮겼다.

주코도 일단 소녀들의 안전은 드루킹에게 맡기고 마요네 일행과 함께 동굴 쪽으로 돌아왔다.

마요네는 뭔가 엄청난 싸움이 벌어진 것 같은데 동생은 보이지 않으니까 더욱 걱정이 앞서서 걸음을 서둘렀다.

그러나 그들이 동굴 근처에서 확인할 수 있는 건 그저 안드바리들이 떼로 죽어 나가는 모습이 전부였다.

이미 은신술을 극성으로 펼친 유정상이 놈들에게 공격을 계속 퍼붓고 있었기에, 마요네 일행은 유정상의 그림자도 발견할 수 없었던 것이다.

오직 주코만 은신마법을 펼치면서 그 싸움에 끼어들 수 있었을 뿐이었다.

그러던 와중에 진한 갈색에 표면이 번들거리는 거대한 지네 몬스터가 땅속을 뚫고 나왔다.

마요네는 제법 멀리 떨어진 지역에 있었지만 길이만 해도 20미터는 가뿐하게 넘어갈 정도의 거대 괴수가 갑자기 땅을 뚫고 등장하자 경악했다.

다급히 마요네 자매를 큰 바위 뒤쪽으로 밀어 넣은 보르도가 낮은 음성으로 말했다.

"이미르의 수족인 철갑지네예요!"

보르도의 말을 듣지는 못했지만 유정상도 철갑지네에 대한 것은 이미 등장과 동시에 커서로 확인이 끝난 상황이었다.

레벨은 250.

대형 몬스터이기는 하지만 이 정도 레벨이라면 그리 어려운 상대는 아닐 것이라고 판단했다.

그런데 그게 끝이 아니었다.

"쿠우우우우우!"

놈이 소리를 지르자 주변에 있던 안드바리들이 다급한 표정이 되어서 빠르게 그곳을 벗어나기 시작했고, 이어서 십여 마리의 지네가 땅을 뚫고 모습을 드러냈다.

"젠장!"

레벨이 비슷한 놈들이 갑자기 열 마리가 넘게 등장해 버리자 혼자서 상대하기에는 무리라고 판단한 유정상이 곧바로 코드 골렘 20기와 코드 자이언트 웜 10마리를 소환했다.

코드 골렘의 레벨은 170~190정도였고, 자이언트 웜은 200전후다.

전투가 시작되자 유정상의 소환수들이 숫자로는 조금 우세

했지만, 레벨의 차이 때문인지 일방적으로 밀리기 시작했다.

자이언트 웜들도 땅속을 휘저으며 나름대로 놈들에게 기습공격을 가했지만, 철갑지네의 강철 같은 피부 때문에 제대로 공략할 수가 없었다.

코드 골렘 역시도 크게 타격을 주지 못하고 계속 철갑지네의 공격에 큰 타격을 입으며 파괴되었다가 다시 몸을 복구하는 것만 반복하고 있었다.

그런 상황에서 유정상이 가세해 철갑지네 두 놈과 격전을 벌였지만 만만치 않은 상대였다.

상황이 어렵게 돌아가자 유정상은 급히 우타슈를 소환했다.

황금검의 우타슈도 그동안 레벨업을 거듭했지만 공격력이 부족한 탓에 철갑지네 한 마리를 상대하는 것도 버거운 상황이었다.

휘리리리릭.

댕강.

유정상이 날린 반월광의 공격에 드디어 철갑지네 한 마리의 몸이 두 쪽으로 잘려 나갔다.

하지만 잘려 나간 몸으로도 아직 완전히 죽지 않고 계속 꾸물거리는 움직임으로 덤벼드는 아주 지독한 놈들이었다.

하지만 유정상이 그 잘려 나간 몸에 버스터 펀치 한 방을 날려주자 결국 내장이 터지며 움직임을 멈추었다.

한 놈을 죽이는 데 너무 많은 에너지와 마나를 소모하자 유정상은 이 싸움이 결코 쉽지 않겠다는 판단이 섰다.

전체적인 판세는 나름 앞서가고 있는 건 확실했지만, 흘러가는 상황이 너무 불안했다.

산제이와 백정도 한 팀을 이루고 철갑지네 한 마리를 감당하고 있었지만, 단판 싸움이 아닌 상황에서 전력을 너무 많이 소모하면 앞으로가 더 힘들어 질 것은 분명했다.

역시나 잠시 후, 유정상이 우려하던 일이 벌어졌다.

동굴 속에서 인간의 모습을 하고 있는 갈색피부의 거대한 녀석이 등장한 것이다.

키는 대략 12미터 정도로 네피림보다 약간 큰 정도였지만, 놈의 몸 전체에서 무영의 기세가 뿜어져 나오고 있어서 척 보기에도 엄청난 위압감을 주고 있었다.

쿵. 쿵. 쿵.

그리고는 등장하자마자 코드 자이언트 웜 한 마리를 붙잡더니 한 방에 찢어 버린다.

코드라는 명칭이 붙으며 업그레이드된 탓에 자이언트 웜은 곧바로 찢어진 몸을 복구시켰지만 다시 기세가 실린 주먹 한 방에 완전히 소멸되어 버렸다.

그사이 커서로 확인해 보니 놈이 바로 '이미르' 였다.

'레벨이 380이라고?'

놈의 압도적인 레벨을 확인한 유정상의 얼굴이 순간 딱딱하게 굳어 버렸다.

설마하니 이렇게까지 강할 거라고는 전혀 짐작하지 못했던 것이다.

아직 260레벨에 불과한 유정상이 감당하기에는 너무나 벅찬 괴물이었다.

거기다 저렇게 엄청난 레벨을 가진 놈이 혼자도 아니고 무시무시한 부하들을 잔뜩 거느리고 있었다.

이건 뭐 해보나마나 한 싸움이라는 생각마저 들 정도였다.

일단 유정상과 백정, 주코, 산제이가 놈을 향해 몸을 날렸다.

정면으로 싸워서 이길 자신은 없었지만 그렇다고 이곳을 쉽게 벗어날 수 있을 것 같지도 않았기에 어떻게든 수를 만들어 보려는 노력이었다.

200대 레벨의 소환수들과 함께 공격을 가하자 놈이 간단하게 피하고는 빠른 주먹으로 소환수들을 파괴해 버렸다.

산제이가 휘둘러지는 놈의 팔을 휘감아 돌면서 칼질을 했지만 피부를 전혀 뚫지 못한다.

휘리리리릭.

콰아아앙!

기습적으로 휘둘러진 유정상의 반월광도 놈의 피부에 약간의 상처만을 남기고 폭발해 버렸다.

허무한 느낌이었지만 놈은 제법 고통스러웠는지 유정상을 향해 시선을 돌리고는 포효했다.

그러자 그 포효와 함께 놈의 전신에서 엄청난 에너지가 휘몰아치더니 유정상을 덮쳤다.

"크윽!"

그 기세만으로 전신을 날카로운 칼로 베어 내는 것 같은 고통이 느껴지자 유정상은 오른팔로 얼굴을 가리며 겨우 신음을 삼켰다.

이 싸움은 승산이 전혀 없다는 생각마저 들었다.

이 정도까지 압도적인 놈이라면 무슨 수를 쓰더라도 절대 감당해낼 수가 없었다.

유정상이 절망적인 상황에 어찌할 바를 몰라서 주춤거리는 그때, 놈이 갑자기 고통에 휩싸인 비명을 내질렀다.

"크와아아아!"

놈이 비명을 지르며 비틀거리는 사이에 유정상은 산제이 등과 빠르게 물러서면서 놈과 거리를 벌렸다.

그리고 놈의 공격 한 번에 소환취소가 돼 버리고 있던 많은 수의 소환수들도 이 기회에 재빨리 뒤로 물러서게 했다.

우타슈도 유정상의 신호를 확인하고 싸우던 철갑지네에게서 떨어지며 빠르게 후퇴했다.

그런데 뒤로 몸을 피신하려던 유정상은 순간 이미르의 행동이 조금 이상하다는 생각을 하며 몸을 멈춰 세웠다.

다급한 상황에서 갑자기 멈춰선 유정상을 보며 주코가 답답하다는 듯이 외쳤다.

"주인, 빨리 이곳을 벗어나자!"

"잠깐만."

유정상은 이미르의 고통스런 몸부림이 조금 이상하게 느껴졌다.

처절하게 느껴지는 그의 비명과 일그러진 표정을 보면 저 고통은 일반적인 공격에 의한 것이 아니라 어쩐지 오래전부터 시달려온 것이 아닌가 싶었다.

그러다가 놈이 자신의 목뒤를 움켜지고 고통스러워하는 모습을 보자 유정상은 문득 토투스 지식의 책에 생겨났던 내용을 떠올리면서 확신했다.

"감각의 조각이다."

"뭐?"

"너희들은 이곳에서 대기해."

"주, 주인!"

주코가 황당한 표정으로 불렀지만 유정상이 이미르를 향해 몸을 날리고 있었다.

빠르게 놈을 향해 다가갔지만 여전히 놈은 그를 인식하지 못하고 고통에 몸부림치고 있었다.

놈의 상태가 정상이 아님을 확인한 유정상은 재빨리 등 뒤쪽으로 이동해 목 부위에 커서를 가져다 댔다.

그러자 역시 예상대로 감각의 조각이라는 메시지가 떠올랐다.

놈은 그 조각으로 인해 부활했지만, 또한 그것으로 인해 지금까지 계속해서 고통을 받고 있었던 모양이다.

이미르의 고통이 심해지자 철갑지네들도 놈의 통제를 벗어났는지 이내 땅속으로 들어가 버린다.

유정상은 이 기회에 놈의 목덜미에서 감각의 조각을

빼내고 싶었지만 고통 속에 몸부림치던 이미르가 갑자기 뒤도 돌아보지 않고 동굴 속으로 들어가 버렸다.

고통 속에서도 본능적으로 더 안전한 지역을 찾아가는 모양이었다.

유정상은 놈이 지르는 고통에 찬 신음소리를 따라서 일단 동굴로 들어갔다.

동물은 입구부터 계속 뭔가가 썩고 있는 것 같은 악취가 진동했다.

빠르게 달려 들어가는 와중에도 언뜻 살펴보니 입구 주변에 잔뜩 쌓여 있는 뼈다귀들이 보였다.

그것들은 대부분 몬스터의 뼈다귀였지만 간간이 인간의 뼈로 보이는 것들도 보였다.

하지만 안으로 들어가면 들어갈수록 점점 더 인간의 뼈가 늘어났다.

그 크기가 작은 것을 보니 아마 소문대로 미쳐 버린 이미르 자식이 어린 소녀들을 식사대용으로 삼았던 모양이었다.

저절로 분노하게 만드는 장면이었지만 유정상은 일단 그 감정을 억누르고는 이미르를 찾아 안으로 들어갔다.

한참 빠른 속도로 안에 들어가자 동굴의 안쪽에 커다란 공동이 보였다.

마치 돔구장 수십 개를 합쳐놓은 것 같은 엄청난 공동의 크기에 압도당하는 기분이 들었다.

위험한 지역에 도착했음을 느낀 유정상은 일단 발걸음을

멈추고 주변을 살폈다.

그러자 미세한 기운들이 모여 있는 장소가 느껴졌다.

이미르의 기세는 아니었지만 그냥 내버려 둘 수가 없어 가까이 다가가니 굵은 나무를 엮어 만든 커다란 새장 안에 수십 명의 사람들이 모여 있는 게 보였다.

아까 입구에서 구한 여자아이들처럼 이곳에 있는 이들도 모두 어린 소녀들이다.

"크어어어어!"

아직 동굴의 깊은 곳에서는 이미르의 고통스런 비명소리가 들려오고 있었다.

그 때문에 새장 안의 여자아이들이 귀를 막고 몸을 움츠리며 무서움에 벌벌 떨고 있었다.

그러다가 유정상이 갑자기 모습을 드러내자 모두 화들짝 놀라며 반대편으로 물러서서는 경계하는 눈초리를 보냈다.

"여기 마슈네라고 있나?"

그 순간 모두 어리둥절해 하는 분위기였지만 아무도 나서는 아이는 없었다.

유정상이 다시 한 번 물었다.

"마슈네는 없는 건가?"

"제, 제가 마슈네예요!"

"그, 그러지 마!"

한 소녀가 손을 번쩍 들자 주변의 아이들이 그녀를 만류한다.

종족의 특성인 것인지 모여 있는 대다수의 소녀들이 녹색의 머리카락과 녹색의 눈동자를 가지고 있었지만 그래도 손을 들고 나선 그 소녀는 묘하게 두 자매와 닮아 있는 걸 보니 마슈네가 확실한 것 같았다.

의문스러운 얼굴로 힘겹게 나선 마슈네는 두려움을 간신히 억누르는지 손끝이 부들부들 떨리고 있었다.

"네가 마슈네인가?"

"네. 그, 그런데 당신은 누구세요?"

"내가 누군지는 알 거 없다. 그냥 너를 구하러 온 사람과 일행일 뿐이지."

블랙로브의 특성상 냉랭한 목소리가 흘러나왔지만, 유정상은 두 자매의 막내가 살아 있다는 사실에 조금 안도했다.

우직끈.

통나무들을 부서 버리고 입구를 열었지만 선뜻 밖으로 나오려는 아이들이 없었다.

그러자 마슈네가 겁을 먹은 얼굴을 하고서도 먼저 용감하게 앞으로 나섰다.

"정말, 저희들을 구하러 오신 건가요?"

"뭐, 다른 목적이 있긴 하지만, 우선은 그게 목적이지. 일단 빨리 이곳을 빠져나가야 한다. 이미르 놈이 다시 정신을 차리면 곤란하니까."

그제야 소녀들은 밖에서 들려온 시끄러운 소리의 원인을 대충이나마 이해했는지 희망적인 표정이 되어서 빠르게 움직였다.

그때 동굴 한쪽 편에서 짙은 갈색의 무리가 우르르 몰려들기 시작했다.

이미르의 종이라던 난쟁이 안드바리들이었는데 그 숫자가 얼핏 봐도 수천은 넘어보였다.

안드바리들이야 아무리 많다고 해도 유정상 혼자서 상대할 수 있는 수준이었지만 문제는 같이 도망치는 소녀들을 보호한 채로 놈들의 진격을 막으면서 상대해야한다는 사실이었다.

콰가가가가가.

"끼에에엑!"

"끼오오!"

가장 가까운 놈들에게 폭격펀치를 날리자 가장 먼저 달려들던 수십 마리의 안드바리들이 떼죽음을 당했다.

그 때문에 놈들이 잠깐 움찔거리며 진격을 멈추긴 했으나 곧 다시 개미떼처럼 몰려들었다.

혼자서는 버거움을 느낀 유정상이 남은 군주 포인트를 사용하려 했다.

[동굴 속에는 공간왜곡 결계가 작용하고 있어서 군주 포인트를 사용해 직접 소환수를 불러들이는 건 불가능합니다.]

정체를 알 수 없는 마법 때문에 소환수를 불러들이는 것이 차단된 공간인 모양이었다.

유정상은 어쩔 수 없이 폭격펀치를 난사해서 안드바리들의 진격을 막으며 소녀들과 속도를 맞춰 이동했다. 하지만 문제는 이동속도가 너무 느리다는 것이었다.

이대로 가다간 운이 좋아도 절반 이상의 아이들은 안드바리들에게 죽임을 당할 것이 분명하다.

그런데 그때 소녀들을 뛰어넘어 유정상에게로 빠르게 다가온 몇 개의 그림자가 있었다.

그리고 그들은 번개처럼 가까이 다가온 안드바리들에게 덤벼들었다.

댕겅. 댕겅.

번쩍. 번쩍.

그들은 바로 산제이와 백정이었다.

밖에서 대기하라고 지시했지만 유정상의 주변에 일어난 위급상황을 느끼고는 급하게 뒤따라 온 것이다.

앞서 달려 나간 산제이와 백정은 여기저기에서 번개처럼 번쩍이며 갈색의 난쟁이들을 토막 내기 시작했다.

산제이와 백정이 화려한 활약을 펼치는 사이 주코가 유정상 근처로 다가오더니 한숨을 쉬고는 고개를 절레절레 흔들며 말했다.

"어거 봐, 나 없으면 죽도 밥도 안 된다니까."

그렇게 말하고는 마법을 이용해 여자아이들을 한꺼번에

공중으로 들어올렸다.

"꺄악!"

"엄마야!"

"시끄러, 이것들아! 뒈지기 싫으면 주둥이 닫고 가만히 있어! 발버둥 치면 마나소모가 많아지니까, 확! 버려두고 갈까보다."

그 소리에 모두 깜짝 놀라서는 자신들의 두 손으로 입을 가린다.

주코가 마법을 써서 수십 명의 소녀들을 간단하게 들어 올리자 조그만 몸집에 어울리지 않게 제법 대마법사의 풍모가 느껴졌다.

비행 마법은 아니고 그냥 물건을 옮기는 이동마법이었지만 지금의 상황에서는 확실히 효과적이었다.

주코가 아이들을 공중에 띄운 채로 이동해나가는 동안 유정상도 백정과 산제이의 사이에 끼어들어 안드바리 놈들을 학살하기 시작했다.

콰가가가가가.

아이들을 이동시키며 빠르게 날아간 주코는 곧 동굴 입구에 다다랐다.

그때까지만 해도 아직 고통에서 벗어나지 못한 이미르가 여전히 몸부림치며 지르는 비명소리가 동굴 밖까지 들려오고 있었다.

하지만 주코가 겨우 이동시켜 온 소녀들을 바닥에 내려

놓는 순간 서서히 이미르의 비명소리가 잦아들었다.

그러자 더 이상은 시간이 없다는 걸 느낀 소녀들이 모두 사색이 되었다.

“멍청하기는! 죽고 싶지 않으면 빨리 뛰어!”

순간적으로 몸이 얼어붙은 소녀들에게 주코가 소리를 빽 질렀다.

그러자 겨우 공포에서 벗어난 소녀들은 주코의 안내에 따라 서둘러 그곳을 벗어나서 해변 쪽으로 이동해갔다.

동굴에 남아서 추적하는 안드바리들을 막아 내던 유정상과 산제이, 백정도 어느새 나타나더니 그들의 뒤로 따라붙었다.

그런데 그때, 정신을 차린 이미르 놈이 동굴의 입구에 모습을 드러냈다.

“크아아아아!”

분노한 놈이 소리를 내지른다.

일단 다급한 대로 코드 자이언트 웜 몇 마리와 코드 골렘들을 내세워 놈의 앞을 막아섰지만 얼마 버티지도 못하고 완전 소멸을 당해 버렸다.

놈의 주먹에 실린 강력한 에너지를 제대로 받아내지 못하고 겨우 한 방에 복구 능력까지 상실해 버리는 충격을 받은 것이다.

소녀들이 아직 얼마 도망가지도 못했기에 그들의 뒤쪽에서 지키고 있던 유정상은 금방 놈의 눈에 띌 수밖에 없었다.

순식간에 소환수들을 소멸시킨 놈이 몸을 공중으로 날리

더니 유정상 일행이 이동하던 방향으로 떨어져 내렸다.

일단 놈의 공격을 막지 못한다면 여기서 모두 전멸당할 수도 있을 것 같았다.

너무나 급박한 상황에 유정상은 자신도 모르게 몸을 회전시키며 반월광에다 버스터 펀치를 합친 기파를 놈에게 날렸다.

콰라라라락.

순간 평소보다 훨씬 큰 반월광이 놈을 향해 날아올랐다.

이미르는 사납게 덮쳐오는 거대 반월광을 분쇄시키려는 듯이 떨어져 내리는 자세 그대로 주먹을 빠르게 휘둘렀다.

콰아아아아앙!

놈의 주먹과 강화된 반월광이 충돌을 일으키자 순간 엄청난 폭발을 일으켰다.

그 폭발의 여파가 미치려하자 주코가 재빨리 실드를 펼치며 연약한 아이들을 보호했다.

그리고 다시 이동마법까지 써서 소녀들을 데리고 그 자리를 벗어나기 시작했다.

이미르의 앞을 막아선 유정상은 투쟁심으로 들끓어 오르는 기분을 삭이면서 정면을 응시했다.

연기가 자욱한 상황에서 놈의 그림자가 보인다.

연기를 뚫고 나타난 놈의 오른손은 이미 박살이 나서 아래로 피를 쏟아내고 있었다.

[공격스킬 '반월광' 이 업그레이드됩니다.]

위험한 상황에서 다급한 마음으로 만들어낸 행동 덕분에 반월광이 업그레이드되었다.

의도하지는 않았지만 정말 필요한 순간이었다.

'역시 궁하면 알게 된다는 건가?'

유정상이 쓰게 웃었다.

반월광이 업그레이드됨과 동시에 다른 공격 기술들도 덩달아 강화되었다는 것도 본능적으로 느끼고 있었다.

잠시 바라보고 있으려니까 완전히 박살났던 이미르의 팔이 저절로 치유가 되기 시작했다.

꽤나 큰 부상이었음에도 아무 일도 없었던 듯 다시 원래의 팔 모양으로 돌아가는 모습을 보고도 유정상은 여전히 차분한 얼굴이었다.

380레벨이나 되는 놈이 겨우 이 정도의 부상으로 힘을 잃을 거라고는 전혀 생각하지 않은 것이다.

놈이 오른쪽 입술을 비틀어 웃으며 유정상을 내려다보았다.

그의 눈빛은 '생각보다는 제법 강한 놈이구나.' 라는 이야기를 하고 있는 것 같았다.

다음순간 놈은 발을 힘차게 구르며 덤벼들더니 동시에 거대한 주먹을 유정상을 향해 휘둘렀다.

엄청난 풍압을 일으키는 주먹이 유정상을 향해 날아들었다.

슈아아아아.

이미르의 공격을 인식하는 것과 함께 커서가 방패로 변하려했지만 유정상은 강제로 저지했다.

그리고 오히려 커서를 이용해 휘둘러지는 놈의 주먹을 붙들었다.

탁!

이렇게 한다고 해서 저 공격을 막을 수는 없지만 살짝 균형을 무너뜨리는 정도는 가능했다.

커서에 의해 놈의 주먹이 약간 아래로 쏠리자 유정상은 그 틈을 이용해서 놈의 주먹을 타고 넘었다.

그리고 이동의 팔찌를 이용해 놈의 어깨부분으로 빠르게 이동해 갔다.

그런데 그 짧은 찰나의 순간에 놈의 전신이 그 자리를 꺼지듯 사라져 버렸다.

팟!

"……!"

녀석도 유정상처럼 순간이동의 능력을 가지고 있었던 것이다.

놈의 머리를 공격하려던 유정상의 계획은 좌절되었지만 그렇다고 놈의 위치를 놓친 건 아니었다.

기세를 숨기는 것에는 아직 미숙한지 순간이동을 했음에도 위치를 파악하는 건 어렵지 않았다.

유정상은 허공에서 다시 이동의 팔찌를 이용해서 놈이 이동해간 곳으로 방향을 바꾸었다.

이미르는 모습을 드러내자마자 가까이 접근한 유정상을 느끼고는 다시 주먹을 휘둘렀다.

부우웅!

이번엔 쉽게 피하지 못하게 하기 위해서 주먹 에너지의 파장을 넓고 크게 만들었다.

저런 식이면 이전처럼 커서로 주먹을 흔들고 그 틈에 위로 타고 넘는 묘기는 아무래도 무리였다.

이번엔 피하지 않고 그냥 녀석의 주먹을 정면에서 맞받아쳤다.

새로 각성한 파워를 믿고 해보는 모험이었다.

유정상의 강력한 기파가 이미르의 기파와 부딪쳤다.

콰아아앙!

폭발과 동시에 유정상 쪽으로 녀석의 에너지가 쭉 밀고 들어갔다. 순간적으로 유정상의 파워가 훨씬 밀리는 것처럼 보였다.

하지만 이미르의 주먹이 향한 곳은 유정상의 정면이 아니라 그의 발아래 쪽이었다. 유정상의 기파와 충돌을 일으키면서 방향이 꺾여 버린 것이다.

발아래에서 폭발하는 충격의 반동을 이용해 수직으로 튀어 오른 유정상이 다시 이동의 팔찌를 사용했다.

밧줄이 놈의 머리에 걸리자 유정상은 놈의 얼굴 쪽으로 빨려 들어가듯 다가갔다.

당황한 이미르는 이번에도 순간이동을 하려했다.

"어딜!"

하지만 이번에는 유정상도 그 순간을 놓치지 않고 빠르게 커서를 움직여 녀석의 목뒤 척추를 강하게 때렸다.

"크워어어어어어!"

목 뒤편에서 오는 강렬한 고통을 이기지 못하고 놈이 바닥에 쓰러졌다.

쿠웅!

거의 완성되어 있던 순간이동 역시 취소되어 버렸다.

유정상은 고통 속에서 버둥거리기 시작하는 녀석에게 다시 업그레이드된 반월광을 날렸다.

콰라라라락!

날카롭고 강력한 기파를 머금은 반월광이 빠르게 회전하며 놈의 머리 쪽으로 날아갔다.

하지만 놈은 고통에 발버둥을 치던 그 순간에도 반월광의 위험을 느끼고는 본능적으로 머리를 틀어 버렸다.

콰아아앙!

놈이 피한 곳에는 반월광의 파괴력에 이미르의 덩치보다 조금 더 커다란 구덩이가 생겼다.

그리고 고통 때문에 제정신이 아니던 이미르가 몸부림치다가 그 구덩이에 빠져 버렸다.

우연히 일어난 일이었지만, 마치 유정상이 덫을 만들어서 놈을 잡은 것처럼 되었던 것이다.

이미르는 그 속에 엎어진 상태로 몸부림쳤지만 구덩이가

놈의 덩치에 비해 그리 크지 않은 덕분에 움직임은 무척 제한적이었다.

놈의 어깨 쪽에 내려서니 목뒤에 얼핏 무언가가 불룩하게 튀어나와 있는 모습이 보였다.

유정상이 재빨리 커서를 움직여서 그 부분에 가져갔다.

놈이 심하게 발버둥을 치고 있었지만 스스로 들어간 함정 때문에 움직임이 극히 제한적이어서 결국 커서를 목 척추 부분에 쑤셔 박을 수 있었다.

"크워어어어어어어어!"

놈이 눈을 부릅뜨며 괴성을 질렀다.

하지만 아직 끝난 게 아니다.

커서로 놈의 척추 속에 있는 조각을 찾아야만 했다.

커서로 이미르의 목 뒤쪽 척추 부분을 휘젓다가 어떤 금속성 물질이 있음을 파악했다.

유정상은 그것을 느끼자마자 바로 커서로 붙잡았다.

"크워어어어! 컥! 컥!"

감각의 조각을 붙들 때 느껴지는 충격 때문에 이미르는 더욱 발버둥 치다가 숨이라도 넘어갈 듯 퍼덕거렸다.

하지만 유정상은 최대한 힘을 커서에 집중해서 그 감각의 조각을 뽑아냈다.

푸숙!

"쿠웨에에에에에!"

이미르가 마지막 비명을 지르다 그대로 힘을 잃고 풀썩

하고 쓰러져 버렸다.

"헉! 헉!"

놈이 쓰러지고 숨이 끊겼다는 걸 확인한 유정상은 다리가 풀려 바닥에 주저앉고 말았다.

털썩.

그리고 곧바로 그의 눈앞에 메시지가 형성되었다.

[비취섬의 폭군 이미르을 처단하셨습니다.]

[레벨 25가 오릅니다.]

[레벨이 285가 되었습니다.]

미션해결도 아니고 그냥 놈을 죽였을 뿐인데도, 워낙 강력한 놈이다 보니 한꺼번에 무려 25레벨이나 올랐다.

유정상 자신보다 120레벨이나 더 높은 녀석을 죽였으니 그럴 만도 했다.

[첫 번째 미션 완료]

[일곱 개의 조각 중 네 번째 감각의 조각을 획득했습니다.]

그리고 커서 곁에 다시 설계도 같은 것이 생성되더니 그곳에 있는 틈에 다시 들어가 박힌다. 이어서.

번쩍!

감각의 조각이 빛과 함께 다시 커서 속으로 빨려 들어갔다. 그리고 커서에서 전해져오는 기운이 유정상의 전신으로 퍼지면서 가슴이 뜨거워졌다.

"흡!"

갑작스런 상황에 조금 당황했지만 나쁜 일은 아니라는 것은 유정상도 알고 있었다.

그것은 커서에서 전해져 오는 것은 새로운 힘으로 이름처럼 감각의 활성화를 만들어내고 있었다.

유정상은 온몸의 세포 하나하나가 모두 깨어나는 것처럼 신비로운 감각과 함께 모든 기본 능력이 상승하고 있었다.

[레벨 30이 오릅니다.]

[레벨이 315가 되었습니다.]

이미르를 죽이고 감각의 조각을 얻자 순식간에 레벨이 55가 올랐다.

이로써 유정상의 레벨도 드디어 300이 넘어 버렸다.

유정상의 레벨이 상승하면 소환수들도 모두 그 영향을 받게 되니까 전체적인 전력도 엄청나게 상승했을 것이다.

놈은 생명이 다하자마자 몸이 검게 변하더니 재가 되어 흩어진다. 이미 진작 죽었던 몸이 조각의 힘 덕분에 부활한 탓에, 조각이 몸에서 떨어져나가자마자 육체는 본래의 모습으로 돌아간 것이다.

이미르가 죽자 멀리서 그들을 포위한 상태로 싸움을 지켜보고 있던 안드바리들이 일제히 유정상을 향해 머리를 박고 엎드린다.

[안드바리들이 새로운 주인을 섬기려합니다.]
[받아들이시겠습니까?]

보통 이런 질문을 받으면 얼른 승낙해 버릴 수도 있겠지만 언제나 의심이 많은 유정상은 습관처럼 따져 물었다.
"받아들이면 어떻게 되는 거지?"

[안드바리들의 새로운 군주가 되며, 이 섬의 지배자가 됩니다.]

"이곳에 남아야 하는 건가?"
유정상이 인상을 쓰면서 물었다.
아무리 쓸 만한 전력이라고 해도 소유하는 데 제약이 심하다면 필요 없는 놈들일 뿐이다. 하지만 다행히 안드바리들의 주인이 되는 데에는 그런 제약은 없었다.

[섬에서 벗어나도 즉각적인 보고를 받을 수 있으며 이들이 얻은 보물은 개인 창고로 들어가게 됩니다.]

"개인 창고?"

[섬의 지배자가 된다면 얻을 수 있는 개인 공간입니다.]

개인 창고라는 것은 인벤토리와 비슷하지만 자신이 머물 수도 있다는 게 다른 점이었다. 거기다 어디서든지 이동 포인트를 이용해서 하루에 한 번 개인 창고에 갈 수 있다고 한다. 사용하기에 따라서 무척 편리한 기능이 될 수도 있었다.

"받아들이겠다."

[섬의 지배자, 안드바리들의 주인이 되었습니다.]

[개인 창고를 소유하게 됩니다.]

[섬에서는 개인 창고를 자유롭게 사용할 수 있습니다. 개인 창고로 이동하시겠습니까? 이동은 혼자만 가능합니다.]

"이동하겠다."

[개인 창고로 이동합니다. 잠시만 움직이지 말고 기다려 주십시오. 5. 4. 3. 2. 1.]

번쩍.

곧바로 유정상의 눈앞에 새로운 장소가 나타났다.

넓은 건물의 실내 같기도 하고 땅속에 만들어진 신전 같기도 한 곳으로 오래된 느낌의 석재로 사방을 둘러싼 아주 넓은 장소였다.

바깥으로 난 창문 따위는 없었지만 마법적인 처리를 한 것인지 자연광 같은 빛이 전체를 은은하게 밝히고 있었다.

그런데 그보다 더 대단한 건 돔구장 몇 개를 합쳐놓은 것처럼 넓은 실내를 가득채운 엄청난 양의 금덩이와 각종 보석류들이었다.

마치 모험영화의 마지막 장면에 등장하는 장면처럼 비밀의 방에 가득 들어차 있는 보석을 바라보는 기분이었다.

커서를 이용해 주변을 훑어보니 처음 들어보는 이름의 보석들이 대부분이었고, 사이사이 진귀한 아이템들도 제법 보인다. 이미르 놈이 엄청난 세월을 살아오면서 모아둔 각종 보물들이 이곳에 모두 모여 있었던 것이다.

이젠 이 모든 것이 다 유정상의 소유가 되고 말았다.

원래 어느 정도의 재산을 가진 다음부터 유정상은 돈에 초연했지만 이제는 진짜 더 이상 돈에 연연할 이유도 필요도 없어져 버렸다.

이 정도의 보물이라면 그냥 돈을 초월해 살면 되는 것이다.

하지만 한편으로는 조금 허무하기도 했다. 돈이 부족할 때는 늘 그것에 얽매여 살아왔고 자식과 부인도 잃게 되는 원인이기도 했었다. 물론 과거로 돌아오기 전의 일이었긴 했지만 말이다.

이전의 삶이 어느 순간 남이야기처럼 되어 버려서 어색하게 느껴졌는데, 이젠 돈 자체는 더 이상 의미가 없는 상황이 되어 버리니 만감이 교차하고 있었다.

상념에서 벗어난 유정상은 습관처럼 쓸 만한 아이템들을 찾던 행동도 그만두었다. 어차피 이 모든 것은 자신의 것이고 시간은 많으니 나중에 천천히 해보면 될 일이다.

"원래대로 돌아가겠다."

팟!

유정상이 돌아오겠다고 말하자마자 어느새 본래 있던 장소로 돌아왔다. 어리둥절한 표정으로 흩어져 있던 세 자매와 보르도, 그리고 잡혀왔던 소녀들은 유정상이 나타나자마자 우르르 몰려왔다.

일단 유정상은 그녀들이 본래의 집으로 돌아갈 수 있게 안드바리들을 움직여 다시 배를 준비시켰다.

그들은 이미 주인이 되어 버린 유정상의 명령을 절대 어길 수 없는 맹약이 걸려 있다.

안드바리들은 힘차게 대답하고 배를 준비했다.

그런데 녀석들이 준비한 배는 크기만 컸지 이것저것 마구잡이로 이어붙인 모양으로 마치 언뜻 보면 바다 위를 떠도는 나무더미처럼 보일 정도로 엉성해 보였다.

준비한 배를 본 유정상이 인상을 쓰면서 안드바리들을 혼냈지만, 뒤이어 '아콰라' 라는 이 섬에서 나는 특수 열매의 수액을 이곳저곳에 뿌려두었기에 몬스터의 접근을 막는다는 설명을 들을 수 있었다.

배 같지 않는 디자인도 하늘을 날아다니는 비행 몬스터의 시선을 피할 수 있다고 하니 의외로 나름 살아가는 지혜가 있었다. 덕분에 안드바리들도 이렇게 위험한 바다를 마음대로 이동하면서 소녀들을 납치할 수 있었던 것이다.

설명을 들은 유정상은 안드바리들에게 준비한 배를 이용해 모두의 고향으로 돌려보내라는 명령을 내렸다.

처음에 소녀들이 다시 안드바리의 배를 타라는 말에 겁을 집어먹기도 했지만 집으로 돌려보내 주겠다는 말에 안심하는 표정이 되었다. 게다가 세 자매가 먼저 나서서 배에 오르자 다른 이들도 그녀들의 뒤를 따랐다.

보르도의 경우엔 그 사이 무슨 일이 있었는지 잠깐도 떨어지지 않고 마요네와 눈빛을 교환하는 모습이 심상치 않다.

아마도 극한의 상황을 같이 겪다보니 마요네의 마음에도 사랑이 싹튼 모양이었다.

그렇게 모두와 헤어진 유정상은 다시 잠수함에 올라서 대기 중이던 배로 돌아갔다. 결계는 이미르가 죽으면서 사라졌지만 잠수함은 그냥 바닷속으로 이동했다.

유정상은 앞으로 섬에 오고 싶다면 개인 창고를 통해서 언제든 올 수 있었지만 한동안은 상관없는 일이었다. 물론 하루에 한 번으로 제한되기는 하지만 사실 하루에 한 번 이상 올 일도 없었기에 제한이라고 보기도 힘들지만 말이다.

유정상이 섬에 신경 쓰지 않는다고 해도 안드바리들이 알아서 섬을 지킬 것이고, 뭔가를 유정상에게 받치면 그것은 자동으로 개인 창고에 들어갈 것이다.

아무튼 개인 창고로 가기 위한 이동 포인트는 한곳에 정해두어야 한다고 했다. 이동 포인트도 필요에 따라 바꿀 수 있는 모양이지만 한동안은 자신의 집에 만들어두는 게 가장 좋을 것 같았다.

대충 미션을 마무리하고 배를 타고 원래의 장소로 돌아가려 했는데, 다시금 메시지가 떠올랐다.

[두 번째 미션]

[일곱 개의 조각 중 다섯 번째 '방어의 조각' 을 얻어라]

[진정한 커서 마스터가 되려면 좀 더 높은 방어력이 더 필요할듯하다.]

'진정한 커서 마스터?'

유정상의 직업이 커서 마스터이긴 하지만 '진정한' 이라는 글이 붙은 건 처음이었다.

마치 유정상이 반드시 커서 마스터로서의 자질을 완전하게 갖추길 원한다는 뉘앙스다. 물론 유정상도 그것을 거절할 생각은 없지만 그래도 '진정한 커서 마스터' 라는 글을 보니 어쩐지 가슴이 두근거리는 기분이었다.

그나저나 이번에도 역시 연계미션으로 이어졌고, 이번에는

'방어의 조각' 이다. '감각의 조각' 은 커서의 업그레이드와 동시에 유정상의 감각을 일깨웠다. 그렇다면 이번엔 당연히 유정상의 방어력을 올려줄 그런 물건이라고 예상할 수 있었다.

이번 싸움은 거인의 목에 박힌 조각의 후유증이 아니었다면 유정상이 목숨을 잃었을지도 모를 정도로 위험한 순간이 많았었다. 그만큼 이미르와의 싸움은 레벨의 차이가 극심했던 것이다. 물론 놈을 잡고 한꺼번에 55레벨을 올리는 성과를 이루었지만 이런 식으로 가다가는 언제 죽어도 이상하지 않을 것 같다는 생각이 들었다.

미래의 지식으로 보자면 지금 유정상은 1급의 각성자라고 해도 무서울 것이 없고 어떤 던전이라도 손쉽게 몬스터들을 사냥할 수 있는 강력함을 가지고 있다 믿었다. 그러나 지금의 시점에서 보자면 1급 각성자 따윈 이런 엄청난 곳에서는 별반 도움도 되지 못한다.

어느 시점부터는 미션 속에서 만나는 던전의 난이도가 엄청나게 높아졌고, 예전에는 상상조차 할 수 없었던 수준의 강함이 필요해졌다.

그럼에도 지금의 유정상은 어느 때보다 미션을 해결하려는 의지가 높아져 있었다. 이제는 미션이 마치 자신의 운명인 것처럼 받아들이고 있었던 것이다. 물론 단순히 로브의 영향이라고 볼 수 없다는 것도 잘 알고 있었다. 왜냐하면 로브를 입고 있지 않을 때조차 이러한 성향이 변하지 않았으니까.

유정상은 강해지면 강해질수록 점점 더 강함에 대한 욕구가 심해져 가고 있다는 것도 잘 알고 있었다.

어찌 되었건 지금은 두 번째 미션에 집중해야 할 때다. 커서의 방향이 다시 정해지자 범선은 자연스럽게 그 방향으로 이동을 시작했다. 예상하지 못한 일이지만 아무래도 미션의 흐름상 던전에서 제법 시간을 보내야할 분위기다.

항해가 길어졌고 어느새 밤이 되었지만 범선의 항해는 계속되었다. 마법적인 힘으로 달리는 범선의 속도가 엄청나게 빠른 것을 감안하면 이번 미션의 장소는 꽤나 먼 곳이었다.

그렇게 밤을 보내고 나서 아침이 되어도 배는 여전히 빠르게 이동 중이었다. 소환수들은 특성상 잠이 없고, 유정상도 별다른 움직임이 없으면 피로를 느끼지 못해 잠을 자는 경우는 없다. 그래서 밤새 이동하며 심심풀이 낚시로 커다란 물고기 몇 마리를 잡기도 했다.

설계도를 보니 배 안에는 부엌처럼 만들어진 공간도 있었기에 오랜만에 냠냠플레이어의 두 번째 냄비를 꺼내서 야참으로 맛있는 요리를 만들어 먹었다.

그런데 어느 순간부터 점점 날씨가 추워지기 시작했다.

소환수들이나 유정상의 경우엔 어지간한 추위도 문제될 것이 없지만 배에 조금씩 서리가 생겨난걸 보면 기온이 엄청 떨어진 모양이었다.

"주인, 눈이다."

주코가 하늘에서 떨어지는 눈송이들을 보면서 말하자, 산제이가 신기하다는 듯 그것들을 손을 받았다.

그리고 입을 벌려 그것을 맛보기도 한다.

그러자 주코가 산제이의 그 행동을 보고는 한심하다는 듯 말했다.

"미친, 그런 걸 왜 처먹고 난리야? 그리고, 넌 먹지 않아도 된다면서."

"맛은 볼 수 있다."

"뭐야, 먹지 않아도 되는데 그딴 쓸데없는 기능은 왜 있는 거야?"

"그건 나도 모른다."

"그러시겠지."

그때 백정이 뭔가를 보았는지 소리를 질렀다.

"삐이이이!"

습관처럼 말다툼을 하던 두 녀석도 백정의 소리에 반응하더니 같은 방향으로 시선을 돌린다.

항상 투닥거리며 싸우면서도 어쩐지 무척이나 잘 어울리는 녀석들이다.

"어? 섬이다."

"섬이 아니야. 좌우로 끝이 보이지 않는걸 보니까 육지다."

"모두 하얗다. 주인."

"아무래도 눈으로 덮인 대륙인가보다."

"모두 하얗다니 신기하다."

"눈은 차갑고 미끄러워서 불편하기만 해. 좋을 거 하나도 없어."

커서 마스터

Cursor Master

4. 클레이아

커서 마스터

Cursor Master

4. 클레이아

주코가 산제이에게 잔소리를 하는 사이에 어느덧 배가 육지 인근에 다다르자 모두 배에서 내렸다.

바다와 땅이 그리 멀지 않아 유정상과 산제이는 날 수 있는 백정과 주코에게 매달려서 이동했다.

설계도를 보면 작은 접안용 보트가 범선의 뒤쪽에 있었지만, 귀찮았던 유정상은 백정의 다리를 잡고 이동했다.

바닷가도 온통 눈으로 뒤덮여 꽤나 운치가 있었다.

사방이 눈밭으로 뒤덮여 있으니 보기엔 그럭저럭 좋아 보이지만 역시 빠른 이동은 어려웠다.

물론 레벨이 워낙 오른 덕에 이 정도 추위도 크게 문제될 건 없었고, 이동도 그냥저냥 할 수 있지만 일반적인 육지에 비하면 확실히 불편했다.

잠깐 눈밭을 바라보고 있던 유정상은 문득 예전에 사용했던 마법썰매를 떠올리고는 바로 꺼냈다.

클레오의 던전에서 사용한 이후로는 인벤토리에서 자리만 차지하고 있었는데 다시 사용할 일이 생긴 것이다.

그런데 썰매를 타고 출발하려는 그들에게 모여드는 집단이 있었다.

하얀 털과 이마에 커다란 외뿔이 달려 있는 외뿔백곰이었다.

크기는 어지간한 코끼리와 맞먹을 정도로 큰 놈이었는데, 레벨은 150으로 지금 유정상 일행에 비해서는 너무 낮았다.

"주인, 저놈 죽일까?"

산제이가 나서려 하자 놈들의 레벨을 확인한 유정상이 고개를 가로저었다.

"잡아봐야 쓸모도 없는 수준이다. 시간만 허비하게 돼. 그냥 놔둬."

유정상은 그렇게 말하고는 썰매를 출발시켰다.

마법썰매는 유정상의 의지에 따라서 움직였기에 몰려드는 외뿔백곰들을 피해서 매끄럽게 달렸다.

그런데 한참을 달리다 보니 거칠고 날카로운 얼음칼들이 돋아나 있어서 더 이상 썰매로 이동할 수 없는 지역이 나타났다.

유정상은 다시 마법썰매를 인벤토리에 넣고 높게 솟아오른 얼음의 탑들 사이를 이동의 팔찌를 이용해 이동하기 시작했다.

발 디딜 곳이 없는 이런 장소라면 차라리 이동의 팔찌로 이동하는 게 수월하다.

다만 추위를 뚫고 계속 스킬을 쓰려면 체력이나 마나소모가 크다는 게 문제였지만 말이다.

그런데 빠른 속도로 날아가던 유정상은 그 아래를 지나는 뭔가의 존재를 느끼면서 이동을 멈추고 커다란 얼음산의 꼭대기에 올라섰다.

우측 먼 곳을 살펴보니 날카로운 얼음칼이 돋아난 땅에 눈보라까지 휘몰아치고 있다.

그리 멀지 않은 지역임에도 유정상이 서 있는 장소와 전혀 다른 날씨라는 게 생소하면서도 특이했다.

유정상도 처음부터 저 눈보라가 몰아치는 지역을 인식하고는 있었지만 시계가 좁아져서 이동이 어려울까봐 의도적으로 가까이 접근하지 않은 지역이었다.

하지만 그 눈보라의 틈으로 언뜻 보이는 대규모의 이동이 유정상의 시선을 사로잡았다.

일단의 무리들이 그 발 디딜 틈도 없었던 땅 위를 이동하고 있었던 것이다.

날카로운 얼음의 칼이 솟아난 대지의 중간에 겉으로는 보이지 않는 숨겨진 길이 있었던 모양이었다.

커서를 가져가서 영상을 확대하자 그들이 인간의 모습을 하고 있으며 하얀 털가죽을 뒤집어쓰고 있다는 것을 확인할 수 있었다.

"인간들인가?"

얼핏 봐서는 마치 북극에 산다는 에스키모인들처럼 보인다.

물론 이곳이 던전이고 이세계인 이상 그럴 리는 없다고 생각하며 커서로 그들의 정체를 확인해 보았다.

[케토라족]

[설원에 살고 있는 인간으로 태생적으로 추위에 강한 종족이다.]

그런데 그들의 이동방향이 바로 커서가 가리키고 있는 방향이었다.

그냥 관심을 끊으려다 얼음산 위에서 잠깐 쉬어갈 겸 모닥불을 피우고 앉은 유정상은 호기심에 일단 그들을 살폈다.

무리의 숫자는 대략 백여 명 정도로 백색의 늑대들을 길들여 썰매를 끌게 하고 있었는데, 썰매도 많고 짐도 꽤나 많아 보인다.

그리고 커다란 늑대의 등에 탄, 그들을 호위하는 걸로 보이는 자들이 근처에서 같이 이동 중이다.

높은 곳에서 그들을 살피던 유정상은 결국 은신술을 이용해서 몰래 그들을 쫓았다.

이동하는 방향도 그렇고 뭔가 주위를 경계하는 모습도 의심스러운 것이, 어쩐지 그들이 자신의 미션과 관련이 있을 것 같다는 생각이 들었기 때문이었다.

멀찍이서 지켜보며 미행하는 사이에 외뿔백곰 한 마리가 그들의 이동경로 근처에서 숨어 있는 것이 유정상의 감각에 잡혔다.

초입에서 보았던 놈과 비슷한 크기의 외뿔백곰으로 레벨도 비슷한 듯하다.

그런 외뿔백곰이 숨어 있다가 그들이 다가오자 가장 선두에서 백색늑대를 타고 이동하는 인간을 먼저 습격했다.

아니 습격당한다고 생각하자마자 바로 한 방에 즉사해 버렸다.

앗 하는 순간에 인간은 물론이고 그가 타고 있던 늑대마저 외뿔백곰의 앞발에 맞아 머리통이 터져 버렸다.

외뿔백곰 한 마리의 등장에 이동하던 행렬이 일시에 중단되었다.

그리고 백색늑대를 탄 이들이 앞으로 달려 나오더니 각종 창이나 활을 이용해 놈에게 공격을 시작했다.

그러나 외뿔백곰은 그들로서도 쉽지 않는 몬스터였는지 지루한 싸움이 이어지고 있었다.

겨우 150레벨의 몬스터 하나에 저렇게 애를 먹는 것을 보니 케토라족의 실력도 대충 알 만한 수준이었다.

대략 30분 정도의 시간이 흐르자 그들은 겨우 외뿔백곰을 쓰러뜨릴 수 있었다.

하지만 그들의 피해도 만만치 않았다.

격전 중에 다섯이나 죽었고 10여 명이 부상당했으며 백색늑대도 세 마리를 잃었다.

케토라족은 싸움이 끝나자 일단 이동을 멈춘 채 시신을 수습하고 주변을 정리했다.

하지만 그러는 사이에 뭔가 말다툼이 있는 것처럼 몇 명이 서로 으르렁대는 모습을 볼 수 있었다.

그들이 나누는 대화가 궁금해진 유정상은 다투는 녀석들에게 커서를 지정해보았다.

그러자 그들의 대화가 메시지창으로 떴다.

– 시간이 없다. 빨리 서둘러!

– 젠장, 잘못하다간 우리 모두 이곳에서 죽을 수 있다고.

– 그래도 우린 가야돼. 안 그러면 우리 부족사람은 한 명도 살아남지 못한다.

– 하지만, 이런 식으론 결국 모두 죽고 말거라고.

– 기회가 있을 거다. 그때까지 참는 거야.

– 기회는 개뿔, 희망이 있기는 한 거야?

– 지금으로서는 일단 살아 있는 게 우선이다.

대화를 계속 살펴봐도 정확한 사건을 이야기 하지 않아서 사정은 이해하기 힘들었다.

다만 지금 그들의 행렬은 부족의 생존을 위해 꼭 필요한 일이고, 이것만으로는 문제를 해결할 수는 없다는 것 정도는 이해했다.

그들은 잠깐 티격태격하다 곧 결정을 내렸는지 다시

이동을 시작했다.

그런데 확대해서 살펴보니 모두의 표정이 상당히 어둡다.

물론 방금 있었던 피해 때문일 수도 있지만, 느낌상 근본적인 문제가 따로 있는 것 같았다.

한동안 그렇게 조용히 그들의 이동을 지켜보며 따라가던 유정상은 그들이 가고 있는 길이 커서가 가리키는 방향으로 길게 뻗어 있는 것을 보자 그들의 목적지와 미션 장소가 일치하고 있다는 걸 확신했다.

이대로 따라만 가면 그들을 통해 조금 더 쉽게 미션의 정보를 얻을 수 있을 것 같았다.

늑대들의 속도가 무척 빨랐기에 지루할 틈도 없이 쫓아갔는데, 대략 서너 시간이 흐른 후에 그들은 마치 회오리를 연상시키는 모양의 거대한 얼음의 탑 앞에 도착했다.

산이라고 할 만큼의 크기는 아니었지만 어지간한 빌딩보다 더 큰 규모에다 그 독특한 모양이 이색적이었다.

회오리 모양의 거대한 얼음의 탑 아래에 만들어져 있는 동굴 앞에 도착한 그들은 곧 썰매를 멈추고 한곳으로 집결했다.

그리고 썰매에 담겨 있던 물건들을 한쪽에 부리더니 그 다음에는 모두 한곳으로 물러나는 것이었다.

그리고 잠시 후에 동굴 속으로부터 기이한 소리가 들려왔다.

"꾸우우우우!"

그리고 알 수 없는 기괴한 기운이 그 소리와 함께 동굴에서 흘러나온다.

어떤 몬스터가 저곳에 있는 것일까 궁금해 하며 유정상이 몸을 낮춘 채 동굴을 주시했다.

그런데 잠시 후 그곳에서 모습을 드러낸 것은 몬스터가 아니라 하얀 털로 만들어진 화려한 모양의 드레스를 입은 흰머리의 여자였다.

'인간?'

첫 느낌은 그랬지만 감각의 조각으로 인해 예민해진 유정상은 곧 그녀가 인간이 아니라는 것을 알 수 있었다.

쉴 새 없이 온몸에서 내뿜고 있는 저런 차가운 냉기는 인간으로 설명할 수 없는 것이다.

빙결의 마녀인 클레오보다 더 강하고 파괴적인 기운의 냉기를 몸에 품고 있는 여자였다.

그런 여자에게 이 케토라족들이 무슨 이유로 찾아온 것인지는 상황을 잠시 지켜보는 것만으로 곧 알 수 있을 것이다.

– 평소보다 조공이 적구나.

백발의 여자가 처음 내뱉은 말이었다.

유정상은 제법 거리를 두고 있었기에 메시지 창으로 그들의 대화를 엿보고 있었다.

– 용서해 주십시오. 저희로서는 이것이 최선입니다.

– 그럼, 모자란 부분은 마을 처녀들로 채우면 될 것이 아니냐.

– 그, 그건.

– 모자란 양은 처녀 셋, 앞으로 보름의 시간을 주겠다.

– 이 마녀가!

누군가 용감하게 칼을 빼 들고 백발의 마녀에게 덤벼들었지만, 순식간에 퍽 하는 느낌과 함께 몸이 터져나가 버린다.

– 처녀 다섯이다. 이번에도 불만인 놈이 나선다면 제물은 열 명이 되어야 할 것이다.

그런데 커서는 여전히 저 백발마녀를 가리키고 있었다.

잠깐 케토라족에게 으름장을 놓은 마녀는 볼일이 끝났는지 몸을 돌려서 동굴 속으로 돌아가려 하고 있었다.

저번 이미르라는 거인처럼 그녀도 몸속에 조각을 가지고 있는지 모른다고 생각하며 유정상은 정확한 정보를 확인하기 위해 커서를 그녀 쪽으로 이동시켰다.

그러자 뭔가 낌새를 느낀 것인지 가던 걸음을 멈추고 커서 쪽으로 시선을 돌린다.

하지만 커서 자체는 보이지는 않는 모양인지 근처에 있음에도 잠시 두리번거리다가 고개를 살짝 갸웃거린다.

“감이 좋은 여자네.”

유정상이 중얼거리며 그들이 있는 쪽으로 몸을 날렸다.

그러자 백발의 마녀도 그것을 느끼고는 허공을 날아서 다가오고 있는 유정상을 향해 시선을 보냈다.

팍.

유정상이 그들이 있는 장소의 큰 얼음바위 위에 착지하자 케토라족 사내들이 흠칫 놀랐다.

예상치 못한 검은 로브를 입은 남자의 등장과 그가 주는 위압감에 놀란 것이다.

얇아 보이는 로브만 걸친 채 혹한의 추위에도 아랑곳하지 않고 설원지대에 서 있다는 사실 역시 그들을 더욱 겁먹게 만들었다.

"이놈들이 이번에는 뭘 믿고 이렇게 조금만 가져왔나했더니 이런 꼬리를 달고 온 탓이었군."

백발마녀의 눈빛이 사나워져서는 케토라족에게 호통을 쳤다.

"아, 아닙니다. 저희들은 누군지 모릅니다."

"시끄럽다!"

마녀의 신경이 날카로워진 틈을 타 유정상이 얼른 커서를 그녀의 몸으로 가져갔다.

그 순간에도 뭔가 이상한 것을 느꼈는지 주변을 두리번거리는 것 같기는 했지만 커서의 존재에 대한 건 제대로 파악하지 못하는 눈치다.

[혹한의 마녀 '클레이아']

[레벨: 235]

[……]

레벨이 235면 결코 낮은 수치는 아니지만 던전의 보스라고 생각하기에는 너무 낮은 레벨이었다.

물론 혹한이라는 환경적 특성 때문일 수도 있지만 그렇다고 해도 전혀 위기감을 느끼지 못할 만큼 너무 떨어지는 레벨이란 생각에 유정상은 고개를 잠시 갸웃거리다 무심결에 중얼거리듯 말했다.

"너무 약해. 설마 뒤에 다른 놈이 또 있다는 건가?"

그저 흐름상 그렇지 않을까 하고 추측하는 말이었는데, 유정상의 말에 클레이아가 흠칫하고 놀란다.

아무래도 그녀의 뒤에 뭔가 더 있다는 자신의 혼잣말이 사실임을 확신시켜 주는 것 같았다.

"흐음. 그런가?"

"주인, 적이냐? 내가 해치울까?"

그때 유정상의 그림자에 숨어 있던 산제이가 검은 형체를 드러내며 어딘지 모르게 신나는 목소리로 말했다.

녀석도 클레이아의 수준이 그리 높지 않다는 걸 눈치 챈 것이다.

그런데 검은 로브의 등장과 더불어 다시 그림자 속에 숨어 있던 검은 형상의 괴인, 산제이까지 나타나자 주변에 있던 케토라족의 사람들이 어떤 상황인지 몰라서 두려운 표정으로 그 자리를 슬금슬금 물러나기 시작했다.

"내게 기회를 줘!"

산제이가 호들갑스럽게 재촉하자 클레이아가 눈썹을 찌푸렸다.

"겁도 없이!"

번쩍!

그 순간 갑자기 주변에 있던 거대한 얼음 덩어리가 유정상을 향해 날아들었다. 그러나 가볍게 휘두른 그의 주먹에 의해 폭발하듯 완벽하게 박살이 나 버린다.

콰아아앙!

클레이아는 나름대로 기습적인 공격을 한 것이지만, 유정상은 그녀의 수를 이미 읽고 있었다.

하지만 얼음덩어리가 폭발하는 기세에 놀란 케토라족의 사람들은 서둘러 사방으로 흩어졌다.

"생각보다 강하지 않은 것 같은데?"

이제까지 몸을 숨기고 있던 주코도 은근슬쩍 모습을 드러내고는 유정상에게 다가오더니, 약간은 비웃음을 머금은 표정으로 클레이아를 바라보면서 말한다.

상대의 여유 있는 행동들에 클레이아의 표정이 더욱 굳어갔다.

이미 검은 로브를 입은 존재만으로도 신경이 쓰이는데, 거기다 그림자처럼 생긴 인간에다 조그마한 덩치의 흑마법사까지 등장하니 속이 조금씩 타들어가는 기분이었다.

그런데 이어서 이번에는 땅속에서 무언가가 튀어나오며 날카로운 울음소리를 토해냈다.

"삐이이!"

하얀색의 날개가 달린 두더지모양의 괴 생명체였는데 저들이 모두 자신의 감각에도 걸리지 않고 숨어 있다가 계속

해서 튀어나오자 이젠 두려움까지 생겼다.

"너 말고 다른 놈은 어디에 숨어 있지?"

느긋한 걸음으로 그녀에게 다가가며, 유정상이 특유의 음산한 목소리로 물었다.

그러자 클레이아는 두려움 속에서도 발끈하는 것처럼 살짝 떨리는 음성으로 외쳤다.

"가, 감히 네 놈 따위가!"

쿠르르르르르르르르.

주변이 흔들리기 시작하자 근처의 얼음들이 부서져 내렸다.

그것과 동시에 얼음으로 된 괴 생명체 수십여 기가 바닥에서 불쑥 솟아올랐다.

어쩐지 확인해보지 않아도 알 것 같았지만 유정상은 본능처럼 커서를 그 괴 생명체에게 가져다 댔다.

[아이스골렘]

[레벨: 198]

[…….]

"이거 참."

유정상이 갑자기 등장한 아이스골렘의 레벨을 커서로 확인하고는 곤란하다는 듯 으쓱해 보인다.

이런 놈들 따위야 얼마가 등장해도 상관없지만 어쩐지 상황이 약한 여자애를 괴롭히는 악역이 된 것 같은 기분이

들었던 것이다.

하지만 아이스골렘은 분위기 파악도 못하고 특유의 냉기를 뿜으며, 살벌한 기세로 빠르게 유정상 일행 쪽으로 덤벼들었다.

"워어어어!"

쿵쿵쿵쿵쿵!

휙휙휙!

콰아아앙!

그런데 가장 가까이 접근하던 몇 기의 아이스 골렘들이 순식간에 파괴되어 버린다.

어느새 산제이가 바람처럼 움직여서 녀석들을 산산조각 내면서 부서 버린 것이다.

하지만 골렘 특유의 재생력이 발휘되자, 얼음들이 모이며 복구를 시작했다.

그럼에도 다시 한 번 압도적인 공격으로 모여드는 얼음덩어리까지 박살을 내 버리자 더 이상은 재생이 불가능한지 움직임이 멈췄다.

핵을 파괴하지 않으면 계속 재생한다고 하지만 그것도 어디까지나 한계가 있어서 이렇게 압도적인 힘으로 마구 파괴해 버리면 골렘도 더 이상 재생하지 못하게 된다.

아이스골렘은 결국 제 모양을 갖추지 못하고 조각난 몸을 버둥거리며 최후를 맞이했다.

그에 질세라 이번엔 백정이 다른 놈들에게 달려들어

빛의 쌍검을 휘둘렀다.

콰가강. 쾅. 콰강.

다른 아이스 골렘들의 운명도 별반 다르지 않았다.

그 타이밍에 이제까지 아무것도 하지 않던 주코가 마치 보스처럼 나서며 살짝 느물거리는 음성으로 클레이아에게 말했다.

"이런 쓰레기들 말고 진짜가 있는 곳을 말해보셔."

"네, 네 놈의 정체가 뭐냐?"

"어이쿠, 빨리도 묻는다. 우리는 말이지……."

주코가 장황하게 이야기를 시작하려하자 그 말을 끊고 유정상이 소리쳤다.

"뒤로 물러서!"

유정상의 명령과 동시에 뭔가 강한 힘이 주변에 작용하고 있다는 사실을 깨달은 소환수들이 그곳을 빠르게 벗어났다.

하지만 유정상은 위쪽을 힐끔 쳐다보더니 그대로 버티고 서서는 전혀 움직이지 않았다.

콰아아아앙!

강력한 폭발이 일어나며 눈가루들이 어지럽게 흩날렸다.

클레이아가 비웃음을 머금은 얼굴로 엄청난 폭발이 일어난 장소를 바라보며 말했다.

"크크크! 감히 내 영역인 이곳에서 허세를 부려?"

그러나 곧 그 자리에 멀쩡히 서 있는 검은 로브의 사내를 보며 기겁했다.

"헉! 어…… 어떻게?"

그 사내의 머리 위에 도도하게 떠 있는 방패가 방금 전의 공격을 완벽하게 막아 낸 모양이었다.

하지만 유정상은 그런 클레이아에게는 눈길도 주지 않고 고개를 들어 하늘 쪽을 바라보며 혼잣말을 중얼거리듯이 말했다.

"이제야 모습을 드러낸 건가?"

유정상의 시선은 빈 허공을 향해 있었지만, 그의 날카로운 감각엔 분명 어떤 존재가 감지되고 있었다.

그런 유정상의 시선이 정확하게 그 존재를 바라보고 있자, 하얀색의 뭔가가 허공에 모습을 드러내더니 서서히 아래로 내려오기 시작했다.

그리고 지상 10미터 정도까지 내려온 상태에서 멈췄다.

그는 인간 형상을 가지고 있는 흰색의 존재로 마치 그림자 인간의 반대편에 서 있는 놈처럼 전신이 눈처럼 하얀색으로 되어 있었다.

유정상이 정체를 확인하기 위해서 커서를 놈에게 가져가자 손을 뻗어 그것을 튕겨낸다.

확실히 이놈은 커서의 존재까지 본능적으로 감지할 정도로 강한 놈이었다.

〈쓸모없는 것.〉

그 말에 클레이아가 바닥에 엎드리더니 당황한 음성으로 외쳤다.

"요, 용서를."

그 모습을 본 유정상이 비릿한 웃음을 머금은 음성으로 말했다.

"사극 그만 찍고 그냥 시작하지?"

사극이라는 말은 정확히 이해를 하지는 못했지만 자신을 비꼬는 말이라는 건 알아들었는지 백색의 존재에게서 풍기는 살기가 더 진해졌다.

"꺄아악!"

갑자기 클레이아가 비명을 지르고 빛을 뿌리며 순식간에 모습을 감추었다.

아무래도 강제 송환을 당한 모양이었다.

"역시 네 녀석의 종이었군."

〈인간인가?〉

"그렇지 뭐."

〈대단하군. 인간인 주제에 클레이아를 그렇게 어린아이 다루듯 하다니.〉

"미안하군. 내가 인간이라서."

〈큭큭. 역시 오래 살다보니 재미난 걸 자주 보는군.〉

이야기를 나누는 놈은 제법 여유가 있어 보였다.

숨어서 유정상의 능력을 보았을 텐데도 저렇게 여유가 있는 것을 보면 나름 자신이 있는 모양이었다.

"이야기는 그만하고, 나 찾는 물건이 있는데 그것만 주면 조용히 돌아갈게."

〈……?〉

"방어의 조각이라고 혹시 들어봤어."

하지만 녀석은 아무런 반응이 없다.

방어의 조각이라는 이름은 들어보지 못했을 수도 있겠다는 생각을 하면서 유정상은 그 생김새를 설명했다.

"조그마한 쇳조각인데, 조금 볼품없게 생겼을 거야."

그런데 유정상의 설명을 들은 녀석의 기운에 미묘한 변화가 일었다.

뭔가 생각난 것이 있는 모양이었다.

상대의 반응을 놓치지 않은 유정상이 피식 웃으며 말했다.

"과연, 알고 있는 모양이군."

번쩍!

콰아아앙!

갑자기 강렬한 빛이 하늘에서 떨어져 내렸지만 커서 방패가 미리 감지하고 그것을 막아내 버렸다.

등장하기 전에 날렸던 공격까지 벌써 두 번째 기습공격이었다.

"말하기 싫다는 거군."

유정상이 이빨을 드러내고 사납게 웃으며 말했지만 블랙로브에 가려 보이지는 않았다.

번쩍하는 느낌과 함께 유정상이 먼저 몸을 날리자 검은 블랙로브와 흰 존재의 대결이 시작되었다.

번쩍! 번쩍!

콰가가가가가가가.

콰아앙!

녀석의 몸에서 날카로운 얼음 조각들이 쏘아져 나오자 커서 방패를 그 공격을 막았다.

하지만 작은 조각임에도 예상보다 더 엄청난 파괴력을 가진 탓에 방패가 얼마 견디지 못하고 빛을 잃기 시작했다.

거의 시작과 동시에 커서 방패가 힘을 잃자 유정상은 다급하게 녀석의 공격을 피해야만 하는 상황으로 몰렸다. 그런데 오히려 그것이 전화위복이 되어 전투감각이 살아나기 시작했다.

감각의 조각을 얻었음에도 아직 제대로 몸에 익힌 것은 아니었는데 위기의 상황이 되자 저절로 미세한 감각들이 깨어난 것이다.

그 덕분에 유정상은 이어지는 놈의 빠른 공격을 아슬아슬하게 피하며 반사적으로 대응해 나갔다.

예전의 유정상이었다면 지금보다 더 높은 레벨이었다고 해도 쉽게 반응하기 어려웠을 정도의 공격이 이어졌지만, 확실히 감각의 조각을 얻은 후라 전투력이 완전히 달라져 있었다.

놈과의 공방에 적응이 되자 바쁜 와중에도 얼핏 커서로 가리키며 정보를 확인하려했지만 아무것도 나타나지 않았다.

동시에 유정상의 주먹기파가 놈에게 작렬했지만 순간 그의 몸이 흐릿한 빛을 발하며 공격을 튕겨내 버렸다.

마치 아무런 대미지도 받지 않은 모습이었다.

이런 강력한 방어력은 어쩌면 방어의 조각과 관련이 있을지도 모른다는 생각이 들었다.

유정상은 한층 더 업그레이드 된 반월광을 날렸지만 그것마저 놈의 몸을 뚫지 못했다.

"어떻게 돼먹은 방어력이야?"

모든 공격의 방향을 미리 읽어내는 감각의 힘으로 녀석의 공격을 모두 피해내고 있는 유정상이었지만, 문제는 자신의 공격 역시도 전혀 통하지 않는다는 점이었다.

이래서는 에너지의 소모가 더욱 극심한 유정상이 불리할 수밖에 없다.

번쩍. 번쩍.

피할 수 있는 방향이 나오지 않으면 순간이동까지 써가며 놈의 얼음조각 공격을 피해내고 있었지만, 해결방법이 보이지 않아서 싸움 자체가 너무 어려웠다.

우타슈를 소환한들, 저 방어력을 뚫지 못하는 상황에선 소용이 없었다.

절망적인 상황이었지만 유일하게 방패를 사용하지 않는다는 점이 유정상에게 약간의 희망을 주고 있었다.

그건 다시 말하면 커서의 움직임이 자유롭다는 것이다.

놈의 공격을 정신없이 피하는 순간에도 유정상은 정신을 집중하며 놈의 빈틈을 노렸다.

그리고 찰나의 순간을 잡아서 기습적으로 커서를 사용해

서 놈의 균형을 흩트렸다.

아무리 놈의 방어가 강하다고는 해도 같은 곳을 여러 번 맞는다면 약해질 수밖에 없을 것이라 생각한 유정상은 쓰러진 놈의 등 뒤를 향해 반월광 두 개를 연속으로 날렸다.

이젠 제법 수준이 높아져서 반월광 스킬도 연속으로 몇 개 정도는 날릴 수 있게 된 것이다.

콰라라라라라.

콰라라라라라.

콰앙. 콰아아앙.

첫 번째 공격은 튕겨냈지만, 두 번 연달아 같은 자리에 떨어지자 놈도 조금 충격을 받았는지 잠깐 주춤거린다.

그 틈에 유정상이 다시 버스터 펀치를 날렸다.

콰아아앙!

방어력이 여전히 살아 있었기에 실질적 대미지는 제대로 들어가지 않았지만, 짧은 순간 균형을 잃게는 만들 수 있었다.

유정상이 놈의 몸 쪽으로 순간이동하며 파고들었다.

그러자 놈도 유정상의 움직임에 맞대응하며 얼음조각을 날린다.

근거리에서 쏟아지듯이 공격해오는 많은 숫자의 얼음조각들을 피해 다시 순간이동을 쓰며 더 가까이 접근한 유정상은 놈의 옆구리에 작은 크기의 반월광을 먹였다.

콰르륵. 쾅!

충격에 몸이 튕겨나갔다.

그리고 그 순간 놈의 머리 쪽에서 무언가가 깨져나가면서 붉은 머리카락이 휘날렸다.

온통 하얗기만 하던 놈의 전신에 처음으로 다른 색깔의 모습이 드러난 것이다.

'하얀 건 방어실드의 일종이었나?'

그렇게 생각하는 순간 놈이 몸을 빠르게 뒤로 이동시켰다.

유정상이 다시 순간이동으로 쫓았지만 더욱 빨라진 놈의 움직임을 쉽게 쫓을 수가 없었다.

머리카락의 색깔이 드러나자마자 놈의 움직임도 확연히 달라진 것이다.

마나가 바닥을 보이자 유정상은 더 이상 순간이동을 사용하지 않고 멈췄다.

이대로 마나를 소진해 버렸다간 위기의 순간에 대응할 수가 없다.

그런 상황을 알고 있기라도 하는 듯 녀석이 잠깐 싸움을 멈추고는 입을 열었다.

〈너의 움직임, 내 기억에 남아 있다. 설마, 그 놈과 관계가 있는 건가?〉

"그놈이라니?"

〈이네크.〉

그 말에 흠칫한 유정상이 놀랐다는 듯 말했다.

"정말, 대단한 양반이군. 어딜 가나 그 사람 이야기뿐이야."

〈그놈의 힘을 이어받은 것인가?〉

"조금은."

〈역시 그랬군. 놈과의 악연은 아직 끝나지 않았던 것이군. 내 이름은 보브다. 한때는 놈과 절친한 친구이기도 했었지.〉

친구였었다는 말은 조금 의외였다.

하지만 유정상은 우연히 이네크의 힘을 얻기는 했지만 그와 직접적인 관계는 없으니까 전혀 상관없는 이야기일 뿐이다.

"신파극 같은 이야기는 됐고, 난 그 조각에만 관심이 있으니까 얌전히 넘겨줄 게 아니라면 계속하지."

〈성미가 급한 놈이군.〉

방어막이 깨지며 드러난 붉은 머리카락은 놈의 하얀 몸에서 유독 눈에 띄며 더욱 강렬한 인상을 주고 있었다.

보브도 유정상과의 싸움으로 인해 나름 대미지를 입은 것 같아 보였다.

그때 깨어진 자신의 방어막을 살펴보던 보브가 희미한 미소를 지으며 말했다.

〈나도 이딴 방어체에만 의지하는 싸움 따윈 그만두지.〉

그 말과 동시에 하얀 몸뚱이에 균열이 생겨났다.

그리고 쨍하는 소리와 함께 얇은 조각들이 몸에서 떨어져 나가더니 그대로 산화하듯 사라져 버린다.

완전히 자신을 드러낸 보브는 붉은 머리에 붉은 색의 갑옷을 입은 20대 젊은 청년의 외모를 하고 있었다.

특히 하얀 피부와 대조적으로 붉게 빛나는 눈동자가 인상적이다.

머리카락의 색깔과 비슷한 놈의 눈동자는 마치 뱀파이어의 그것처럼 느껴졌다.

보브가 공격 자세를 잡는 순간 유정상도 만반의 준비가 끝나 있었다.

번쩍!

유정상을 향해 강렬한 에너지가 날아들었다.

엄청난 속도였지만 유정상의 반사신경이 생각보다 빠르게 몸을 움직여서 그것을 피해내게 만들었다.

하지만 그 파괴적인 에너지는 유정상이 피하자마자 마치 살아 있는 것처럼 다시 방향을 바꾸더니 더욱 빠르게 날아든다.

그 변화하는 움직임도 읽어낸 감각 덕분에 또 한 번 공격을 피했지만 끝까지 집요하게 변화하자 결국 커서 방패가 나서서 그것을 막아 버렸다.

파직!

얼마나 강력한 공격인지 단 한 방에 커서 방패의 기능이 정지되어 버렸다.

이제 다시 2분이라는 시간이 흐를 때까지 커서 방패의 도움을 받을 수 없는 무방비 상태가 된 것이다.

번쩍!

다시 날아드는 에너지파.

위기에 몰린 유정상은 전신의 감각을 극성으로 발휘해

이리저리 피하다가 반월광 두 방으로 겨우 소멸시켰다.

전신에 에너지가 쭉쭉 빨리는 기분이 들 정도로 피곤이 몰려들었다. 급한 대로 클린볼을 몸에 떨구었지만 크게 효과가 있는 건 아니었다.

〈슬슬 한계인가 보군.〉

놈이 이죽거렸다.

하지만 예민해진 감각 덕분에 놈도 그리 좋은 상황은 아니라는 걸 유정상 역시 느끼고 있었다.

방금 전의 공격이 예상보다 훨씬 에너지 소모가 큰 공격인 것 같았다. 아마도 다른 공격이 먹히기 힘들다 판단해서 놈도 무리를 하고 있는 모양이었다.

유정상은 극도로 힘든 지금의 상황에서도 심적으로는 여유가 있었다. 감각의 조각 덕분에 전신의 감각이 예민해지니 전엔 전혀 몰랐던 적의 상태까지 실시간으로 파악이 가능했기 때문이다. 하지만 굳이 그런 걸 알고 있다는 사실을 표현하지는 않았다.

마지막이라고 생각하고 녀석이 좀 더 무리하는 것이 유정상에게 유리했다.

번쩍!

이번에도 놈이 같은 공격을 해왔다.

그런데 같은 공격을 여러 번 당하다보니 저절로 그것에 대한 대응력도 늘어난다.

집요하게 따라오는 그 움직임을 모두 피해낸 유정상은 먼저 반월광으로 타격을 준 다음 곧바로 버스터 펀치로 약화시키고 마지막으로 일반 주먹 기파를 써서 와해시켜 버렸다.

몇 번 더 같은 공격을 하던 녀석은 점점 유정상의 움직임이 여유로워지자 더 이상은 안 되겠다 싶었는지 이번에는 아공간을 열어 붉은색 채찍 두 개를 꺼낸다.

짝. 짝.

놈이 현란한 채찍으로 공격을 가해왔다.

유정상이 빠른 몸놀림으로 피해내고는 있었지만 간간이 놈의 채찍에 가격을 당했다.

위기의 상황마다 부활한 커서 방패가 막아냈고 수호자의 반지로 회피했지만 수없이 이어지는 공격에 결국 몇 번은 얻어맞고 말았다. 덕분에 가뜩이나 체력소모가 심하던 상황이라 고통이 더 심했다.

"크윽!"

놈에게 반월광을 날렸지만 놈은 변칙적으로 움직이며 반월광을 피해낸다. 겉에 뒤집어썼던 하얀색 방어막을 벗어 던지고 난 뒤로 속도가 더 빨라져서 유정상의 일반적인 공격으로는 놈을 맞출 수가 없었다.

그나마 넓은 범위를 공격하는 폭격펀치가 가장 빠르고 피하기 어려운 공격이었지만, 그것마저 피해 버리니까 어쩐지 공격을 하는 것도 머뭇거려졌다.

버스터 펀치와 함께 폭격펀치를 동시에 사용하자 놈이 바쁘게 피해내며 채찍을 휘둘렀다. 그러나 유정상 역시도 감각을 극성으로 살려 놈의 공격을 아슬아슬하게 피해낸다.

지금 유정상의 머릿속에는 허공에 흐트러지는 채찍의 움직임이 모두 그려지는 것 같았다.

공격을 다시 공격으로 대응하며 그렇게 정신없이 싸워나가는 동안 유정상은 점점 새로운 감각이 눈을 떴다.

전투의 현장에서 느끼는 감각이 아니라 한발 떨어져 상황을 냉정하게 살피는 것 같은 새로운 시야가 생겨난 것이다.

['군주의 눈' 스킬이 생성됩니다.]

새로운 스킬이 추가되었다.

'군주의 눈' 스킬 덕분에 직접 싸우고 있는 자신과 그것을 관망하는 자신으로 분리되었다. 객관적인 눈으로 놈의 움직임을 더욱 자세히 살필 수 있게 된 것이다. 쉽게 말하면 장기를 두는 중에 훈수꾼 같은 동료 하나가 추가된 것 같았다.

잠깐 군주의 눈으로 살피면서, 유정상은 놈의 움직임을 더욱 자세히 읽을 수 있었다.

단지 놈의 공격이 어디를 향하는지를 아는 정도가 아니라 앞으로 놈이 어떤 동작을 하고, 그 다음 동작으로 이어지려 할 때의 순간까지 곧바로 인지해 버리는 것이다.

짝. 짝. 짝.

채찍이 미친 듯 휘둘러졌지만 유정상은 비슷한 움직임으로 훨씬 더 자연스럽게 그의 공격을 피해 버린다. 마치 초반의 위기가 장난이었던 것처럼 여유가 넘치는 느낌마저 들었다.

갑자기 달라진 유정상의 움직임에 순간 보브 인상이 더욱 사나워졌다. 마치 자신의 공격을 모두 미리 알고 있는 것처럼 움직임에 전혀 에너지 낭비가 없다.

〈이놈!〉

보브가 분노의 감정을 담아서 외쳤다.

처음엔 분명 자신이 우세하다고 판단했는데, 어찌된 일인지 시간이 흐르면 흐를수록 점점 수세에 몰리는 기분을 느낀 것이다. 그리고 보브는 점점 이성을 잃어가기 시작했다.

번쩍!

터엉!

짝. 짝.

에너지파와 채찍의 두 가지 공격을 동시에 시전 했다.

이런 식의 공격은 몸에 무리가 가긴 하지만 일단은 상대를 죽이는 게 먼저라고 판단했다.

갑작스럽게 날아드는 에너지파를 커서 방패가 급히 막았지만 완벽히 막아내지 못했다.

"크윽!"

유정상의 몸에 스친 빛의 공격으로 로브 한쪽이 찢겨나갔다. 커서 방패로도 완벽하게 막기 힘들 정도의 공격이었기에, 어지간해서는 찢기는 경우가 없을 정도로 강한 방어력을 지닌 로브였지만 스친 공격만으로도 쉽게 겨진 것이다.

중간에 기능이 회복된 커서 방패 덕분에 위기는 넘겼지만, 겨우 한 번 막아내고 다시 불능상태가 되어 버린다.

그렇게 생겨난 허점을 새로 추가된 군주의 눈 스킬로 커버하고 있었는데 어쩐지 놈의 공격이 점점 더 거칠어졌다.

하지만 한편으로는 녀석의 기운이 그만큼 더 불안정해지고 있다는 것도 느꼈다.

'무리수를 두는군.'

유정상은 일단 에너지파 공격의 방어에 커서 방패를 사용하지 않고 반월광과 버스터 펀치로 해결했다.

그리고 틈틈이 커서를 사용해 놈의 움직임을 방해했다.

그러다보니 그의 주변에 커서가 다가갈 때마다 움찔거리는 움직임이 보인다.

놈은 커서의 존재에 엄청 신경 쓰고 있었지만 보이지 않으니 더욱 신경을 긁는 것이다.

〈젠장맞을 놈!〉

보브가 입을 실룩거리며 더욱 흥분했다.

가뜩이나 무리해서 공격을 하는데 주변에서 느껴지는 이상한 기운이 더욱 집중을 어렵게 만들었기 때문이었다.

그런데 그 이상한 기운이라는 것이 보이지도 않으면서 계속 뭔가 할 듯 말 듯 하며 신경을 긁으니 화가 나지 않을 수가 없다. 분노에 휩싸인 보브는 결국 자신도 알지 못하는 빈틈이 생겨 버렸다.

'열렸다.'

군주의 시선에 보브의 허점이 잡히자 유정상은 주저 없이 공격해 들어갔다. 커서에 신경을 빼앗긴 놈을 향해 유정상의 주먹이 바람을 가르며 내질러졌다.

콰라라라라라.

주먹의 끝에서부터 날카로운 회전음이 울리며 반월광이 쏘아져나갔다. 반월광이 보브의 오른쪽 어깻죽지를 뚫고 지나가자 놈의 어깨와 팔이 통째로 뜯겨져 나갔다.

〈끄아아아아악!〉

팔이 날아간 보브의 오른쪽 어깨에서 피분수가 일었다.

그렇게 놈이 비명을 지르면서도 다른 팔로는 유정상을 향해 채찍을 빠르게 휘두른다.

하지만 이미 균형을 잃은 보브의 공격에 당할 정도로 유정상은 허술하지 않았다.

한번 승기를 잡은 이상 이 기회를 놓치면 또 어떤 결과로 이어질지 장담할 수 없었던 유정상은 무조건 이번에 끝내야한다는 생각으로 있는 스킬을 쏟아 부었다.

콰가가가가가가가.

폭격펀치.

콰아아앙!

버스터 펀치.

콰라라라라라.

업그레이드 반월광.

그리고 마지막은 황금검을 소환해서 녀석의 몸을 완전히 관통시켜 버렸다.

〈끄아아아아아아아아악!〉

입에서 피를 뿜으며 절규하던 놈의 몸이 결국 맥없이 무너져 내렸다. 동시에 눈동자도 서서히 빛을 잃어갔다.

쿠웅.

놈이 쓰러진 하얀 눈밭엔 온통 피로 범벅이 되어 있다.

유정상은 그런 놈을 노려보면서 숨을 몰아쉬었다.

"하아, 하아."

보브는 아직 목숨이 붙어 있기는 하지만 최후의 생명은 얼마 남지 않았다.

그런데 그런 놈의 얼굴치고는 꽤나 편안해 보인다.

"이제 쉬어라."

콰쾅!

〈쿨럭!〉

유정상이 놈의 심장에 반월광을 박아 넣자 놈이 다시 한 번 입으로 피를 쏟았지만 그럼에도 목숨이 끊어지지는 않았다. 죽어가고 있다고 생각했는데 반쯤 드러난 놈의 심장은 유정상의 공격을 견뎌낸 것이다.

유정상이 인상을 찌푸리면서 좀 더 자세히 살펴보자 벌어진 가슴부위의 상처 속 심장은 여전히 하얀색의 밝은 빛을 뿌리며 견고한 모습을 보인다.

보브는 이미 의식이 반쯤 끊어진 상태였지만 그의 심장

만은 아직 힘차게 뛰고 있었던 것이다.

잠시 상황을 확인하던 유정상이 그 빛나는 부분에 커서를 가져가서 확인했다.

[보브의 심장과 방어의 조각]

[방어의 조각이 보브의 심장을 보호하고 있다.]

[외부의 강압적인 힘만으로는 깨뜨리는 것이 어려울 것 같다.]

알고 보니 방어의 조각은 보브의 심장에 박혀 있었던 것이다. 유정상은 커서를 이용해 그 빛을 쥐자 보브가 몸을 퍼덕거리다 곧 축 늘어진다. 절대 파괴할 수 없을 것 같아 보였지만 결국 커서에겐 통하지 않는 모양이었다.

유정상은 커서를 써서 놈의 심장에서 강제로 방어의 조각을 뽑아냈다.

화아악!

보브의 시체는 곧 붉은 연기로 변하며 허공으로 흩어져 버린다.

방어의 조각을 잡은 커서가 부르르 떨었다. 그리고 다시 자체적으로 작동하며 설계도 화면을 나타내더니 방어의 조각을 그 빈자리에 채워 넣었다.

그런데 어쩐지 다섯 번째 조각은 다른 조각보다 좀 작은 크기였다.

유정상이 살짝 의아한 생각을 가지는데 설계도 화면은 금방 사라졌고 이어서 커서 방패가 갑자기 생겨났다.

팟.

커서 방패 표면에 방어의 조각이 가지고 있던 하얀빛이 어린다. 그리고 더불어 유정상의 찢어진 블랙로브가 복원되었고 몸 전체에 보이지 않는 실드가 생성되었다.

[방어력 50% 증가]

방어력이 급격히 올랐다는 건 유정상의 느낌으로도 알 수 있을 정도였다.

[두 번째 미션 완료]

[방어의 조각을 얻어 진정한 커서 마스터로 한발 다가갔습니다.]

[레벨 20이 올랐습니다.]

[레벨이 335가 되었습니다.]

앞의 미션에서는 55레벨이나 올랐었는데 조각의 크기가 작아서 그런지 올라가는 레벨도 좀 적은 느낌이었다.

하지만 그래도 방어의 조각을 얻고 나자 소환수들도 그 영향을 받아 방어력과 복원력이 한층 더 강화되었다.

유정상은 지식의 책을 이용해 보브와 이네크와의 관계를

알아보았다.

이네크와 보브가 한때 절친한 친구였다는 것은 사실이었다.

자세한 사정은 지식의 책에도 나오지 않아서 알 수 없었지만, 이네크가 마족 아리오크와의 결전을 앞두었던 때에 보브 때문에 독에 중독이 되는 일이 발생했다.

보브의 배신으로 결국 이네크는 아이오크와의 싸움에서 패하며 깊은 상처를 입었고, 죽음에 이르기 직전 차원의 틈으로 빨려 들어갔다.

그것이 이네크에 대한 최후의 기록이라고 했다.

죽음에 이를 정도로 워낙 큰 부상을 입었고 그 후로도 이미 무수한 세월이 흘렀다. 결국 그 상처에서 살아남았다고 하더라도 인간의 몸을 한 이네크는 수백 년 전에 알 수 없는 어둠의 장소에서 생을 마감했을 거라 예상된다는 내용이었다.

같이 지식의 책을 읽었던 주코가 재수 없다는 얼굴로 보브가 사라졌던 자리를 향해 침을 뱉었다.

"퉤! 더러운 배신자였구나."

그런데 그때, 눈보라가 휘몰아치더니 보브에 의해 사라졌던 혹한의 마녀 클레이아가 모습을 드러냈다. 보브의 힘이 사라지며 그녀를 속박하던 힘 또한 소멸한 것이다.

모습을 드러낸 클레이아는 보브의 죽음을 느끼고는 두려움에 유정상 앞에 바짝 엎드렸다. 그 모습을 잠시 바라보던 유정상이 잠깐 팔을 들어 올리자 팔목에 있던 마법진에 빛이 어렸다.

번쩍!

유정상의 앞에 모습을 드러낸 여자, 그녀는 빙결의 마녀 클레오였다.

"무슨 일이지?"

갑자기 모습을 드러낸 그녀가 의아한 표정으로 묻자 유정상은 턱짓으로 클레이아를 가리키며 말했다.

"혹시 알고 있는 사이인가?"

클레오가 시선을 그쪽으로 돌리더니 곧 표정이 딱딱하게 굳었다.

"클레이아."

클레오가 그녀를 부르자 클레이아가 깜짝 놀라며 고개를 들어올렸다. 두 사람의 시선이 허공에서 얽혔다. 다음 순간 클레오의 얼굴을 알아 본 클레이아의 표정이 경악으로 물들었다.

"어, 언니! 어, 어떻게 이곳에?"

잠깐 클레이아를 굳은 표정으로 바라보던 클레오가 유정상을 돌아보았다.

"그래서 날 이곳으로 부른 건가?"

"그래. 아무래도 얼굴이 닮았다싶어서 너와 관련이 있지 않을까 했는데. 뭐, 예상이 맞았네."

"……."

클레오는 그렇게 잠시 말없이 그녀의 동생, 클레이아를 바라보고만 있었다.

어릴 때부터 사악한 성정을 가졌던 클레이아는 흑마법사

도루모를 따라 그들이 늘 함께 지내왔던 혹한의 대지를 떠나 버렸었다. 스스로 선택해서 어둠의 길을 걸었던 것이다.

물론 클레오도 이후에 혹한의 대지를 떠나 자신이 머물러야할 곳을 찾아 나섰고, 그곳이 바로 전에 유정상과 만났던 장소였다. 흑마법사 도루모가 보브에게 죽임을 당하면서 클레이아는 그때부터 보브의 물건이 되어 버렸다.

그의 속박마법에 걸려서 수족처럼 놈의 지시를 받으며 그렇게 수백 년간 종노릇을 하며 살고 있었던 것이다.

“네 동생이니까, 알아서 해.”

“인연을 끊은 아이야. 이제 와서 뭐 하러 내가…….”

“죽이든 버리든 알아서 해. 난 더 이상 신경 쓰지 않을 거니까.”

“…….”

그렇게 클레이아의 처분을 맡겨 버렸다.

클레오에게 그동안 무슨 일이 있었는지는 몰라도 그녀의 기세를 보니 최소한 클레이아보다 약해 보이지는 않는다는 판단이 섰다. 아마도 맡겨두면 알아서 잘 할 것이다.

커서 마스터

Cursor Master

5. 아리오크

커서 마스터

Cursor Master

5. 아리오크

"이번엔 구덩이 속으로 들어간다고?"

주코가 맘에 들지 않는다는 듯 또 투덜거린다.

커서가 다음 미션의 장소를 가리킨 장소가 설원 한가운데 생겨난 거대한 구덩이 안쪽이었기 때문이었다.

"저 자식 정말 마음에 안 들어. 꼭 안내를 해도 이런 식이야."

"난 뭔가 가슴이 두근두근 한다."

"시끄러, 심장병 걸린 정신 나간 놈아!"

산제이에게 버럭 하는 주코를 보던 백정이 귀엽게 고개를 절레절레 흔들었다.

"들어가기 싫으면 말고."

그렇게 말한 유정상이 구덩이 속으로 몸을 던졌다.

그러자 백정이 곧바로 몸을 날렸고, 산제이도 흥분한 듯 펄쩍거리더니 그곳에 뛰어들었다. 주코는 뚱한 얼굴로 구덩이를 내려 보다가 나직이 한숨을 쉬고는 어쩔 수 없다는 표정으로 뒤따라서 뛰어내렸다.

"그래도 내가 없으면 이 무식한 것들을 누가 돌보겠어어어어어!"

한동안 끝없이 추락하던 그들 아래쪽이 순간적으로 확 밝아지면서 새로운 세계가 펼쳐졌다.

그랜드캐니언과 같이 붉은색 바위들이 널려 있는 그런 사막이었다.

바닥으로 빠르게 추락하다가 땅에 가까워지자 백정과 주코는 스스로의 비행능력으로 속도를 줄였다.

하지만 산제이와 유정상은 그냥 그렇게 엄청난 가속을 즐기며 추락했다.

물론 이대로 바닥에 추락한다고 죽는다거나 부상을 당할 정도로 약하지 않으니 상관없는 일이지만 땅바닥에 박혀버리는 꼴로 내려서고 싶은 생각은 없었던 유정상은 지상에 어느 정도 다가갔을 무렵 주먹 기파의 반동으로 속도를 줄여서 착지했다.

그림자인간은 몸이 가벼운 데다가 어느 정도 몸의 변형이 가능했기에, 산제이의 경우엔 팔다리를 펼쳐서 속도를 줄이는 방법을 사용하더니 가볍게 착지했다.

바닥에 착지한 유정상이 주변을 돌아보았다.

먼 곳에 만년설이 있는 산봉우리 몇 개가 보이고 주변엔 온통 붉은 흙과 바위들 천지다.

[세 번째 미션]

[방어의 조각에서 분실된 부분인 '내성의 조각' 을 얻어라]

[진정한 커서 마스터가 되려면 많은 독에 대해 좀 더 높은 내성이 필요할 듯하다.]

이번엔 내성의 조각이다.

게다가 다섯 번째 조각이 좀 작다 했더니 역시 완전한 조각이 아니었는지 방어의 조각에서 분실된 부분이라고 한다.

내성의 조각이라는 말의 의미를 살펴보니 독에 대한 내성, 그러니까 일종의 만독불침 상태를 만들라는 이야기처럼 보였다.

결국 내성이라는 것도 큰 의미에서 보면 방어에 속하는 개념인 것 같았다.

이제까지 유정상은 던전을 사냥하면서 특별히 독에 중독된 일은 없었다.

기본적으로 어지간한 건 클린볼로 해결이 되었고, 부상이나 에너지가 떨어졌을 땐 붉은 포션, 마나가 부족한 상황에선 푸른 포션을 사용했다.

최근에는 그마저도 거의 효과가 없어서 사용하지 않고 있었지만 말이다.

어찌되었건, 내성의 조각이 유정상에게 필요가 있거나 말거나 일단 미션이니 다른 선택은 없다.

잠시 후 공중에서 내려오는 주코와 백정을 확인한 유정상은 곧바로 커서의 방향을 보며 이동을 시작했다.

잠시 이동하고 있는 동안 붉은 바위의 모양으로 자신을 숨기고 있던 몬스터 스톤리저드들이 공격을 해왔다.

하지만 산제이나 백정에 의해 토막이 나 버렸고 바로 녀석들에게 전신이 해체 당했다.

그렇게 몬스터들의 부산물들을 차곡차곡 인벤토리에 담으며 이동하는데, 언뜻 멀리 언덕 위에 있는 건물이 보인다.

커서로 확대해보니까 그 건물은 오래된 고성의 모습을 하고 있다.

커서의 방향과도 일치하는 것으로 봐선 내성의 조각이라는 것도 저곳에 있을 것 같았다.

그 언덕으로 점점 가까이 다가가니 먼 곳에서 살펴보는 것보다 생각 이상으로 그 규모가 크다.

성의 근처에 다다르자 유정상은 은신술을 펼쳐서 조심스럽게 성 쪽으로 다가갔다.

성문은 활짝 열려 있고 입구에는 성을 지키는 검은 갑옷의 병사가 몇 명 있을 뿐이었다.

"마족이다."

주코가 중얼거리며 말했지만 유정상도 그전에 이미 그들이 마족임을 느끼고 있었다.

이제까지 마족들을 많이 접한 덕분에 특유의 기운을 감지하고 있었던 것이다.

적이 등장하자 백정은 이미 땅속으로 들어간 상태였고, 산제이는 그림자 이동술로 유정상 그림자에 숨어들어서 조용히 따르고 있었다.

입구에 있는 마족의 병사들을 대충 훑어보니 피라미드 던전에서 천계의 병사들과 싸우던 마계 병사들과 비슷한 복장과 모습을 가지고 있다.

실력도 비슷한지 가까이 접근해도 은신술을 쓰고 있는 유정상이나 다른 소환수들을 전혀 감지하지 못했다.

그들을 지나쳐 성문 안으로 들어서자 분주한 마족들의 평소 모습이 보인다.

마족이라고는 해도 겉모습만 조금 다를 뿐, 결국 그들의 삶도 인간의 생활과 특별히 다를 것이 없어 보였다.

여느 인간들의 생활처럼 별것도 없으면서 괜히 바빠 보이는 그들을 지켜보다가 성내에 있는 마을로 잠입해 들어갔다.

마을의 내부에서는 경계병이 없었기에 계속 은신술을 펼칠 필요가 없어서 유정상은 일단 흔한 느낌을 주는 마족의 얼굴 하나를 가져와 얼굴에 뒤집어썼다.

그리고 놈과 다시 마주칠 일이 없도록 어느 정도 거리를 이동한 후 모습을 드러냈다.

물론 복장은 가게에서 적당한 물건을 몰래 가져다가 위에 걸쳐 입었다.

복장도 복사는 가능하지만 그렇게 하면 변신가능시간이 줄어들었기 때문이었다.

주코는 원래 마계 출신이니까 모습을 드러낸다고 해도 자연스러워서 아무런 문제될 것이 없었다.

산제이는 평소처럼 그림자 속으로 숨었고 백정은 땅속 깊은 곳에서 움직였다.

커서를 통해 이곳이 '판타크' 라는 이름의 성이라는 사실을 알아낸 유정상은 바로 지식의 책을 써서 판타크에 대한 정보를 알아보았다.

판타크는 마계의 변방에 있는 성이었는데 지식의 책에는 머물고 있는 군사의 숫자와 같은 기타 정보와 함께 상급마족인 '아리오크' 가 성주로 있다는 내용이 생겨났다.

"아리오크? 분명 보브란 놈을 매수해 이네크를 중독 시키고 결국 죽였다는 그 놈의 이름 아니야?"

갑자기 끼어드는 주코의 말에 유정상이 살짝 인상을 찌푸리고 노려보면서 말했다.

"너! 어쩐지 내가 기억을 제대로 못할 거라고 생각하고 친절하게 설명하는 기분이네. 나를 바보라고 생각하는 거냐?"

"커엄. 아무튼 그놈이 지금 성주로 있다고?"

"아무래도 이네크의 복수를 해야 할 분위기네. 원하든 원하지 않든 간에 말이지."

그래도 이네크의 능력을 많이 얻은 유정상으로서는 어차피 이네크의 원수를 그냥 못 본 채 하고 싶지 않았다.

"변두리기는 하지만 어쨌든 여기는 마계의 영역에 발을 걸치고 있는 지역이야. 이런 곳에서 상급마족 놈이랑 싸우는 건 너무 불리해."

"이제까지 유리한 싸움만 해온 건 아니었다."

"그거야 그렇지만, 이번엔 다르다고. 여긴 마계의 에너지를 받는 곳이라니까. 주인이 강해졌다고는 해도 마계에서 마족과 싸우는 건 무모한 짓이야. 그것도 상대는 상급마족이라고."

주코와 유정상이 다투자 주변을 지나는 마족들이 이상한 눈초리를 보낸다.

주위의 눈치가 신경 쓰인 주코는 일단 유정상을 한적한 곳으로 끌고 가더니 다시 심각한 표정으로 말했다.

"주인, 이번 미션은 그냥 포기하자. 패널티 같은 것도 없잖아."

"여기까지 와서 미션을 포기하고 싶지는 않아. 아무리 놈이 강하다고 해도 싸워보지도 않고 꼬리를 내리는 바보 짓은 절대 안 할 거다."

"아, 진짜. 여긴 마계라니까."

"마계든 천계든 장소 따윈 상관없어."

"아우, 진짜."

과거의 유정상이라면 패널티가 없는 난해한 미션은 포기

했을지도 모른다.

하지만 지금은 달랐다.

그동안 인간의 능력을 넘어서며 강함을 추구하는 마음도, 강자를 상대하는 자세도 달라졌다.

서 있는 곳이 다르면 시야도 달라지는 것처럼 유정상은 육체적 성장만큼이나 정신적으로도 강해져 있었던 것이다.

게다가 지금의 미션은 완전체 일곱 조각을 모으고 있는 중요한 상황이었다.

쉽게 물러설 수 없었던 것이다.

어차피 주코도 이 정도의 말로 유정상의 고집을 꺾을 수 있다고 생각하지는 않았다.

소환수이자 정신이 이어진 존재였기에 그 마음을 모를 리가 없었던 것이다.

다만 그만큼 위험한 곳이니 경각심을 주는 차원에서 한 말일 뿐이다.

"주인, 무섭다고 징징거리지나 마."

그렇게 말하며 주코가 슬며시 웃었다.

평소엔 얄미운 소리를 곧잘 하기는 해도 나름 의리도 있는 놈이다.

유정상은 그런 녀석에게 애정을 담은 한마디를 건넸다.

"건방진 녀석, 언제 날 잡아서 푸닥거리 한번 해야겠군."

꿀꺽.

❖ ❖ ❖

마을을 통과해서 성주가 사는 거대한 성의 입구에 다가서자 주변에 잔뜩 깔린 마법진이 유정상의 감각에 걸린다.

성에 몰래 잠입하려는 불청객들을 차단하기 위한 일종의 부비트랩 같은 것들이다.

유정상은 일단 마법수정술 스킬을 이용해 그 마법진을 조금씩 손보기 시작했다.

기본적인 알람마법은 제거가 가능했지만 제법 강력한 쇼크마법은 복잡하면서도 너무 고위급 마법이라서 아무래도 제거할 수가 없었다.

최대한 고쳐보았지만 겨우 충격의 정도를 최대한 낮춘 상태로 성에 잠입했다.

파직.

할 수 있는 한 가장 낮은 등급까지 낮춘 충격이지만 맨몸으로 받아내다 보니까 그 강도가 제법 심했다.

전방위에서 날아오는 충격이었기에 커서 방패나 수호자의 반지가 소용이 없었던 것이다.

커서 방패를 슈트처럼 전신을 뒤덮는 방식으로 변형시키면 막을 수는 있었지만, 쇼크마법이 이런 식으로 공격해 올 줄 미처 생각하지 못했던 유정상이었다.

그래도 방어의 조각을 얻은 후로 방어력이 급격히 오른 덕을 봐서 그런대로 견딜 만했다.

그것을 얻기 전의 유정상이었다면 제법 큰 데미지를 입었을 것이 틀림없었다.

소환수들은 쇼크마법이 유정상의 몸을 때리고 난 직후에 생긴 찰나의 틈으로 들어왔기에 아무런 대미지도 입지 않았다.

운이 좋았다며 시시덕거리는 주코를 보면서 유정상이 말했다.

"쓸모없는 녀석. 이럴 땐 대신 희생을 해야지."

"주인이나 이 정도를 견디지 우린 빈사상태가 될 거라고."

"빈사상태라고 죽는 건 아니잖아."

"요즘 레벨이 너무 올라서 포션도 잘 안 먹힌다고. 그런 상태로는 공격 한 방에 황천길이야."

"황천길 같은 소리하고 있어. 어차피 하루 지나면 다시 소환되면서."

"아무 짧다고 해도, 죽는 게 기분 좋은 일은 아니라고."

꼬박꼬박 말대꾸하는 주코에게 한 방 먹이고 싶었지만 이미 적진에 들어온 이상 그렇게 계속 노닥거릴 여유는 없었다.

유정상은 조용히 성채를 가로질러서 이동한 다음에 내성으로 잠입해 들어갔다.

커서의 방향이 성의 가장 높은 거대한 탑의 바로 아래를 가리키고 있지만 유정상의 감각에 그 주변은 온통 마법결계로 방어되어 있다.

하늘로 뻗은 결계 역시도 만만치 않아 공중에서의 침투도 어려워 보였다..

커서가 가리키는 거대한 탑은 이 성에서 가장 접근이 어려운 곳이었다.

그리고 사방에 설치되어 있는 마법진 외에도 구석구석 굉장한 마법의 향기를 내뿜는 고위급 흑마법사들도 유정상의 감각에 걸려들고 있었다.

결국 모든 상황을 고려해 보았을 때, 내성을 통해 그 탑까지 이동하는 방법만이 최선이었다.

성의 내부는 많은 이들이 들락거리기 때문에 보호마법진은 설치되지 않았고, 그냥 경비병들이 구석구석에서 경계하고 있는 상황이었다.

물론 내성으로 직접 들어가는 것이 절대 안전한 것은 아니다.

강력한 마법사나 킹 데스나이트는 무슨 수를 써서라도 피할 수 있다고 치더라도 내성은 사소한 실수 하나로 당장 놈들의 보스와 마주칠 수 있는 곳이었다.

아리오크라는 괴물 중의 괴물이 있는 이상 실내침투가 오히려 더 위험할 수 있다.

유정상은 일단 아리오크의 감각에 들킬 가능성을 최소화하기 위해서 소환수들은 건물 밖에서 대기하게 하고 혼자 침입했다.

은신 스킬을 사용하지 못하도록 만들어 둔 마법결계를 먼저 제거한 후에 유정상은 조심스럽게 내성의 안으로 들어갔다.

아주 강해보이는 킹 데스나이트 하나가 복도 한편에 서 있는 것이 보였다.

주코의 말에 따르면, 킹 데스나이트는 어지간한 중급의 마족을 월등히 능가할 정도의 전투력을 가지고 있었다.

암흑투기를 너무 많이 소모하기 때문에, 상급마족이라도 5기 이상을 부하로 두기 힘들다는 단점이 있기는 했지만 말이다.

일단 이 성내엔 2기 정도의 킹 데스나이트가 감지되었는데 이놈들 가까이는 접근하지 않도록 조심해야 했다.

킹 데스나이트 놈들과 싸우는 것만이라면 어떻게든 이겨낼 수도 있겠지만, 이놈들이 유정상의 발목을 잡는 동안 다른 놈들까지 싸움에 가세하게 될 것이기 때문이다.

그리고 그런 상황이 되면 순식간에 아리오크에게 발각돼서 불리한 싸움을 해야만 하는 것이다.

복도를 조심스럽게 이동하는 동안 유정상은 이런 곳에서는 어울리지 않는 이상한 기운을 감지했다.

그것은 천계의 기운이었다.

'어째서?'

유정상은 조심스럽게 천계의 기운이 느껴지는 곳으로 이동해갔다.

함정은 아니었다. 자신이 이곳에 침투했다는 사실을 파악하고 유인하기 위한 거라고 생각하기엔 그 기운의 주변을 둘러싸고 있는 결계가 너무도 강력했기 때문이었다.

복도 한쪽에서 위로 이어진 계단이 나타났다.

상당히 위험한 느낌을 받으면서 유정상은 그냥 위에서 느껴지는 그 기운을 외면하려 했지만, 결국 호기심을 참지 못하고 계단을 올라갔다.

천계의 기운을 가둬두고 있는 결계들을 조금씩 손보며 천천히 위로 향했다.

일단 실내에 있는 결계들은 그리 복잡한 구조가 아니라 약간의 조작만으로도 기능을 잠시 멈추게 할 수 있었다.

여기서 이 결계들을 해체하려고 과도하게 손을 대거나 하면 알람이 울리거나 엉뚱한 기능이 발동할 수 있으므로 조심해야 했다.

어느새 위층으로 올라간 유정상은 천계의 기운이 느껴지는 방의 문 앞에 다다랐다.

그리고 문에 걸려 있는 마법결계를 신중하게 조작했다.

무작정 제거해 버린다면 놈들이 몰려들 것이기에 그냥 잠금 상태를 열림으로 변환시켰다.

딸깍.

마지막 결계마저 변형되자, 마치 열쇠를 사용한 것처럼 자연스럽게 문이 열렸다.

모든 결계를 풀어내고 조심스런 동작으로 진입하는데 뭔가가 느닷없이 유정상을 향해 날아들었다.

텅!

유정상의 커서 방패가 반사적으로 작동해 그것을 막아 버렸다.

피할 수도 있었지만, 그렇게 되면 더 큰 소음이 생겨 놈들의 시선을 끌 수 있기 때문이었다.

그리고 공격을 가한 존재를 향해 커서를 날려 제압을 한 후 빠르게 달려들어 입을 막았다.

그런데…….

'여자?'

이 방에 갇혀 있는 사람은 여자였다.

유정상의 손에 잡힌 그녀는 마구 버둥거리면서 순간적으로 황당해하느라 허점이 드러난 유정상의 복부에 에너지파를 발사했다.

퍽.

기습적인 공격이었기에 방어의 조각을 얻은 유정상의 몸에 타격을 줄 정도는 아니었다.

소리만 컸지 별다른 고통이 전해오지는 않았다.

하지만 자신은 구해주려고 왔는데 이런 식으로 대접받으니 기분이 좋을 리가 없다.

"천계의 존재인가?"

"……?"

싸늘하게 느껴지는 유정상의 물음에 놀란 듯 눈을 동그랗게 뜨는 그녀,

상황을 제대로 이해하지 못했는지, 특유의 크고 푸른 눈동자가 파르르 떨리고 있다.

이 방은 제법 잘 꾸며진 손님의 방처럼 침대도 있고 거울

이나 테이블과 의자 같은 것도 있는 방이었지만 창문같이 밖으로 빠져나갈 수 있는 곳은 전혀 없어서 마치 중세시대의 귀족들을 감금하는 장소처럼 만들어져 있었다.

"어째서 여기에 있는 거지? 포로? 아니면 천계를 배신한 건가?"

"읍. 읍."

커서로 확인하니 [헬레네]라는 이름을 확인할 수 있었다.

헬레네가 뭔가를 이야기 하려 하자 그녀의 입에서 손을 천천히 떼어냈다.

뒤로 한걸음 물러선 그녀는 잔뜩 경계하는 눈초리로 유정상을 노려보며 잠시 침묵하다 곧 입을 열었다.

"배신자는 아니에요. 지금은 포로의 신세일 뿐이죠. 그런데 당신은 누구죠? 천계의 인물로는 안 보이는 데? 당신이야말로 이곳의 배신자인가요?"

아무래도 블랙로브라는 복장과 몸에서 풍겨오는 사나운 기세 그리고 음산한 말투가 그녀로 하여금 유정상을 마계의 인물로 오해하게끔 만든 것 같았다.

하지만 너무 경계하는 그녀의 태도 때문에 딱히 오해를 풀어주고 싶은 마음은 들지 않는다.

"그렇다면 어쩔 셈이지?"

"저를 탈출시켜주시면 그에 상응하는 대가를 지불하겠어요."

"대가?"

"네."

재미있는 그녀의 제안을 들은 유정상은 살짝 호기심을 느끼며 말했다.

"난 꽤나 부자라서 어지간한 걸로는 마음을 바꿀 수 없을 거야."

"이곳까지 일부러 찾아왔다는 건 어느 정도 협상을 하겠다는 거 아닌가요?"

"……."

"아론다이트를 드리죠."

"아론다이트?"

"아리오크가 그렇게도 가지고 싶어 하는 그 검을 당신에게 드릴게요."

아리오크의 이름까지 나오자 그녀가 말하는 아론다이트라는 것이 뭔가 엄청난 무기라는 건 유정상도 대충 눈치 챘다.

"그 약속을 어떻게 믿을 수 있지?"

"신뢰의 증표를 드리죠."

헬레네가 당당한 표정으로 말하며 스스로 검지를 깨물더니 그 피로 자신의 손바닥에 뭔가를 쓴다.

그리고 다시 유정상의 손바닥에 자신의 손을 가져다대자 두 손바닥이 맞붙은 사이에 뭔가 알 수 없는 빛이 생겨났다.

"이걸로 제가 진심임을 밝혔어요. 이젠 당신 차례예요. 이 신뢰의 증표는 어디까지나 나를 탈출시켜줘야지만 발동하는 것으로 당신의 행동에 따라 소멸할 수 있다는 것 정도는 아실 거예요."

헬레네는 누구나 알고 있다는 듯이 말했지만 사실 유정상은 아무것도 모른다.

신뢰의 증표도 처음 들어보는 것이고 그전에 아론다이트가 어떤 검인지도 모르지만, 굳이 그녀에게 알려 줄 필요는 없다고 생각했다.

솔직히 말하면 어차피 그녀를 구해 줄 생각이었는데 부수적으로 아론다이트라는 검을 얻을 수 있다면 좋다고 생각했을 뿐이었다.

어쩌면 우타슈의 황금검을 이것으로 교체시켜줄 수 있을지도 모른다고 생각한 것이다.

그런데 그때 누군가가 계단을 올라오는 것 같은 기척이 느껴졌다.

유정상은 얼른 헬레네를 침대 쪽에 앉히고 자신은 은신술을 써서 어둠속에 몸을 숨겼다.

이어서 자물쇠를 여는 소리가 들리며 바로 문이 열리더니 검은 하녀복을 입은 여자 한 명과 불타는 듯한 붉은 머리에 검은 무복을 입은 사내가 안으로 들어섰다.

평범해 보이지만 유정상이 보기에 붉은 머리의 사내는 제법 강력한 힘을 지닌 것 같았고 저 하녀복을 입은 여자도 헬레네보다는 강했다.

하녀가 음식을 테이블에 올려놓고, 팔에 걸치고 있던 드레스는 의자에 내려놓았다.

헬레네는 아무 말 없이 무표정한 얼굴로 그들에게서 시선을 돌린 채 가만히 있었다.

반항을 하고 있는 모습처럼 보였지만 사실은 숨어 있는 유정상이 들킬까봐 조마조마해 하고 있었다.

하녀가 잠시 그녀를 바라보며 살피다가 이상이 없다고 판단했는지 곧 몸을 돌렸다.

그러자 곁에 있던 무복의 사내도 헬레네를 힐끔 바라 본 다음에 몸을 돌린다.

그때.

"컥!"

"앗!"

털썩.

아무런 기척도 없었는데 그들 두 명이 동시에 정신을 잃고 바닥에 쓰러졌다.

헬레네는 갑자기 벌어진 일에 순간 놀라 입을 벌린 채 다물지 못했다.

쓰러진 두 사람의 사이로 유정상이 다시 숨겼던 모습을 드러냈다.

마치 귀신같은 움직임이었다.

어떻게 한 것인지 알 수 없는 방법으로 두 사람을 쓰러뜨리자 그 모습을 본 헬레네는 남자가 마치 사신처럼 느껴져 가볍게 몸을 떨었다.

죽였는지 단순히 기절만 시킨 건지는 알 수 없지만 어쨌든 이런 능력은 처음 보는 것이었다.

헬레네도 저 붉은 머리의 사내가 얼마나 강한 존재인지는 이곳으로 잡혀올 때 충분히 경험해 보았던 것이다.

자신을 지키던 일곱의 기사들은 모두 저 한 명을 당하지 못해서 모두 죽임을 당했는데 이자는 그를 간단하게 제압해 버린 것이다.

아리오크 밑에 이만한 실력자가 있다는 얘기는 들어본 일이 없었기에 검은 로브 사내의 정체가 더욱 궁금해졌다.

하지만 지금 당장은 이곳을 어떻게 빠져나가야 할지가 가장 중요한 일이었다.

그런데 헬레네가 지켜보는 가운데 검은 로브의 사내가 갑자기 붉은 머리의 무인으로 변해 버렸다.

그리고 쓰러져 있는 무인의 옷을 분리해 내듯 벗겨내더니 순식간에 자신의 옷과 교체해 버린다.

갈아입었다고 하기 보다는 그냥 바뀌어 버린 느낌이었다.

너무나도 자연스러운 변신능력.

'마법인가?'

어느 정도 마법을 익히고 있는 그녀였지만 이런 종류의 마법에 대해선 그녀도 잘 알지 못했다.

"움직이지 마라."

붉은 머리의 무인으로 변한 그가 말하자 헬레네는 순간 얼어붙은 것처럼 가만히 있었다.

그의 목소리마저도 그 지긋지긋한 놈과 완전히 같아져 있었던 것이다.

그런데 잠시 기다리니까 자신의 얼굴이 조금 간질거리는 느낌이 들더니 어느새 하녀의 얼굴로 바뀌어 버렸다.

거울로 확인해 보니 쓰러진 하녀의 얼굴과 완벽하게 똑같은 모습이다.

"어, 어떻게?"

특별히 마법의 기운이 느껴지지도 않았는데 그가 어떻게 순식간에 자신의 얼굴을 바꿀 수 있었는지 이해할 수가 없었다.

그렇게 잠시 멍한 모습을 하며 서 있는데 그가 재촉했다.

"나가고 싶지 않은 건가? 빨리 옷을 갈아입도록 해."

"네?"

잘 알지도 못하는 사내가 단둘이 있는 방에서 옷을 갈아입으라고 명령하자 헬레네는 순간 당황했다.

그러나 그는 무심한 얼굴로 다시 말했다.

"그리 절박한 건 아닌 모양이군."

"아, 아니에요."

그렇게 대답한 헬레네가 서둘러 옷을 벗었다.

아리오크의 손아귀에서 벗어나는 것은 가문의 보물인 성검 아론다이트를 보상으로 내줄 정도로 중요하게 생각했기에 조금 부끄러운 정도는 아무것도 아니었다.

그러는 동안 하녀의 옷이 몸에서 빠져나오듯 스르륵 벗겨지더니 헬레네 곁에 있던 의자로 이동해왔다.

신기한 모습이었지만 헬레네는 부끄러움에 자세한 것은 살피지도 못하고 그저 옷을 받아 들고는 재빨리 갈아입었다.

그사이 남자는 간단하게 실내를 정리했다.

정신을 잃은 두 남녀를 한쪽 구석의 시야가 잘 닿지 않는 곳에 옮겨 놓고 나갈 준비를 마치고 있었다.

"다 됐어요."

헬레네의 말을 들은 유정상이 먼저 방을 나섰다.

복도를 헬레네와 유정상 두 남녀가 당당히 걸어갔다.

주변을 지나치던 시녀와 무인들이 그들에게 먼저 인사를 하며 지나쳐갔다.

모두가 인사를 하는 것으로 봐선 아마도 이 얼굴의 주인들이 가진 지위가 제법 높은 모양이었다.

유정상은 자연스러우면서도 빠른 걸음으로 바깥을 향해 나아갔다.

자신의 미션도 빨리 마무리 지어야 하지만 그보다 헬레네를 먼저 탈출시키는 것이 급선무였다.

어차피 이 일은 곧 녀석들에게 알려질 것이기 때문이다.

일단 그전에 헬레네를 최대한 안전한 곳까지 탈출시켜야지 뒤에 미션을 하는 데 방해가 되지 않을 거라고 판단했다.

내성 건물 밖으로 나온 유정상은 다시 그녀를 성문 쪽으로 함께 데리고 갔다.

그리고 성 밖으로 나가는 행렬 속에 몰래 숨겨 넣었다.

물론 행렬들을 살피는 마계 병사들이 있었으나 유정상이 때마침 성벽의 한쪽을 커서로 무너뜨려서 녀석들의 시선을 끈 덕분에 그녀는 들키지 않고 무사히 성 밖으로 빠져나갔다.

헬레네가 행렬에 섞여서 성 밖으로 멀리 사라지자 주코가 슬쩍 모습을 드러내면서 물었다.

"갑자기 웬 여자야?"

"잔소리 말고 너희들은 이곳에 대기하다가 혹시 추격부대가 나오면 그놈들이나 방해해."

"주인은 어쩔 건데?"

"어차피 너희들을 내성으로 데려가기는 힘드니까, 그곳에선 혼자 알아서 하지."

"도대체 뭘 뇌물로 받은 거야?"

주코가 투덜거리면서 백정과 산제이를 데리고 성내 입구 주변에서 매복했다.

그녀가 어떤 식으로 아론다이트라는 검을 유정상에게 넘겨 줄 수 있을지는 알 수 없었지만, 일단 자신이 할 수 있는 것은 다 했다.

약속을 지키는 것은 그녀의 몫이라고 생각한 유정상은 헬레네에 대해서는 잠시 신경을 끄고 다시 내성 쪽으로 이동해갔다.

물론 이번엔 붉은 머리의 무인 모습을 하고 있었기 때문에 내성으로 다시 들어가는 건 아무런 문제가 없었다. 하지만 유정상이 잠시 내성의 조각을 수색하는 동안 천계의 포로가 탈출했다는 사실이 알려지면서 성안에 소란이 일었다.

역시 유정상의 예상대로 검은색의 거대 늑대들을 탄 병사들 수십이 그녀를 추적하기 위해 내성 안에서부터 빠르게 달려 나가는 것이 눈에 들어왔다.

그것을 확인한 유정상은 놈들도 이제는 붉은 머리의 사내가 당했다는 것을 알아차렸을 거라고 판단하고 이번에는 늑대를 타고 달려 나가는 녀석들 중 한 놈으로 바꾸고는 안으로 숨어들었다.

성내에 작용하는 결계의 에너지로 인해 은신 스킬을 유지하기에는 마나의 소모가 빨랐기에 일반 병사의 외모를 하고 움직이는 것은 조금 위험하다는 것을 인지하면서도 어쩔 수 없이 이 방법을 써서 안으로 들어간 것이다.

한동안은 순조롭게 안으로 진입해 들어갔는데 어느 순간부터 주변에 아무도 보이지 않았다.

그제야 유정상은 자신이 적에게 노출되었다는 것을 알아차렸다.

가볍게 한숨을 쉰 뒤 곧바로 원래의 블랙로브 차림으로 돌아갔다.

'누군가와 마주친 기억은 없는데 언제 들킨 거지?'

그때 복도 끝에서 그림자 하나가 천천히 다가왔다.

유정상은 본능적으로 놈이 이성의 주인인 아리오크라는 걸 느낄 수 있었다.

먼 곳에서 다가오던 그림자가 서서히 자신의 모습을

드러내더니 사나운 목소리로 말했다.

"쥐새끼처럼 내 성에 몰래 들어와 헬레네를 빼돌리다니…… 곱게 죽고 싶지는 않은 모양이군."

몸의 절반은 검은색에 절반은 붉은색을 가진 사내로 굉장히 날카로운 인상이었지만 이목구비 자체는 굉장히 뚜렷한 미남형의 얼굴이었다.

하지만, 분노한 놈에게서 뿜어져 나오는 살기는 피부를 따끔거리게 만들고 있을 정도였다.

"천계의 여자를 납치 한 거냐? 그런 짓을 하면 천계의 분노를 사는 게 아닌가?"

정확한 사정이나 이런 납치가 흔한 일인지 아닌지 하는 것도 잘 모르는 유정상은 그냥 넘겨짚듯 말했는데 의외로 반응이 왔다.

"그런 걸 감수할 만큼 아름다우니까. 어쨌거나 제법 재주가 좋구나, 헬레네를 이곳에서 밖으로 빼돌릴 정도의 능력이 있는 걸 보면 말이지. 물론, 어차피 그녀는 다시 내 품으로 돌아올 테지만."

부하들의 능력을 꽤나 신뢰하는 모양이었다.

유정상의 소환수들이 그들을 꽤나 괴롭힐 거라는 건 전혀 모르고 있을 테지만 말이다.

"자, 이젠 네놈을 죽지 않을 정도로만 갈기갈기 찢어서 누구의 사주를 받았는지부터 알아봐야겠구나."

"어쩌지? 나 오늘 컨디션이 좋거든."

유정상이 이죽거리며 답하자 놈의 눈썹이 실룩거린다.

상대가 마족이 아니라는 것은 본능적으로 느끼고 있었기에 무슨 자신감인지 모르겠다고 생각했던 것이다.

그리고는 곧바로 주변에 에너지를 퍼트렸다.

"응?"

"내 영역에 들어온 걸 환영한다. 쥐새끼."

갑자기 성안의 복도가 붉은 사막 한가운데로 변해 있었다.

유정상이 보기에 이건 단순한 눈속임이 아니었다.

실제로 바깥에서 느꼈던 그 대지의 기운이 느껴지는 걸로 봐서는 분명 장소가 바뀐 것이다.

'이런 기술을 사용하는 놈이 제법 있구나.'

이전에도 이런 비슷한 기술을 사용하던 놈을 경험한 일이 있었기에 전혀 당황하지 않고 담담한 표정으로 놈과 맞서 싸울 준비를 했다.

그런 유정상의 모습에 제법 호기심이 생긴 아리오크가 눈을 빛내며 웃었다.

"이런 것에도 당황하지 않는 걸 보니 제법 많은 경험을 한 놈이로군."

"뭐, 경험이 적다고 할 수는 없지."

"그 나불거리는 주둥이만큼 실력도 나쁘지 않았으면 좋겠군."

그렇게 말한 아리오크가 자신의 손에 커다란 붉은 창을 생성시키고는 빠르게 몇 번을 휘두르자 창끝에서 만들어지는 강력한 화염이 유정상을 덮쳤다.

하지만 이 정도의 화염으로는 유정상에게 전혀 대미지를 입힐 수 없었다.

방어의 조각을 얻은 다음이라 각종 속성 공격에 대한 방어력도 월등히 상승한 덕분이었다.

놈의 공격이 계속 이어지고 있는 동안 유정상은 단순한 움직임으로 빠르게 놈에게 접근해 들어갔다.

화염공격이 마구 밀려들었지만 크게 대미지가 들어오지 않는 상황이라서 힘들게 피하지 않고 그냥 정면으로 뚫고 들어가며 주먹을 휘둘렀다.

미친 듯이 창을 휘두르던 놈이 흠칫하더니 몸을 날려 빠르게 그것을 피해냈다.

콰아아앙.

허공에서 몸을 비틀며 다시 바닥에 착지한 놈의 눈이 부릅떠져 있었다.

"너, 이네크와 무슨 관계냐?"

"이야, 이거 놀랐는데? 이 정도만으로 그것을 알다니."

"네놈, 헬레네가 목적이 아니군. 이곳에 온 진짜 이유가 뭔지 말해라."

약간은 긴장한 것 같은 얼굴로 잠시 유정상은 노려보던 녀석이 갑자기 뭔가 떠오른 얼굴로 물었다.

"보브와 만났던 건가?"

"그랬지. 뭐, 이젠 죽었지만."

"그딴 멍청한 놈 따위 죽든 말든 상관은 없지. 하지만 그 놈도 이곳은 알지 못할 텐데 대체 여기까지 어떻게 찾아 온 것이냐?"

"어떻게 찾아왔는지는 네가 알 필요는 없지."

유정상이야 어차피 커서의 안내를 받아 찾아왔을 뿐이지만 물어본다고 순순히 대답할 성격은 아니었다.

"그 괴물 같은 놈과의 질긴 악연이 아직 끝나지 않았다니, 이번에야말로 완벽하게 끝을 내주지."

"날 그런 시시한 복수에 끌어들이지 마, 난 그냥 네놈이 가진 물건 하나만 찾아가면 그뿐이니까."

"날 죽이지 못하면 그게 뭐든 손도 못 댈 것이다."

"그래. 뭐 예상하던 바야."

유정상이 피식거리며 어깨를 으쓱이는 그때, 놈의 에너지가 폭주하기 시작했다.

이네크의 이름을 말하면서 점점 소용돌이치던 놈의 기운이 마구 날뛰기 시작한 것이다.

표정을 사납게 일그러뜨린 놈이 창을 뒤로 젖힌 채 손을 유정상에게 뻗었다.

그러자.

쿠아아아아아.

하늘에서 엄청난 크기의 불덩이가 유정상을 향해 내려와 꽂혔다.

콰아아아아앙!

무시무시한 폭발이 유정상을 덮치던 순간 커서 방패가 생겨나며 유정상의 전신을 감싸 버렸다.

바닥이 녹아내릴 정도의 고온이 방패 표면을 자극했지만 커서 방패도 업그레이드 된 덕분인지 저런 비상식적인 놈의 공격에도 잘 버텨주었다.

그리고 그 열기가 가실 때 쯤 커서 방패가 유정상에게서 자연스럽게 떨어져 나온다.

지옥의 불길이 활활 타오르는 곳에서 검은 로브를 입은 인간이 옷자락 하나 타지 않은 모습으로 유유히 걸어 나오자 아리오크의 얼굴이 일그러졌다.

그저 어쭙잖은 이네크의 힘을 한 조각 정도 얻은 놈이라 생각했기에 설마 이렇게나 강할 거라고는 전혀 예상하지 못했던 것이다.

"제기랄, 망할 놈!"

이번엔 유정상이 몸을 날리면서 놈을 향해 버스터 펀치를 날렸다.

게다가 아리오크가 몸을 피하려는 순간에 놈의 몸을 커서로 붙잡아 버렸다.

"큭!"

아리오크가 느닷없이 나타난 이상한 힘에 의해 온몸이 경직되어 버리는 순간, 그의 머리 위로 항거하기 힘든 강력한 에너지가 떨어졌다.

콰아아아앙.

강력한 폭발과 함께 생겨난 폭풍이 주변을 휩쓸었다.

꾸준한 레벨업과 동시에 커서의 조각들까지 얻으며 엄청난 속도로 강해져 버린 덕분에 이제까지의 버스터 펀치와는 그 위력이 확연히 달라졌다.

연기가 걷히고 나자 전신이 찢겨 피범벅이 된 아리오크의 모습이 보였다.

한 방에 저 꼴이 된 것은 유정상이 강해진 탓도 있었지만 생각보다는 아리오크가 약했던 것이다.

아마도 그래서 놈은 이네크를 상대할 때, 비겁한 방식으로 보브를 이용했을 것이다.

한심하다는 생각에 잠시 그의 꼬락서니를 바라보며 뜸을 들이는 사이에 비틀거리던 아리오크가 눈을 반짝였다.

그리고 순간 유정상의 몸이 어디론가 끌려가기 시작했다.

"엇!"

그러고 보니 이곳이 마계이며 놈의 영역 안이었다는 사실을 잠시 망각하고 있었다.

이곳에서는 한순간도 방심해서는 안 되었는데 말이다.

당황한 유정상의 급히 몸을 돌려서 자신을 끌어당기는 것이 무엇인지 확인했다.

돌아보니 그곳에는 마치 공간이 찢겨져 나간 것처럼 보이는 검은 구멍이 유정상을 끌어당기고 있었다.

아마도 이네크를 가두었다고 하던 그 차원의 틈이 분명하리라.

피칠갑을 하고 있는 아리오크는 목구멍 안에서 가래가 끓는 것 같은 소리로 웃으며 말했다.

"크크큭. 네 놈도 그 빌어먹을 자식과 같은 운명이 되겠구나."

상대의 멍청함을 비웃는 아리오크를 바라보며 유정상은 피식 웃었다.

조금 방심했지만 그렇다고 돌이킬 수 없을 만큼 절망적인 상황은 아니었다.

유정상은 곧바로 커서를 접착제로 바꿔서 아리오크가 만든 차원의 틈을 막아 버렸다.

그러자 곧바로 자신을 끌어당기던 힘에서 벗어난 유정상은 가벼운 움직임으로 놈을 향해 몸을 날렸다.

영문도 모르게 갑자기 자신의 눈앞에서 차원의 틈이 사라져 버리자 깜짝 놀라서 넋이 나간 아리오크의 눈동자에는 자신을 향해서 번개처럼 달려드는 유정상의 모습이 맺혔다.

✣ ✣ ✣

공포와 무력으로 성을 지배하던 아리오크가 죽자마자 판타크 성은 대혼란에 빠졌다.

서로 2인자라 여기던 놈들과 그들을 배척하는 세력들 간의 치열한 서열싸움이 벌어진 것이다.

잠깐 흘러가는 상황을 지켜보니 그냥 놔둬도 일주일이면 성내에 있는 마족들의 절반은 죽어나갈 것 같았다.

하지만 그런 것에는 전혀 관심이 없던 유정상은 일단 성 안을 뒤져서 아리오크 놈이 숨겨뒀던 '내성의 조각'을 찾아냈다.

그러자 다시 커서의 설계도면이 생겨나더니 다섯 번째 조각의 빈 부분을 채웠다.

[내성의 조각을 얻어 각종 독이나 저주에 대한 내성이 생겼습니다.]

[내성의 조각이 합쳐지면서 다섯 번째 방어의 조각이 완전해 졌습니다.]

[레벨이 20올라, 현재 355레벨이 되었습니다.]

유정상이 미션을 완료하고 유유히 성을 벗어나는데 갑자기 새로운 메시지가 떴다.

[새로운 아이템이 생성되었습니다.]

"응?"

유정상이 인벤토리를 열어보니 헬레네가 말했던 [아론다이트]라는 검이 생겨나 있었다.

그녀가 어떤 방식을 이용한 것인지는 모르지만 탈출에

성공하고 안전해지자마자 곧바로 유정상에게 약속한 그 대단하다는 검을 보내준 것이다.

[고마워요. 잊지 않겠습니다.]

검에 실려 온 그녀의 목소리였다.

곧이어 우타슈를 불러낸 유정상은 그 은색의 장검, 아론다이트를 그에게 넘겨주었다.

그러자 우타슈가 꽤나 좋아하는 눈치였다.

겨우 검이 바뀐 것만으로도 우타슈의 전투력이 엄청나게 올라갔음을 느낄 수 있을 정도로 확연한 변화가 생겼다.

사실 우타슈의 검술은 어느 누구에게도 뒤지지 않을 정도로 뛰어난 면이 있었다.

그저 확실하게 상대의 방어를 뚫을 수 있는 공격력이 부족했을 뿐이었다.

"나는 뭐 없어? 아야!"

유정상이 또 분위기파악 못하고 나서는 주코의 머리를 바로 쥐어박았다.

그러는 사이에 그들의 눈앞에 새로운 포탈이 열렸다.

커서 마스터

Cursor Master

6. 마흔여섯 살의 그때

커서 마스터

Cursor Master

6. 마흔여섯 살의 그때

[네 번째 미션]

[일곱 개의 조각 중 여섯 번째 '정신의 조각' 을 얻어라]

[진정한 커서 마스터가 되려면 더 강한 정신력이 필요할 듯하다.]

포탈로 들어서자 어두운 길이 이어지면서 동시에 여섯 번째 조각에 관한 미션이 부여되었다.

"두 개 남았네."

"그래."

"두 개를 얻고 나면 보나마나 엄청 귀찮은 미션이 생기겠지?"

이렇게 엄청난 변화를 만드는 조각을 얻어가는 미션이 끝나면 주코의 예상처럼 쉽지 않은 일이 주어질지도 모른다.

하지만, 그게 무엇이든 자신이 피할 수 없는 일이 분명할 것이다.

주코의 말을 생각해보면서 걷는데 갑자기 주위가 확 밝아지면서 새로운 공간이 생겨났다.

그런데 이번에 들어온 장소는 어쩐지 상당히 익숙한 느낌의 던전이었다.

그것도 오랫동안 악몽 속에서 자신을 괴롭혔기에 본능적으로 뼈에 새겨질 정도로 익숙한 최악의 배경.

'여, 여긴?'

황당하게도 이번에 들어온 던전은 예전, 그러니까 과거로 회귀하기 전의 자신이 마지막으로 경험한 던전이자 자신의 팔을 잃었던 바로 그 장소였다.

'어째서?'

그리고 더 놀라운 건…….

"어이, 아저씨. 앞으로 좀 나서 봐요. 경험도 많다면서 왜 이렇게 몸을 사리는 거야?"

'똑같다.'

그때와 똑같이 말하고 있는 녀석은 미래의 마지막 팀으로 있던 길드 '칼리' 의 리더 제윤석이었다.

갑자기 바로 옆에서 걷고 있던 주코와 산제이 그리고 백정도 사라져 버렸고, 자신의 모습도 예전의 그 허접한 복장을 하고 있었다.

마치 회귀한 후에도 다시 한 번 꾸었던 그 악몽 속으로 직접 들어온 기분이었다.

대다수가 8급이나 자신처럼 9급의 하급 각성자들을 구성해 3성급 던전을 공략하려는 무모한 짓을 벌이다 팀원 10명 중 세 명이 사망, 자신을 비롯한 네 명이 불구가 되는 어처구니없는 일이 발생했지만, 정작 일을 추진했던 녀석은 안전하게 던전을 빠져나갔었다.

그때를 생각하면 이가 바득바득 갈릴 정도로 화가 치밀 때가 한두 번이 아니었다.

제윤석은 자신의 모든 것을 잃게 만든 장본인이었지만, 그 후로도 아무렇지도 않게 잘만 살아가던 재수 없는 놈이었던 것이다.

유정상은 반사적으로 자신의 손을 내려다보았다.

조금은 거칠고 억세 보이는 손,

얼굴을 만져보니 잔주름에다 피부도 거칠다.

확실히 마흔여섯 살 시절의 자신이었다.

유정상은 마흔여섯 살에 바로 이 던전에서 한쪽 팔을 잃어버리는 사고를 당했고, 그 때문에 1년 후에는 부인에게 이혼을 당했다.

그러고 나서 1년의 기간 동안 폐인 같은 삶을 보내고, 뇌종양 말기 판정을 받은 것이 바로 회귀 전의 마지막 날이었다.

악몽의 시간들이 머릿속을 스치자 유정상의 미간이 저절로 찌푸려졌다.

과거로 회귀한 후에는 완전히 잊고 지냈던 그 시간이 다시 현실감 있게 생생히 와 닿았다.

이제껏 자신이 길고 긴 꿈을 꾸었던 건 아닐까 싶은 생각이 들 정도로 말이다.

'왜 갑자기 이때로 온 것일까?'

정신의 조각.

이번 미션은 정신의 조각을 얻는 것이라고 했다.

그렇다면 이 미션은 정신을 강화시키는 것과 밀접한 관계가 있으리라.

그렇게 잠시 현실과 미션의 혼돈을 벗어나기 위한 상념에 빠져 있는데 제윤석이 다시 유정상을 재촉했다.

"젠장, 아저씨. 앞으로 좀 나오시라니까."

그 말에 유정상이 옛일을 떠올리고는 피식 웃으며 그에게 말했다.

"그렇게 멋모르고 막 기어나가다간 모두 뒈져 버릴지도 몰라."

"뭐요?"

유정상의 이죽거림에 놈의 얼굴이 잔뜩 일그러졌다.

안 그래도 팀원들이 잔뜩 주눅이 든 상태가 마음에 들지 않았는데 평소 조용하던 노땅 아저씨까지 자신의 심기를 건드리자 원래 인내심이 부족한 그로서는 화가 치밀 수밖에 없었다.

하지만 이곳은 3성급의 던전.

아무리 화가치민다고 해도 이런 곳에서 팀원과 다투다가는 몬스터들에게 주목을 받을 수밖에 없다.

아무리 화가 난다고 해도 여기서는 화를 내면 자살행위가 될 수도 있는 것이다.

"나가서 봅시다."

"그러든지."

"개 씨발, 뭐?"

제윤석이 울컥하면서 목청을 키우던 그때였다.

숲의 나무들 쪽에서 부스럭거리는 소리가 들리더니 숲의 그림자 안에서 몬스터 한 마리가 슬쩍 모습을 드러냈다.

칼꼬리 원숭이였다.

생긴 건 일반 원숭이의 그것과 흡사했는데, 꼬리의 끝이 칼처럼 날카로워서 붙은 이름이었다.

재빠르긴 하지만 등급도 낮은 놈이라 한 놈씩 상대한다는 조건일 때에는 그렇게 위험한 놈은 아니었다.

저 날카로운 꼬리의 끝부분만 주의하면 9급의 각성자들도 충분히 상대할 수 있는 녀석이다.

하지만 문제는 칼꼬리 원숭이는 무리생활을 한다는 것이었다.

모두가 놀라는 사이에 칼꼬리 원숭이는 순식간에 대여섯 마리로 늘어나더니 마치 사냥을 하는 것처럼 금세 인간들의 주위를 포위했다.

"젠장!"

활을 든 각성자들은 서둘러 화살을 날렸다. 그리고 창과 검을 든 이들이 서로 등을 맞대며 자세를 잡았다.

"끽끽끽!"

화살을 맞은 녀석이 날카로운 소리를 지르자 순식간에 칼꼬리 원숭이 십여 마리가 더 모습을 드러냈다.

이 정도로 빠르게 늘어난다는 것은 분명 놈들의 서식처 가까이에 들어왔다는 의미였다.

"씨발, 화살 더 쏴!"

제윤석이 소리를 지르자 활을 든 자들은 서둘러서 시위에 화살을 걸어 날리기 시작했다.

그러나 놈들이 그리 강하지는 않다고 해도 화살 한두 발로는 어쩌지 못한다.

화살로 재빠른 녀석들을 맞추는 것도 쉽지 않지만, 설사 맞춘다고 해도 웬만한 실력으로는 생명에 위협을 줄 정도의 피해를 주기는 어렵다.

화살을 맞은 녀석들도 전혀 쓰러지지 않고 놈들의 숫자는 계속 늘어나기만 하자 모두의 얼굴에 죽음의 그림자가 드리워졌다.

이때 유정상이 자신의 낡은 정글도를 빼들고 놈들 사이로 달려들었다.

몸은 여전히 그때처럼 9급의 어설픈 각성자에 지나지 않았지만 그동안의 경험이 그런 육체를 초월해 버렸다.

푸슉!

좌악!

“끼우우우!”

“끄엑!”

유정상이 놈들 사이로 뛰어들어 휘둘러지는 놈들의 꼬리를 아슬아슬하게 피하고 정글도를 가볍게 몇 번 움직여주자 순식간에 세 마리의 칼꼬리 원숭이들이 목에서 피를 뿜으며 바닥을 굴렀다.

그의 압도적인 실력을 본능적으로 느낀 칼꼬리 원숭이들은 흠칫 놀라며 유정상을 피해 한쪽으로 물러섰다.

“뭐해? 이럴 때 활을 써야지!”

유정상이 그렇게 외치자 화들짝 놀란 각성자들이 분분히 화살이 날렸고, 개중에 운이 나빠서 머리 쪽에 맞은 칼꼬리 원숭이들은 비명을 지르며 바닥을 뒹굴었다.

순간 물러났던 놈들이 날아드는 화살에 위기감을 느끼고 다시 길드원들에게 달려들려고 하자 그 움직임을 읽은 유정상이 재빨리 뛰어들어 두 마리의 원숭이 목에 칼을 박아 버렸다.

“꾸에에엑!”

원숭이 무리들은 혼돈에 빠지며 정신없이 그곳을 벗어나 도망치기 시작했다.

순식간에 유정상 혼자서 칼꼬리 원숭이 다섯 마리를 잡아 버렸으니 몬스터 놈들 눈엔 오히려 그가 괴물로 보였고,

둔하게 움직이는 정글도가 마치 사신의 낫처럼 느껴졌던 것이다.

그러나 유정상이 그렇게 보이는 건 원숭이뿐만은 아니었다.

"저, 저 아저씨. 오늘 약 하고 온 거 아냐?"

"씨, 씨발. 나 지린 것 같다."

간간이 화살을 날리며 보조하던 팀원들도 유정상의 활약에 넋이 빠져 있는 상태였다.

그중에서도 특히나 놀란 사람은 팀의 리더인 제윤석이었다.

나이도 많은 데다 능력도 자신보다 미치지 못하고, 성격도 조금은 소심해 평소에도 깔보곤 했었다.

게다가 방금 전에는 던전만 나가면 따끔한 맛을 보여주리라 생각하고 있었다.

그랬던 그가 갑자기 저런 과감한 공격으로 까다로운 칼꼬리 원숭이들을 이렇게도 간단히 처리해 버릴지는 상상도 못했던 일이었다.

'제, 제기랄. 저 영감. 정말 약이라도 한 건가?'

순간적으로나마 힘을 끌어올리는 종류의 약이 없는 건 아니다. 하지만 그런 종류의 약을 투여했다고 해서 저런 움직임과 판단을 할 수 있을 리 없다.

차라리 지금까지 그가 저런 능력을 숨겨 왔었다는 게 더 말이 된다.

'씨발, 이거 개기다가 쥐도 새도 모르게 맞아죽는 거 아냐?'

그런 생각을 하니 갑자기 오금이 저려왔다.

제윤석의 속마음을 아는지 모르는지, 바닥에 쓰러진 원숭이들을 힐끔 내려다본 유정상은 다시 주변을 날카로운 시선으로 살핀다.

원숭이들이 도망쳤는데 왜 저러나 싶은 생각에 모두 유정상을 바라보는데 그가 나지막한 음성으로 말하며 경고했다.

"모두 준비해. 곧 놈들의 보스가 올 거다."

"……!"

유정상의 말을 듣는 순간 모두의 몸이 얼어붙었다.

보스라는 놈은 칼꼬리 원숭이와는 차원이 다른 몬스터다. 이 정도의 인원으로 어떻게 상대할 수 있는 수준이 아니었다.

냉정하게 생각해보면 이렇게 많은 칼꼬리 원숭이가 갑자기 등장했다는 것은 보스도 근처에 있을 확률이 아주 높은 상황이었다.

하지만 그런 당연한 사실조차 제대로 인지하지 못 할 만큼 혼돈에 빠져 있었던 것이다.

'멍청한 녀석들.'

유정상은 믿을 수 없다는 표정으로 절망하는 각성자들을 바라보며 혀를 찼다.

그가 보스가 온다고 얘기한 건 낌새를 느껴서가 아니었다.

지금 그의 능력은 그저 9급 각성자에 지나지 않았으니까 보고 들을 수 있는 것은 저들과 별반 다르지 않았다.

단지 경험했기 때문에 잘 알고 있었던 것뿐이다.

첫 번째 공격을 겨우 막아낸 기쁨에 방심하다가 갑자기 나타난 보스 놈에게 팔을 잃었었다.

'이번엔 그렇게 당할 수 없지.'

그때와 같은 레벨이었지만 유정상은 자신이 있었다.

몸은 느리고 움직임은 뻣뻣했지만 지금 유정상에게는 수많은 강자와 싸워가며 본능에 새겨진 감각이 있었기 때문이었다.

방금 전의 원숭이 다섯 마리도 그 감각이 살아 있었기 때문에 손쉽게 사냥이 가능했던 것이다.

"크어어어어!"

유정상의 말대로 보스가 모습을 드러내자 각성자들의 표정은 아예 사색이 되었다.

칼꼬리 원숭이의 보스, 일명 몽킹이라고도 부르는 보스 몬스터다. 몽킹의 스피드와 공격력은 8, 9급 헌터들로서는 상대할 수 없는 수준이라고 알려져 있었다.

하지만 군주 포인트 능력을 제일 처음 얻었을 때 부리던 몬스터가 원숭이들이었기에 유정상은 오히려 조금 반가운 느낌마저 들었다.

지금까지 저렇게 귀여운 녀석을 두려워했었다는 것이 이상하다는 생각마저 들었다.

"캬아아아아아!"

푸쉭!

"끄아악!"

괴성을 지르며 갑자기 뛰어든 놈의 손톱이 스치자 미처 준비하지 못하고 얼어 있던 팀원 중 한 명의 몸에서 피가 튀었다.

예전에는 한 방에 유정상의 오른팔을 날려 버렸던 몽킹의 첫 번째 기습공격이다. 하지만 그 팀원은 운이 좋았는지 어깨뼈만 부러진 상황이었다.

이대로 난전으로 치달으면 동료들도 거치적거리기만 하고 희생자가 많이 나올 수 있는 상황이었다.

퍽.

피를 보고 흥분한 몽킹에게 유정상이 돌덩이를 던져 맞추자 놈은 붉게 충혈된 눈으로 노려보더니 사나운 숨결을 토하며 달려들었다.

"크아아!"

놈이 크게 점프하면서 무턱대고 정면으로 몸을 날렸다.

놓치지 않겠다는 듯이 양손을 벌리며 사납게 덤벼드는데, 언뜻 보기에도 크게 드러나는 허점이 한두 곳이 아니었다.

보스몬스터라고는 하나 애초에 태생이 저급인지라 방어 따위는 생각하지도 않는 마구잡이식 공격이었다.

유정상은 자신이 겨우 이런 놈을 상대로 오른팔을 잃었다고 생각하니 정말 어이가 없었다.

그래도 나름 오랜 경력을 가진 베테랑이었다고 생각했었는데, 실제로는 어지간히도 엉망이었던 모양이다.

강해질 생각은 하지 않고 그냥 던전을 들락거리며 허무하게 시간만 보낸 것이다.

파앗!

유정상은 근육을 긴장시킨 상태로 공중에서 떨어져 내리는 놈을 기다렸다.

그러다가 타격점이 사거리 내에 들어오자 살짝 굽혔던 다리를 튕기듯 움직이며 놈의 긴 손톱공격을 피해냈다.

그리고 눈앞을 아슬아슬하게 스쳐 지나가는 놈의 목 아래에 번개처럼 정글도를 박아 넣었다.

푸슉!

"쿠억!"

정글도가 목을 관통하자마자 유정상은 바로 칼을 놓고 몸을 날려서 피했다.

지금의 몸으로는 놈의 꼬리 끝에라도 스치면 중상을 면하기 어려울 것이기 때문이었다.

정글도가 목에 박혀 버린 놈은 바닥을 뒹굴며 컥컥거리다 곧 털썩 쓰러지고 말았다.

그 순간 주변이 고요해졌다.

모두 얼어붙은 듯 그 모습을 그저 입을 떡하니 벌린 채 바라보고만 있을 뿐이었다.

하지만 그런 주변의 상황엔 그리 관심이 없던 유정상이 몸에 묻은 흙먼지를 가볍게 털어내며 투덜거렸다.

"젠장, 이렇게 굼뜬 몸이라니, 아무리 나이가 많다고 해도 이건 평소에 훈련을 게을리한 탓이야."

엄청난 속도로 몽킹을 단번에 잡은 주제에 저런 이야기를 지껄이는 유정상이 어이없기는 했지만 누구도 그것을 지적하는 사람은 없었다.

지금 이 순간 그는 이 팀에서 가장, 그것도 압도적으로 강한 인간이었기 때문이었다.

"어이, 부산물 안 챙길 거야? 나 혼자 가져갈까?"

"아, 네. 네."

놀란 주변의 각성자들이 서둘러 분주하게 움직였다.

이렇게 강한 몬스터를 잡아본 일이 없었고, 이번 던전의 목적도 사실 칼꼬리 원숭이나 보스몬스터가 아니라 그저 돌곰 한 마리를 사냥하는 것이었다.

그러니 지금은 실로 대박이나 다름없는 상황이었다.

그러나 따지고 보면 칼꼬리 원숭이든 몽킹이든 모두 유정상 혼자서 사냥해 버린 상황이었기에 그가 혼자 독차지하겠다고 하면 누구도 딴죽을 걸 수가 없었다.

겨우 이렇게 뒤처리를 하는 것만으로 부산물을 나눠준다면 감지덕지한 상황이었던 것이다.

"빨리빨리 해요!"

겨우 정신을 차린 제윤석이 기운찬 음성으로 사람들에게 소리치자 유정상의 표정이 찌푸려졌다.

"넌 안 할 거야? 부산물 필요 없어?"

"아, 아뇨."

"그럼 빨리 움직이지?"

"넵!"

유정상의 살벌한 눈을 피해 제윤석도 다른 이들의 틈으로 들어가서 함께 바쁘게 움직였다.

그런데 몽킹의 몸을 해체하는데 갑자기 놈의 몸에서 빛이 생겨남과 동시에 강렬한 힘으로 모두가 튕겨져 나갔다.

"우와악!"

"으엑!"

놀란 유정상이 사체 앞으로 달려가서는 그 빛의 정체를 살폈다.

놈의 몸 가운데를 보니 그 황금색 빛으로 감싸져 있는 익숙한 형태의 금속조각이 보인다.

유정상은 서둘러 허리에 차고 있던 단검을 꺼내 금속조각 곁에 있던 살점들을 잘라내고 그것을 꺼내들었다.

그러자 곧이어 눈앞에 새로운 메시지가 떴다.

[네 번째 미션완료.]

[여섯 번째 '정신의 조각'을 얻었습니다.]

[일곱 번째 마지막 조각을 얻을 미션 장소로 이동합니다.]

'어? 그럼 지금의 난 어떻게 되는 거지? 이건 그냥 전부 환상이었나?'

그렇게 생각하는데 갑자기 정신이 몽롱해지더니 유정상은 마치 영혼처럼 본래의 몸에서 분리되어 나가기 시작했다.

'어어?'

몸이 반쯤 투명해졌고 주변의 각성자들은 아무도 현재 자신의 상황을 알아보지 못하는 눈치다.

유정상은 몸을 돌려 자신의 모습을 바라보았다.

그러자 서로 눈이 서로 마주쳤다.

"어?"

미래의 자신은 영혼처럼 분리해나가는 또 하나의 자신을 바라보며 놀라고 있었다.

자신보다는 훨씬 젊은 모습이지만 또한 자기보다 훨씬 많은 경험과 기억을 가진 또 하나의 존재를 마주보며 감탄한 표정으로 바라본다.

순간 유정상은 그와 자신이 같은 존재이면서도 또한 다른 존재라는 것을 느낄 수 있었다.

또한 그에게는 자신이 겪어보지 못했던 새로운 운명이 기다리고 있다는 사실과 이 모든 일이 꿈이 아니라는 것도 느낄 수 있었다.

'내 말 들려?'

유정상이 또 다른 자신에게 묻자 그가 살짝 고개를 끄덕인다.

이 순간은 한 명이었던 유정상이 완전히 다른 두 명의 인격으로 분리되어 있었던 것이다.

'이제 찌질한 인생 살지 말라고.'

그 말을 듣고 그가 희미하게 웃었다.

"알았어. 그리고 고맙다."

어깨를 활짝 편 그의 자세를 보아하니 유정상의 그동안 경험이 그에게도 어느 정도는 전해진 모양이었다.

이젠 그……. 아니 또 다른 자신도 잘 살게 될 것이다.

물론 삶이 그러하듯 나름 힘든 점도 생길 것이고 넘어야 할 고비도 많겠지만 오늘의 경험을 기억하고 있다면 어떤 어려움이든지 잘 해결해낼 것이다.

'잘 살아. 미래의 나.'

"잘 가라. 과거의 나."

누가 과거고 누가 미래인지는 명확하지 않았지만 둘은 서로를 그렇게 부르며 마지막 작별을 했고, 그 순간 영혼처럼 몸이 분리되었던 유정상의 눈앞이 하얗게 밝아졌다.

번쩍!

커서 마스터

Cursor Master

7. 운명의 만남

커서 마스터

Cursor Master

7. 운명의 만남

점점 더 밝아지던 빛이 눈부실 정도로 밝아져서 시야를 가리다가, 이내 서서히 눈앞이 보이기 시작했다.

척.

유정상은 자신의 발이 바닥에 닿는 것을 느끼고 문득 정신이 들었다.

아무것도 없는 회색의 지대.

지금 그가 서 있는 장소였다.

"호오, 새로운 곳이군. 여긴 또……. 어? 주인!"

"……?"

"지금 울고 있는 거야?"

"뭐?"

주코의 물음에 깜짝 놀란 유정상이 손을 들어 볼을 타고 흐르는 물방울을 만져서 확인했다.

자신도 모르는 사이에 진짜 눈물이 흐르고 있었던 것이다.

정신적 트라우마를 극복하고 또 하나의 자신과 헤어지면서 생겨난 마음의 동요 때문에 흘러내린 눈물.

유정상은 순간 당황했다.

“이, 이게 도대체.”

그런 유정상을 바라보던 주코가 나직이 한숨을 쉬며 고개를 절레절레 흔들었다.

“미션 노가다가 계속되니까 철면피 주인마저 어이가 없어 눈물이 나오는가봐. 하긴, 나도 정말 울고 싶다니까. 잔업을 하면 잔업수당이 있어야지, 무작정 열정 페이를 강요하는 이딴 미션은 나도 반갑지 않거든.”

주코가 건방진 말을 지껄이며 그렇게 오해를 하는 중에 다시 메시지가 떴다.

[다섯 번째 미션]

[일곱 개의 조각 중 일곱 번째 ‘초월의 조각’을 얻어라]

[진정한 커서 마스터가 되려면 반드시 얻어야 할 가장 중요한 조각이다.]

“얼래? 뭐야? 네 번째 아니었어?”

같이 미션을 읽던 주코가 황당하다는 얼굴로 소리쳤다.

그때 유정상이 한심하다는 얼굴로 돌아보면서 말했다.

"다섯 번째 맞는데 뭔 헛소리야?"

"무슨 소리야? 아까 끝난 게 세 번째 미션이었잖아. 그리고 금방 포탈이 열렸고 그것을 통과해 왔는데."

"뭐?"

그리고 보니 네 번째 미션은 유정상 혼자 미래의 자신에게 빙의되었던 일이었다.

곁에는 소환수들도 없었고, 커서도 없었다.

주코의 말을 들어보니 시간의 흐름조차 없었던 모양이었다.

'아……! 혼자 해결한 미션이었구나.'

그제야 상황이 이해가 간 유정상이 피식 웃었다.

하지만 그 웃음을 본 주코는 유정상이 자신의 말을 동조했다고 생각했는지 킥킥거렸다.

"저거 봐. 커서 저 자식 그렇게 잘난 척 안하무인이더니 미션 순서도 까먹었잖아. 이제 알겠지? 저 놈 너무 철썩 믿지만 마. 알았지 주인."

"그래그래. 알았다."

"에헴!"

뭔가 큰일이라도 해낸 양 거들먹거리는 녀석을 보니 웃음이 나왔다.

물론 평소였다면 헛소리 한다고 꿀밤이라도 먹였을 테지만 정신의 조각을 흡수하고 난 다음이라 그런지 그럴 마음이 생기지 않았다.

"그런데 정말 이곳은 어디지?"

유정상이 회색의 공간을 돌아보며 말하자 거들먹거리느라 바빴던 주코도 그제야 다시 주변을 둘러보더니 머리를 긁적인다.

"그러고 보니 여긴 정말 공기가 다르네. 뭔가 거북스럽다고나 할까."

처음엔 그저 색다른 던전쯤 되나 싶은 마음으로 가볍게 생각했는데 어쩐 일인지 점점 묘한 기분을 느끼게 하는 장소였다.

마치…… 잠들기 전의 노곤함 같은 느낌이랄까.

아무튼, 기묘한 느낌이 드는 장소라는 건 분명했다.

그런데 그런 회색의 지대가 갑자기 색을 잃어가더니 순식간에 하얀색으로 변해갔다.

"어어? 뭐, 뭐야?"

"삐잇!"

주코와 백정이 놀라 펄쩍뛰던 그때, 그들의 시야마저 하얗게 변해 버린다.

그리고 동시에 극심한 두통이 몰려온다.

"크윽!"

유정상이 고통에 신음하던 그때, 별안간 그의 몸이 어디론가 끌려가기 시작했다.

"으아아아!"

모든 소리가 사라진 먹먹한 느낌에 유정상의 내부에서만 울려 퍼지는 비명이었다.

그렇게 소리와 시야 모두를 잃은 상태에서 한동안 끌려가는 상황이 지속되었다.

어디로 끌려가는 건지, 지금 여기가 어디인지도 인식하지 못하고 그저 끝없이 나락으로 떨어지는 기분이었다.

'이대로 죽는 거 아닌가?'

순간적으로 밀려드는 공포심에 정신을 차리기 어려웠던 유정상은 마치 가위에라도 눌린 것 같은 기분과 함께 온몸이 경직되기 시작했다.

동시에 엄청난 정신적 스트레스가 밀려들었다.

평소라면 진작 미쳐 버려서 본래의 정신을 유지하기도 힘들 정도의 고통이었다.

하지만 정신의 조각을 얻은 후에 강화된 유정상의 멘탈은 무지막지한 고통도 어떻게든 견뎌내고 있었다.

그리고 잠시 후.

쿵.

몸이 바닥에 떨어지는 것 같은 기분을 느꼈다.

하지만 여전히 아무것도 보이지 않고 들리지도 않는 상태가 지속되고 있었다.

그러나 누군가 그의 주변에 있다는 건 느낄 수 있었다.

'주코? 백정? 아니면 산제이인가?'

마치 정신적 연결이 끊어진 것처럼 지금 자신의 소환수들의 상태가 어떤지는 그도 알 길이 없었다.

그런 상태에서 가까이에 느껴지던 누군가 자신의 머리를

들어 올렸고, 그리고 입안으로 물을 흘려 넣는다.

그리고 보니 유정상은 지금 자신이 목마르다는 것을 그제야 깨닫는다.

꿀꺽. 꿀꺽.

유정상은 입안으로 들어오는 물을 허겁지겁 들이켰다.

덕분에 심한 갈증이 점점 사라지고 온몸의 감각이 점차 되살아나기 시작했다.

겨우 정신을 차리고 힘겹게 눈을 뜨니 잠깐 흔들렸던 시야가 또렷해지며 초점을 잡아갔다.

그러자 자신의 머리를 받쳐 들고 입안에 물을 흘려 넣는 이의 얼굴이 눈에 들어왔다.

"정신이 드세요?"

유정상은 눈을 껌뻑이며 자신에게 묻는 얼굴을 바라보았다.

허름한 옷을 입고 있는 검은 피부의 젊은 여자였는데 만약 지구였다면 중남미계의 히스패닉 사람이라고 생각했을 것 같았다.

"어?"

자신이 정신을 잃었다가 깨어나는 순간임을 깨달은 유정상은 황당한 기분이 들었다.

그냥 던전의 안으로 들어왔을 뿐인데 갑작스럽게 변화한 상황에 어이가 없어 잠시 멍청한 표정으로 그 여인을 뚫어지게 올려다보았다.

여인이 그런 유정상을 내려다보다 다시 입을 열었다.

"큰일 날 뻔하셨어요."

"엄마, 빨리 가."

"알았다. 죠슈아."

불안한 목소리로 재촉하는 아들의 말에 여인은 부드러운 표정을 돌아보며 그렇게 대답하고는 몸을 일으킨다.

목소리를 들은 유정상이 힘겹게 고개를 들어 살펴보니 여인의 곁에는 그 여인만큼이나 낡은 옷을 입은 조그마한 남자 아이가 있었다.

남자아이는 유정상을 무서워하는 듯이 불안한 표정으로 여인의 뒤에 숨어서 길을 재촉했다.

여인이 다시 아이를 데리고 어딘가로 걸음을 재촉하기 시작했다.

그 모습을 잠시 바라보던 유정상이 몸을 힘들게 일으키고는 주변을 훑어보았다.

하지만 붉은 빛이 도는 모래언덕이 끝없이 펼쳐진 광활한 장소가 사방으로 보일 뿐이다.

'사막인가?'

그리고 자신을 내려다보니까 소년이나 그 여인보다 더 엉망진창의 상태로 낡아빠진 천 쪼가리만을 대충 몸에 두르고 있었다.

자신이 평소에 입던 그 검은 로브가 아니었다.

커서는 머리를 만져 봐도 잡히지 않았고 눈앞 어디에도 보이지 않는다.

회귀전의 몸으로 들어갔었던 미션처럼 이번에도 대부분의 능력을 잃은 상태였다.

유정상은 마지막으로 보았던 미션을 떠올려보았다.

'초월의 조각인가?'

이곳은 마지막 일곱 번째 조각을 얻기 위해 온 미션장소인데 자신은 지금 가진 것이 아무것도 없다.

어떤 식으로 얻어야 할지 막막한 기분이었다.

[생존스킬 초급이 생성됩니다.]

'생존스킬?'

갑자기 떠오른 메시지를 보며 의아했다.

생존스킬이라니. 사막에 던져두고 혼자 생존을 하라는 뜻인가 싶어서 황당하기까지 했다.

그런 그의 눈에 멀찌감치 걸어가고 있는 두 모자의 모습이 다시 들어왔다.

'그래도 언어소통 능력은 있으니 모든 걸 잃은 건 아니군. 그나저나 정신이 없어서 그녀에게는 구해줘서 고맙다는 인사도 못했네.'

그리고 유정상이 그냥 큰 소리로 그들에게 고맙다는 인사를 하려하는데 그때 오른쪽 언덕 주변에서 이상한 기운이 포착되었다.

'살기?'

무슨 능력을 잃었고 무슨 능력이 남았는지는 몰라도 순간적으로 그것이 살기라는 걸 파악한 유정상은 당황해서 그들을 향해 달려갔다.

그때 두 모자가 걸어가는 오른쪽의 언덕에 뭔가가 모습을 드러냈다.

사막 불여우.

보통 3성급 정도에서 출몰하는 그저 그런 놈이지만 그래도 어느 정도의 실력을 가진 각성자는 되어야 상대할 만한 놈이다.

그런 놈을 일반인으로 보이는 여자와 어린소년, 두 모자가 감당할 수 있을 리 없다.

게다가 이놈들은 원래 단독 생활을 하는 놈들이 아니다.

마지막으로 작은 모래언덕의 뒤쪽에서 모습을 드러내는 놈까지 모두 다섯 마리였다.

"젠장!"

놈들이 두 모자를 노리고 덤벼드는 모습을 보면서 유정상은 다급하게 달려갔다.

상태를 제대로 확인할 수 없으니 지금 유정상은 자신이 어느 정도의 레벨인지는 알 수 없다.

'커서도 없는데.'

움직이는 몸의 느낌을 보면 정신의 조각을 얻을 때처럼 최악의 몸 상태는 아닌 것 같다는 것이 유일한 위안이었다.

그런데 유정상이 미처 도착하기도 전에 사막 불여우들이 먼저 두 모자에게 달려들었다.

그때였다.

“캥!”

“캐캥!”

무섭게 덤벼들던 사막 불여우들의 몸이 뭔가에 부딪치며 사방으로 튕겨져 나갔다.

“……!”

순간 유정상은 주춤거렸다.

방금 사막 불여우들이 부딪히는 짧은 순간 반투명한 실드와 같은 것이 언뜻 보였기 때문이었다.

하지만 유정상은 다시 다급하게 땅을 구르고 그들에게 달려갔다.

사막 불여우 놈들이 포기하지 않고 두 모자를 노려보며 대치하고 있었기 때문이다.

실드의 정체가 무엇인지는 모르지만 어쨌건 그것이 얼마 동안이나 그들을 보호해줄 수 있을지 알 수 없으니 지체할 틈이 없었다.

유정상이 그곳에 도착하자마자 모자를 포위하고 있던 사막 불여우들 중 한 마리가 그를 향해 달려들었다.

사막 불여우는 불타는 것처럼 붉은색 털을 가졌는데, 덩치가 어지간한 늑대보다 큰 놈들인데다 스피드도 엄청 빨랐다.

귀여운 이름에 비해서 상당히 난폭한 포식자에 가까운 녀석들이었다.

기습적으로 빈틈을 찔러 들어오는 놈들의 공격은 어지간한 상급 각성자들도 당황하게 만들기 일쑤였다.

하지만 유정상은 부드러운 발걸음으로 놈의 공격을 회피하면서 가볍게 주먹을 휘둘러 놈의 턱을 올려쳤다.

퍼억!

"캐갱!"

유정상은 사막 불여우의 아래턱이 부서져 나가는 것이 주먹으로 똑똑히 느껴졌다.

힘이나 파괴력은 상당히 줄어들었는지 몰라도 기술만큼은 자신이 익혔던 그대로인 것 같았다.

놈이 턱뼈가 부서지는 충격에 제대로 서 있지도 못하고 피를 토하며 비틀거리자 나머지 네 마리가 목표를 바꿔서 유정상을 향해 덤벼들었다.

"그래, 그래야지. 내게 덤벼라. 이 망할 놈들."

한 번의 공방으로 자신의 능력을 어느 정도 파악한 유정상은 피식 웃으며 몬스터들을 도발했다.

힘이 일반일 수준으로 떨어진다고 해도 이 주먹기술만 남아 있다면 유정상은 이따위 놈들 수십 마리가 와도 가볍게 상대할 자신이 있었다.

지금의 육체적 능력도 잘은 모르겠지만 최소한 중상급 각성자 수준은 되는 것 같았다.

물론 원래의 육체라면 수천 마리라도 한순간에 날려 버릴 수 있을 테지만, 직전의 미션을 생각하면 이 정도의 능력이라도 몸에 남아 있는 걸 감사히 여겨야 할 판이었다.

"크아앙!"

"카앙!"

네 마리의 사막 불여우들이 유정상을 둘러싸고는 빠르게 달려들었다.

하지만 유정상은 가벼운 발걸음으로 놈들의 공격을 회피하면서 주먹으로 놈들의 머리통을 후려쳤다.

퍽! 퍼억! 퍽!

"캐캥!"

"캥!"

"캐캐캥!"

공격을 망설였던 한 마리 빼고는 세 마리의 머리통이 순식간에 터져나갔다.

그 때문에 남은 한 마리가 놀라 급히 꼬리를 말고는 도망쳤고, 턱이 깨졌던 놈도 비틀거리며 그곳을 빠져 나갔다.

완전히 전의를 상실하고 도망치는 모습을 보면서 유정상은 공격 자세를 풀고 고개를 돌렸다.

여전히 여인의 뒤에 숨어 있는 남자아이가 상당히 놀란 표정으로 유정상을 올려다보고 있었다.

유정상이 그 아이를 바라보고 있으려니까 여인이 서둘러 고개를 숙이며 감사를 표했다.

"고, 고맙습니다."

하지만 유정상은 그녀의 인사에도 대답하지 않고 아이를 계속 물끄러미 바라보았다.

아이에게서 느껴지는 기운은 평범한 것이 아니었다.

아마도 조금 전의 그 실드는 저 소년이 만들어 낸 것 같았다.

그것이 어떤 힘인지 유정상은 알지 못했지만 어쩐지 마지막 미션과 관련이 있을 거라는 느낌이 강하게 들었다.

유정상의 강렬한 눈빛에 아이가 불안감을 느꼈는지 여인의 뒤에 완전히 숨어 버렸다.

"아까 그 능력……."

유정상의 말에 여인이 놀란 얼굴이 되며 눈에 띄게 당황했다.

"아니에요. 이건. 그냥……."

"이 아이의 능력이군."

유정상은 그냥 담담하게 물었는데 여인은 마치 사형선고라도 받은 사람처럼 사색이 되었다.

"제, 제발 살려주세요. 제 아이는 그냥 평범한 아이랍니다."

"나는 당신들에게 해를 끼치려 하는 게 아니야. 그저 저 아이가 평범하지 않다는 걸 느꼈을 뿐."

유정상의 그런 말에도 그녀의 경계심은 누그러들지 않았다.

아마도 그들이 이렇게 도망치는 것처럼 서둘러 어딘가로 가는 것도 어쩌면 저 아이의 능력과 관련이 있을 것 같았다.

문명이 개화되기 전에는 그저 재능이 뛰어나다는 이유만

으로 살해당했던 아이들도 수없이 많았었다.

"쫓기고 있는 건가?"

"……."

"사정은 모르지만, 도울 수 있다면 돕고 싶다."

그 말에 잠시 머뭇거린 그녀가 마치 의견을 물어보듯이 아이를 돌아보았다.

아이가 엄마를 바라보면서 작게 고개를 끄덕이자 그제야 그녀가 조금 안심한 얼굴로 유정상을 돌아보더니 힘겹게 이야기를 시작했다.

"저희들은 조그마한 마을에서 살던 평범한 가족이었습니다."

그녀는 이야기는 제법 길게 이어졌다.

이 모자가 살던 마을은 이곳에서 서쪽으로 걸어서 사흘 정도 거리에 있는 곳으로, 대략 60여명 정도의 사람들이 모여 살던 작은 촌락이었다.

넉넉하지는 않지만 마을 전체가 친인척으로 구성되어 있었는데, 모두들 인심이 좋아서 평화롭게 살고 있었다.

며칠 전, 갑자기 검은색 갑옷을 입은 이계의 병사들이 그들의 마을에 나타나 마을사람들을 마구 죽이고 죠슈아를 납치하려 했다.

그것을 막으려던 그녀의 남편도 목이 잘려 버렸고 울부짖는 그녀 또한 죽을 위기에 처했었다.

그 때 아이가 미지의 힘을 발휘한 덕에 모자는 겨우 그곳에서 탈출할 수 있었다.

아이는 아빠가 숨겨둔 곳에 꼭꼭 숨어 있다가 엄마의 울음소리를 듣고는 튀어나와서 힘을 사용한 것이었다.

이들이 이곳까지 오는 동안 그들의 습격을 두 번이나 받았다고 한다.

그럼에도 그들이 여기까지 살아서 도망칠 수 있었던 건 아이의 신비한 능력 덕분이었다.

그러나 이제는 그 미지의 힘도 거의 바닥이 났는지 병사가 아니라 이런 잡몹의 습격을 막아내는 것조차 버거워졌던 것이다.

"흠. 검은 갑옷의 병사라……."

묘사되는 외형을 떠올리며 유정상은 그들이 마계병사들일지도 모른다고 생각했다.

그녀의 이름은 엘레나였고 아들은 죠슈아라고 했다.

엘레나는 죠슈아를 데리고 커다란 바위의 그늘진 자리에 자리를 잡고 앉았다.

둘 다 너무 지쳐 있는 상태라 더 이상 이동은 무리였다.

거기다 지난 며칠간 그들은 우연히 발견한 식용선인장의 속살을 제외하고는 거의 아무것도 먹지 못한 상태여서 몹시도 허기진 상태였다.

정신을 잃고 쓰러져 있던 유정상에게 나눠준 물 한 모금은 그들이 가진 가장 소중한 것의 일부였다.

그때 죠슈아가 죽은 사막 불여우들을 바라보며 '고기' 라며 중얼거린다.

하지만 엘레나는 죠슈아를 말리며 고개를 흔들었다.

"안 돼, 죠슈아. 몬스터에겐 독이 있어서 불에 익힌다고 해도 먹을 수 없어. 그리고 이곳에서 불을 피우면 발각될지도 몰라."

"배고파, 엄마."

"잠시만 더 참으렴. 곧 음식을 구할 수 있는 곳을 발견할 수 있을지도 모르니까."

유정상은 그런 모자의 대화를 듣다가 문득 떠오르는 것이 있어서 일단 사막 불여우들의 사체를 살폈다.

그렇게 잠깐 살펴보니 사막 불여우에 대해서 과거에 자신이 알던 것보다 훨씬 자세한 정보들이 떠올랐다.

아무것도 가진 것이 없었던 유정상은 일단 사막 불여우의 이빨을 뽑아 그것을 이용해 놈의 배를 갈랐다.

내장이 쏟아져 나오자 그것들을 헤집으며 그 속에 있는 사막 불여우의 위장을 꺼내들었다.

그런 다음에 그 위장을 비우고 놈의 고기를 잘라서 다시 안을 채워 넣었다.

사막 불여우의 위장은 강력한 해독작용을 하는 성분을 뿜어내기에 죽은 다음에도 한 번 정도는 몬스터의 고기를 해독하는 데 쓸 수 있다는 지식이 생존스킬을 통해서 떠오른 것이다.

그리고 놈들이 사체들을 이리저리 좀 더 뒤적거리다 마

나석도 하나 발견했다.

사막 불여우의 마나석은 불의 속성으로 주변의 열기를 증폭시키는 성질을 가지고 있었다.

유정상이 몬스터의 피에 범벅이 된 상태로 사체를 이리저리 뒤적거리는 모습이 신기한지 죠슈아가 호기심 가득한 표정으로 계속 뚫어져라 바라보았다.

엘레나도 지금 무엇을 하고 있는지 알 수가 없어서 조용히 지켜보기만 했다.

잠시 후 일을 끝낸 유정상이 그들에게 다가왔다.

그는 몬스터의 피가 범벅이 된 붉은 주머니 하나를 가지고 돌아와서는 대충 자리를 잡고 바닥을 파기 시작했다.

그리고 그 주머니를 마나석과 함께 땅속에 묻었다.

그 매끈거리는 주머니는 사막 불여우의 위장이었지만 두 사람은 유정상이 무엇을 하고 있는 것인지 전혀 이해를 하지 못하고 눈만 멀뚱거렸다.

"……?"

유정상은 아무 말 없이 기다리다가 대략 5분여의 시간이 흐르자 다시 땅을 파헤쳤다.

그런데 놀랍게도 그 주머니에서는 미세한 연기와 함께 그들의 코를 자극하는 맛있는 냄새를 풍기고 있었다.

"고기 냄새……."

아이가 침을 흘리며 주머니를 멍하니 바라보았다.

그런 죠슈아의 시선을 느낀 유정상이 피식 웃고는 서둘러

주머니를 찢었다.

그러자 그 속에 어른 주먹만 한 크기의 고깃덩이들이 잔뜩 튀어나왔다.

그것을 유정상이 다시 사막 불여우의 이빨을 이용해 먹기 좋은 크기로 잘라서 두 사람에게 내밀었다.

"자, 먹어."

그 말에 죠슈아가 손을 뻗으려 했지만 엘레나가 얼른 제지하며 놀란 눈으로 유정상에게 말했다.

"몬스터고기는 먹으면 위험해요."

"이건 괜찮아."

그렇게 말하며 유정상이 익은 고기의 귀퉁이 조각을 하나 떼어 내서는 자신이 먼저 입으로 가져가 씹었다.

"맛도 괜찮네."

그 말에 여자가 조심스레 유정상이 내민 고기를 받아 조금만 입에 넣어보았다.

그리고 곧 눈이 동그랗게 변했다.

"마, 맛있어요."

엘레나가 깜짝 놀란 표정으로 유정상을 바라보면서 감탄했다.

몬스터 고기는 독성분 때문에 식용으로 사용할 수 없다고 알려져 있지만, 사실은 몬스터 독 특유의 악취와 구역질 나는 최악의 맛 때문에 죽을 각오를 하고 먹으려 해도 먹을 수 없다.

그런데 유정상이 내민 고기는 일반적인 고기처럼 향긋하고 고소한 맛과 부드러운 식감까지 겸비하고 있었으니 그녀의 놀라움은 당연한 일이었다.

"하지만……."

"독은 없으니까 먹어도 된다."

그 말을 듣자마자 죠슈아가 고기를 허겁지겁 뜯어먹기 시작했다.

잠깐 혼란스러워 하며 죠슈아를 바라보던 엘레나도 금방 기쁜 표정이 되더니 같이 먹었다.

그 광경을 보던 유정상이 주변을 킁킁거리더니 다시 어딘가로 이동했다.

생존에 최적화된 감각 때문에 지금 유정상은 아주 미세한 차이도 구분해 내면서 필요한 것을 찾을 수 있었다.

하지만 고기의 맛에 빠져 있는 두 모자는 유정상이 움직이는 것도 모르고 있었다.

잠시 주위를 맴돌던 유정상이 한 자리에 멈추고는 맨손으로 땅을 파헤치기 시작했다.

유정상이 선 장소는 모래사막이 아니라 거대한 바위 주변의 일반적인 흙바닥으로 삽이 있더라도 파는 게 쉽지 않은 장소였다.

그럼에도 양손을 이용해서 가볍게 땅속으로 파고 들어가는 모습에 유정상은 스스로도 놀라웠다.

자신이 이렇게 땅을 잘 팔 거라고는 생각 못했기에 파헤치면서도 연신 피식거린다.

'이거, 노가다꾼이 되려고 이러나?'

황당해하면서도 땅을 파는 손을 멈추지는 않았다.

거의 자신의 키 높이 정도까지 파들어 가자 젖은 흙이 모습을 드러냈다.

바로 지하의 수맥이 흐르는 장소였다.

곧바로 그것을 좌우로 긁어내면서 공간을 만들고 잠시 기다리자 중앙에 맑은 물이 고였다.

지식은 떠올랐지만 진짜로 이렇게 사막에서 물을 구할 수 있을 거라고는 자신도 미처 생각하지 못했다.

그러나 어쩐 일인지 몸은 자연스럽게 이 일을 해내는 것이었다.

"물주머니."

가까이 다가와서 구경하고 있던 엘레나에게 유정상이 말했다.

그녀는 호기심 가득한 표정으로 지켜보다가 유정상의 말에 화들짝 놀라며 매고 있던 물주머니를 내밀었다.

입가에 번들거리는 기름기를 묻힌 상태로 눈을 동그랗게 뜨고 바라보는 그녀는 한 아이의 엄마라고 하기에는 너무 귀여웠다.

물주머니를 받은 유정상은 흙탕물이 일지 않도록 조심하면서 주머니에 물을 채웠다.

이런 사막에서 물을 찾는다는 건 부족의 노련한 원로들도 쉽지 않은 일이었다.

때문에 마을은 항상 물 부족에 시달려 왔었다.

그런데 사막에서 만난 이 남자는 먹을 수 없는 몬스터 고기를 먹을 수 있게 만들었고, 찾기 힘든 물까지 손쉽게 찾아냈다.

엘레나는 그의 행동을 경이로운 표정으로 바라보았다.

"안 받을 거야?"

"아, 네!"

잡념에 빠져 있다가 유정상의 말에 깨어난 엘레나는 당황한 표정으로 얼른 물주머니를 받아들었다.

그리고 그녀는 감사하다는 말과 함께 아들과 물을 나누어 마시며 유정상을 힐끔거렸다.

쓰러진 그를 도와준 일은 정말 잘한 일이었다는 생각을 하면서…….

✣ ❖ ✣

그들이 아이를 납치하려는 이유는 그들도 정확히 모르고 있었다.

다만 죠슈아는 태어나면서 특별한 능력을 가진 아이였기 때문에 부족에서도 아이가 재앙을 가져올 거라며 우려했던 이들이 많았다고 했다.

그런 사실로 미루어 짐작하면 아마도 그들 역시 죠슈아의 능력을 탐내서 그런 것이 아닐까 하는 정도의 예상은 가능했다.

하지만 이 아이와 미션의 관계는 알아내기 힘들었다.

느낌으로는 여전히 죠슈아가 어떤 열쇠가 되어줄 것 같았지만 아직까지는 아무런 단서가 발견되지 않았다.

일단 유정상은 이들 두 명과 함께 지내며 방법을 찾아야 한다는 생각에 그들이 새로운 정착지를 찾을 때까지 동행하기로 결정을 내렸다.

물론 그런 결정에는 이번 미션에는 제한 시간이 없다는 것이 중요하게 작용하기는 했다.

그들과 사막을 이동하는 동안 아이가 점점 자신을 의지하고 따르자 유정상도 조금씩 아이에게 마음을 열어가고 있었다.

펑!

"끼엑!"

모래공벌레가 죠슈아가 내 지른 주먹기파에 맞고는 쓰러졌다.

물론 아직 미숙한 죠슈아는 여러 번의 주먹을 내질러야 겨우 주먹기파가 발생했고 또한 그런 공격을 십여 방이나 성공시키며 힘들게 잡은 거긴 했다.

하지만 처음으로 사냥에 성공했다는 사실 때문에 죠슈아의 기쁨은 생각 이상 컸다.

"스승님! 드디어 잡았어요!"

"그래."

어느덧 유정상이 그들과 함께 사막을 이동한 지도 한 달이 되어가고 있었다.

그동안 유정상은 두 모자와 함께 이동하며 정착할 수 있는 새로운 마을을 찾고 있었다.

결국 이들이 살아가기 위해서는 마을이 필요하니 당연한 일이었다.

그동안 유정상은 여덟 살의 어린 죠슈아에게 기파를 이용한 펀치를 사용하는 방법을 전수해 주었다.

자신의 곁을 졸졸 따라다니며 관심을 보이니까 반쯤은 장난으로 가르치기 시작한 것이다.

물론 유정상 본인은 누구에게 직접 전수받은 것이 아닌 아이템이나 스킬로 단번에 끌어올린 능력이기는 했지만, 가장 오랫동안 사용하면서 몸에 익은 기술이었기에 간단한 주먹기파를 만들어 사용하는 방법쯤은 알려줄 수 있었다.

그런데 죠슈아를 가르치다보니 자신도 그동안 별생각 없이 사용하던 기파의 원리를 조금씩 더 깊이 깨달을 수 있었다.

그제야 누군가를 가르치면 가장 많이 배우는 이가 바로 자신이라는 이야기를 이해할 수 있을 것 같았다.

죠슈아는 생각보다 주먹기파의 원리를 빨리 깨우치더니 벌써 저 정도의 몬스터를 사냥할 수 있을 정도로 성장해 버렸다.

처음에는 별 뜻 없이 만든 어린 제자가 생각 이상의 재능을 보이자, 유정상으로서는 조금 아쉬운 마음도 들었다.

어찌되었건 그는 미션을 해결하면 떠나야 할 입장이니 말이다.

푸슉.

찌이익.

죠슈아가 사막 불여우의 어금니를 갈아서 만든 칼을 이용해 모래공벌레의 몸을 갈랐다.

유정상이 직접 만들어서 준 칼이었다.

그리고 먹을 수 있는 놈의 내장을 꺼내서 등에 매고 있던 주머니에 담았다.

껍질은 갑옷의 좋은 재료이지만 이 사막의 한가운데에는 거래할 곳이 없다.

애초에 죠슈아의 마을에서도 외부와의 거래는 가끔 오는 상단을 통해서만 가능했고, 외부로 가는 길에 대해서는 아는 이는 거의 없을 정도로 외진 곳이었다.

거기다 지금 유정상에게는 커서도 없어서 새로운 장소에 대한 정보를 전혀 알 수 없었다.

"이 정도면 닷새 식량은 될 거에요."

"능숙해졌구나."

"헤헤헤."

죠슈아가 스승인 유정상의 칭찬에 해맑게 웃었다.

그런데 어느 날 결국 우려하던 일이 생기고 말았다.

검은 갑옷의 병사들이 그들의 흔적을 발견하고 근처까지 추격해왔던 것이다.

유정상이 나름 흔적을 지운다고 지웠지만 녀석들은 어떤 마법으로 수작을 부린 것인지 그런 모든 노력이 물거품이 되고 말았다.

하지만 다섯 명의 병사와 조우한 유정상은 더욱 정교하게 다룰 수 있게 된 주먹기파의 능력을 써서 그 병사들을 물리쳤다.

다행히 검은 갑옷의 병사들은 그가 걱정했던 마계병사들은 아니었다. 덕분에 지금 유정상의 능력으로도 모두 물리칠 수 있었다.

하지만 문제는 놈들이 계속 두 모자를 추적하고 있었다는 것이다.

흔적이 노출되었음을 깨달은 유정상은 최대한 빨리 움직였지만, 얼마 지나지 않아서 다시 한 명의 추격자가 그들의 앞을 가로막았다.

그는 마치 무협소설에 등장하는 자객처럼 두건을 쓰고 있으며 다른 병사들과 달리 갑옷을 착용하지 않은 가벼운 몸놀림을 하는 날렵한 놈이었다.

병사들은 다섯 명이 한꺼번에 덤벼도 모두 처리했지만 이 한 놈만은 유정상도 상대하는 것이 버거웠다.

푸슉!

"크윽!"

다시 날아든 놈의 단검이 유정상의 허리를 스치고 지나갔다.

칼날에는 강력한 독성이 있었지만 유정상은 곧 스스로 해독하며 상처를 치유해 버린다.

내성의 조각을 얻은 탓에 독 따위는 통하지 않는 몸이 되어 있었다.

원래의 능력을 모두 찾지는 못했어도 조각들을 통해서 얻은 능력은 어느 정도 발휘되고 있는 상태라서 이런 공격에도 금방 회복할 수 있었다.

하지만 최선을 다한 움직임으로도 녀석의 공격은 그리 쉽게 피해내기가 어려웠다.

물론 방어의 조각 때문에 어지간한 공격의 충격에도 견디고는 있지만, 언제까지 놈의 공격을 몸으로 받으며 상대할 수는 없는 노릇이었다.

원래의 능력을 모두 회복했다면 이런 놈쯤이야 한주먹거리도 되지 않을 테지만 어쨌든 지금으로서는 상대하기가 버거운 것이 사실이었다.

"헉, 헉!"

유정상이 숨을 헐떡였다.

놈과의 싸움이 길어지자 지금 유정상은 체력과 정신력 모두의 한계를 경험하고 있었다.

퍼엉!

유정상의 주먹기파가 놈의 빈틈을 향해 날아갔지만 놈은 늦게 감지하고도 빠른 몸놀림으로 간단히 피해 버린다.

기본적 능력차이가 너무 난 탓에 조각으로 얻은 힘만으로는 커버가 되지 않는다.

그렇게 놈과 싸우는 동안 유정상의 몸에는 놈의 공격으로 인해 상처만 늘고 있었다.

유정상의 방어능력이 비정상적으로 높다는 것을 알아챈 녀석도 한 번에는 결판을 내는 건 힘들다고 판단하고는 이렇게 조금씩 유정상의 몸에 상처를 만들며 서서히 무너뜨리고 있었다.

점점 유정상이 한계에 다다르며 집중력이 흩어지자 그 순간 놈의 눈이 빛났다.

그리고 눈 깜짝하는 사이에 놈이 던져낸 검이 유정상의 복부에 꽂혔다.

"크악!"

배에서부터 시작된 기이한 고통 때문에 유정상이 비명을 질렀다.

강력한 독 기운 때문에 칼이 박혀 있는 부분에서 전신으로 엄청난 고통이 퍼져가고 있었다.

커서의 능력을 얻고 나서 이렇게 농락을 당해본 일이 거의 없던 터라 더욱 충격이 컸다.

정신의 조각을 얻지 못했다면 아마도 오른팔을 잃었을 때보다 더 큰 절망감에 빠졌을 것 같았다.

방어력도 내성도 이젠 한계까지 온 상태라서 더 이상 유정상을 보호해주지 못한다.

유정상에게 다가온 놈이 괴기스런 음성으로 웃었다.

그리고 날카로운 시선으로 유정상을 바라보던 놈이 곧바로 또 하나의 단검을 들어 올리더니 빠르게 휘둘렀다.

그리고 놈의 단검이 유정상의 목 부위에 닿으려던 그 순간.

"……!"

놈의 검은 유정상의 목 부위에서 딱 멈추었다.

부르르르르.

검을 쥐고 있는 놈의 팔이 심하게 떨려왔다.

그런 놈의 모습을 보며 서둘러 몸을 뒤로 뺀 유정상이 어리둥절한 표정으로 바라본다.

죽을 거라 생각했던 순간에 놈이 별안간 멈추었으니 어찌된 영문인지 알 수가 없었던 것이다.

잠깐 상황을 살피던 유정상은 곧 충격적인 상황을 보고 말았다.

'커, 커서?'

놀랍게도 놈의 팔을 막고 있는 건 커서였다.

'어, 어째서 이게?'

갑작스럽게 나타난 커서를 보며 유정상은 몹시도 당황하고 있었다.

자신의 의지와 상관없이 움직이고 있었기에 더욱 혼란스러웠다.

그러나 유정상은 이 커서가 원래 자신이 알고 있던 것과 조금 다른 형태라는 것을 파악했다.

크기도 작았지만, 특유의 강한 존재감도 느껴지지가 않았다.

그런데 복면의 사내가 갑자기 부르르 떨자 녀석의 몸에서 커서가 튕겨져 나갔다.

커서는 하늘에서 빙글빙글 회전하더니 곧이어 어디론가 이동했다.

'어?'

커서가 이동해간 장소엔 죠슈아가 서 있었는데 그의 가슴으로 날아가서 박혀 들어갔다.

'저 녀석도 커서 마스터였나?'

이제껏 죠슈아가 어떤 특별한 능력을 가졌다는 것쯤은 잘 알고 있었지만 설마 커서 마스터일거라고는 꿈에도 생각하지 못한 일이었다.

유정상 자신 이외에 커서 마스터가 존재할거라고는 생각하지 못했던 것이다.

하지만 생각해보면 또 다른 커서 마스터가 있다고 해도 이상할 건 없었다. 유정상 본인도 그저 우연히 그런 능력을 얻었으니까 누구에게든 일어날 수 있는 일이기 때문이다.

그런데 이제까지는 전혀 보이지 않던 죠슈아의 커서가 어째서 이렇게 갑자기 보이기 시작했는지 알 수가 없었다.

유정상이 잠깐 혼란스러워하는 틈에 공격을 봉쇄당한 복면의 사내는 자신을 방해한 존재가 죠슈아라는 사실을 파악하고는 그쪽을 향해 강한 살기를 뿜기 시작했다.

순간 놈이 죠슈아를 노린다는 것을 파악한 유정상은 급하게 몸을 날려서 앞을 가로막았다.

하지만 복면의 사내는 특유의 빠른 이동능력으로 유정상을 매끄럽게 피하고는 바로 죠슈아가 있는 곳으로 쇄도해갔다.

그때 몸을 숨기고 있던 엘레나가 갑자기 뛰어들면서 죠슈아의 몸을 덮었다. 자신의 아들을 살리기 위한 본능적인 행동이었지만 그것만으로 죠슈아가 살아날 수는 없다.

그저 둘 다 한꺼번에 죽을 뿐…….

다급한 순간이었지만 어찌된 영문인지 죠슈아의 커서는 더 이상 움직일 기색이 없다.

일촉즉발의 상황에 유정상이 다급히 소리를 질렀다.

"젠장, 놈을 막아!"

쨍그랑-

유정상이 갑자기 소리치는 순간 뭔가가 깨지는 소리가 들려오면서 동시에 그들의 앞에 강렬한 빛을 뿌리며 커서 방패가 생겨났다. 마치 커서 방패가 공간을 부수고 들어온 것처럼 느껴졌다. 그리고는 복면인의 공격을 가볍게 막아 버린다.

까앙!

"끄아아악!"

커서 방패의 강렬한 반탄력에 의해 놈의 몸이 튕겨나갔고, 그 충격에 고통스런 비명을 질렀다.

"커, 커서 방패?"

설마 했는데 갑자기 커서 방패가 나타나 그들을 보호해 버리자 유정상은 너무 혼란스러워서 온몸이 굳어 버렸다.

저 커서 방패는 분명 자신이 사용하던 그것이 틀림없다.

그렇게 놀라고 있는 동안 엘레나가 아이를 부둥켜안은

채 벌벌 떨다가 아무 일도 일어나지 않자 의아한 표정으로 고개를 들고 조심스럽게 몸을 일으켰다. 그리고 이어서 그녀의 품속에 쏙 들어가 있던 죠슈아도 모습을 드러냈다.

그런데, 조슈아의 가슴에서 빛이 일었다.

그 안쪽에 있는 커서에서부터 시작되는 빛이었다.

"……?"

갑작스런 상황에 유정상은 살짝 당황했지만 엘레나와 죠슈아는 그 강렬한 빛에도 전혀 놀라지 않는다.

커서의 주인이라고 생각했던 죠슈아도 저 빛의 존재를 눈치 채지 못하는 느낌이다. 커서에서 생겨나는 빛을 보는 존재는 오로지 유정상이 유일했던 것이다.

그런데 갑자기 등장했던 커서 방패가 모습을 감추고 그 자리에 다시 커서가 생겨나면서 빛나던 죠슈아의 커서가 유정상의 커서 쪽으로 끌려간다.

크고 작은 두 개의 커서가 나란히 공중에 떠 있는 것을 보았다. 기이하면서도 신기한 장면이었지만 유정상 이외에는 아무도 그것을 볼 수 없었기에 때문에 놀라는 이도 그뿐이었다.

그때 주변의 모든 사물이 움직임을 멈추었다.

죠슈아와 엘레나 뿐만 아니라 유정상을 죽이려하던 복면의 그놈도 더 이상 움직이지 않았다.

"……?"

지금 무슨 일이 벌어지고 있는 것일까?

그런 생각을 하던 사이에 죠슈아의 커서가 스스로 움직

이면서 점점 깨어진 유리조각 같은 모양으로 변했다.

그리고 동시에 큰 커서의 옆에 생겨난 사각의 판.

바로 지금까지의 미션으로 여섯 개의 조각이 채워진 설계도였다.

번쩍!

깨진 유리모양으로 변한 죠슈아의 커서가 설계도 속으로 들어가 자리를 잡았다.

그리고 곧이어 메시지가 떠올랐다.

[다섯 번째 미션, 일곱 개의 조각 중 일곱 번째 '초월의 조각' 을 얻어라. 완료]

[이로써 진정한 커서 마스터로 거듭날 것이다.]

메시지와 함께 커서가 신비로운 느낌의 빛을 뿌렸다.

그리고 이어서 반투명 푸른빛으로 변했다.

[커서와의 교감이 다시 이루어집니다.]

유정상의 낡은 옷이 사라지며 원래의 검은색 로브로 변해갔고 커서도 예전처럼 유정상의 감각과 연결이 되었다.

그리고 유정상이 서 있던 곳의 바로 옆으로 검은색의 포탈이 열렸다.

'이대로 나가면 미션은 끝나는 건가?'

하지만 지금 상황에서 자신만 나갈 수는 없는 일이었다. 만약 이대로 떠나 버리고 다시 시간이 원래대로 흐른다면 보나마나 이 두 모자는 저 녀석에게 죽임을 당할 것이 틀림없다.

'지금은 안 돼.'

유정상이 복귀를 거절하는 순간 다시 시간이 원래대로 흘러가기 시작했다.

"크으……!"

팟!

커서 방패에 튕겨나갔던 복면인은 다시 자세를 바로 잡더니 순식간에 자신의 단검을 두 모녀에게 던졌다.

하지만, 커서 방패가 이미 사라졌다.

애초에 유정상만을 보호하기 위해서 자동으로 생성되는 방패다보니까 아까처럼 타인을 보호하기 위해 쓸 수는 없었고 두 모자는 놈의 단검에 노출될 수밖에 없었다. 그러나 이번에도 녀석이 던진 단검은 엘레나의 눈앞에서 멈췄다.

유정상이 다급한 마음에 커서를 이용해서 날아가는 단검을 잡아낸 것이다.

"제길 이번엔 또 뭐냐?"

이제까지 놈의 언어만큼은 전혀 알아듣지 못하고 있었는데 커서가 유정상과 다시 이어지자마자 들려왔다.

유정상도 샤잉족의 능력이 돌아온 것으로 봐선 자신의 모든 능력이 되돌아왔다는 것을 알 수 있었다.

커서에 의해 멈춘 녀석의 단검은 마치 아무런 이유도 없이 허공에 멈춘 것처럼 보였기에 녀석은 그 때문에 화가 치밀어 올랐는지 소리를 지른다.

"죽어라, 이 잡것들!"

그리고는 분노에 찬 고함을 지르며 순간 온몸에 있는 모든 단검을 한꺼번에 쏘아냈다.

유정상은 녀석의 공격이 시작되는 것과 동시에 순간이동으로 엘레나의 앞을 막아섰다. 그리고 주먹기파를 이용해 날아오는 모든 단검을 가볍게 걷어내 버렸다.

순간 놈의 드러난 눈이 부릅떠졌다.

갑자기 처음 보는 검은 로브의 존재가 나타나 자신의 공격을 가볍게 막아냈으니 충격을 받은 것이다.

"네, 네 놈은 대체……."

퍼어엉!

뭔가 말하려던 놈의 머리가 삽시간에 터져 버렸다.

원래의 힘을 되찾은 유정상은 엑스트라 같은 녀석의 대사까지 일일이 들어줄 필요를 못 느꼈던 것이다.

몸만 덩그러니 남은 놈의 육체가 비틀거리다 바닥에 풀썩 쓰러지자 그 모습을 지켜보던 두 모녀는 경악했다.

엘레나는 갑자기 나타난 사내가 괴물 같은 추격자를 순식간에 죽여 버린 것을 보면서 두려움에 떨었다. 그리고 더불어 자신들에게 해를 끼치지 않을까 걱정하고 있었다.

하지만 쵸슈아는 엄마와 다른 이유로 경악하고 있었다.

그는 보자마자 바로 검은 로브의 존재가 누구인지 눈치를 챘던 것이다.

"스, 스승님!"

"……."

유정상이 몸을 돌렸다.

그리고 머리에 쓰고 있던 후드를 뒤로 넘겨서 얼굴을 드러냈다.

"아, 역시 스승님이시군요."

"용케도 알아보았구나."

"네. 방금 제 몸을 옥죄던 뭔가가 사라지며 눈이 열렸어요."

"눈?"

"네. 그동안 그것 때문에 항상 힘들었는데, 방금 그것이 사라진 것 같아요."

아무래도 죠슈아는 자신의 심장에 박혀 있던 커서 때문에 그렇게 느낀 모양이었다. 그러고 보면 지금까지 커서의 존재가 누군가에게는 힘이 되기도 하지만 또 어떤 이에게는 제약이 되기도 했다. 하지만 죠슈아는 커서의 존재에 대해선 아무것도 아는 게 없는 것처럼 보였다.

유정상이 여전히 놀란 눈을 하고 있는 엘레나 쪽으로 시선을 돌렸다. 이젠 미션이 마무리 되었으니 근처에 계속 생성되어 있는 포탈로 들어가면 모든 인연이 끝나는 것이다.

그렇게 생각하니 조금 마음이 무거웠다.

그런데 그 때, 죠슈아가 담담한 음성으로 유정상에게 물었다.

"떠나실 거죠?"

그 말을 들은 유정상이 조금 놀란 표정으로 쵸슈아를 돌아보았다.

"방금 스승님의 생각을 읽었어요."

"뭐?"

"갑자기 몸을 옥죄던 기운이 사라지자마자 생겨난 능력 같아요. 제가 의도한 건 아니니까. 너무 화내지 마세요."

"훗, 별로 그렇지는 않다."

씁쓸한 웃음.

오히려 이미 쵸슈아가 헤어져야 한다는 것을 알고 있다니까 마음이 조금 편해졌다. 하지만 이렇게 험난한 곳에 두 사람만 남게 되면 앞으로 살아갈 일이 문제라는 생각에 유정상은 곧 자신이 오랫동안 사용해오던 반지를 빼서 내밀었다.

"이게…… 뭐죠?"

"너에게 꼭 필요할 것이다."

"……."

"이네크의 반지라는 건데 네 능력을 더 강화시켜줄 거야."

반지를 받고 이리저리 살피는 쵸슈아에게 유정상은 부드러운 미소를 지으며 말했다. 이미 이네크의 힘을 상당히 받은 유정상에게는 필요 없는 물건이나 다름없었다.

그저 이네크와의 인연이 깊었기에 착용하고 다녔던 것이다.

그렇지만 쵸슈아가 이 반지의 힘을 얻어서 사용할 수 있다면 한 명의 전사로 성장하고 엘레나를 잘 보호할 수 있을 것이다.

"이네크?"

"그래. 그 반지의 원래 주인이 이네크라는 무인이었다. 뭐가 이상해?"

"신기해서요."

"신기하다니, 뭐가?"

의아한 표정으로 바라보는 죠슈아를 보면서 유정상도 비슷한 표정을 지으며 물었다. 그러자 죠슈아는 두눈을 반짝이면서 흥미로운 표정으로 반지를 다시 살피면서 설명했다.

"이네크는 '빛나는 호랑이'라는 뜻의 고대어로 아빠가 지어준 흔하지 않은 이름인데 이런 우연히 있구나 싶어서요."

"……?"

"제 이름이 죠슈아 이네크 블로슈잖아요."

"뭐?"

"아, 스승님은 죠슈아로만 부르셔서 모르셨나?"

죠슈아가 어색하게 웃으며 머리를 긁적였다.

"이름도 똑같은 사람이 쓰던 아이템이라니, 이것도 어쩌면 운명……?"

죠슈아가 무척 명랑한 음성으로 이야기 하다가 유정상을 바라보고는 말을 멈추었다. 유정상이 딱딱하게 굳은 얼굴로 자신을 내려다보고 있었기 때문이었다.

"스, 스승님……?"

그러나 그런 조슈아의 부름에도 유정상은 아무런 대답을

하지 않았다. 그리고 이네크 모자와의 운명 같았던 만남부터 심상치 않았던 아이의 재능까지 모든 것을 떠올려보았다.

'이 아이, 설마 내가 생각하고 있는 그 이네크인가?'

무척 혼란스러웠지만 결론은 그다지 어렵지 않았다.

사실 이전의 미션에서도 혼자 시간과 공간을 넘어가서 해결하는 종류의 것이었다.

애초에 이번 미션도 혼자만 불려온 상황이었기에 어린 이네크와의 만남도 충분히 있을 수 있는 상황이라는 생각이 들 뿐이었다. 하지만 그럼에도 불구하고 머릿속의 혼란은 조금도 정리가 되지 않았다.

만약 죠슈아가 정말 유정상이 알고 있는 그 이네크의 어릴 적 모습이라면? 이제껏 유정상이 커서를 얻고 이네크와의 알 수 없는 인연이 사실은 여기서부터 시작된 거였다면?

이네크는 자신에게 힘을 전해준 존재였지만 그런 이네크에게 처음 무술을 가르친 스승은 바로 자신이라는 파라독스가 생겨난다.

'이 황당한 상황은 도대체…….'

유정상이 그렇게 혼란스러워하는 사이에 갑자기 검은 포탈 주변에 강력한 스파크가 생겨나기 시작했다.

파지지직!

그리고 포탈에 갑자기 강력한 인력이 생겨나면서 유정상을 강하게 끌어당기기 시작했다. 곧 이 세계와 작별해야만 함을 느낀 유정상이 어린 이네크를 바라보면서 입을 열었다.

"어머니 잘 모시고 행복하게 살아! 그리고 넌……."

"스승님!"

뭔가 할 이야기가 있었던 것처럼 보이던 스승의 외침에 어린 이네크가 깜짝 놀라며 그를 바라보았다.

하지만 다음순간 순식간에 유정상의 모습은 흔적도 없이 사라져 버렸다.

"스, 스승님!"

유정상이 갑자기 눈앞에서 사라져 버리자 죠슈아는 경악해 버렸다.

떠날 거라는 건 이미 알고 있었지만 이렇게 작별의 말도 하지 못 할 정도로 갑작스럽게 사라져 버릴 거라고는 전혀 예상하지 못했던 것이다.

그리고 그가 마지막으로 자신에게 하려던 말이 무엇일까?

죠슈아는 그렇게 스승님이 사라져 버린 공간을 말없이 바라보며 멍한 얼굴로 서 있었다.

이제껏 조용히 두 사람의 모습을 지켜보던 엘레나도 유정상이 너무 갑작스럽게 사라져 버린 탓에 충격을 받고 한동안 그렇게 죠슈아처럼 사라진 곳만 바라보았다.

하지만 엘레나는 곧 정신을 차리고 죠슈아에게 다가가서는 꼬옥 안아주며 위로했다.

"괜찮아, 언젠가 꼭 다시 만날 수 있을 거야."

어머니의 품에 안긴 조슈아가 갑자기 눈물을 쏟아내기 시작했다.

스승님이 사라지고 나자 자신의 마음속에서 그의 자리가 얼마나 컸던지 실감이 되었다.

그렇게 한참을 어머니의 품에서 울던 조슈아가 문득 신비로운 감각을 느끼고는 눈물을 멈추고 자신의 손가락에 끼워진 이네크의 반지를 들어올렸다.

그리고 반지에서 전해지는 기묘한 기운을 느끼면서 죠슈아의 눈이 커진다.

"왜 그러니?"

"반지……."

"반지?"

"반지의 기억이…… 제게 전해지고 있어요."

"반지의 기억?"

"그리고…… 스승님의 기억도."

그렇게 죠슈아는 유정상이 남기고 간 반지를 한동안 내려다보고 있었다.

커서 마스터

Cursor Master

8. 독보적 존재

커서 마스터

Cursor Master

8. 독보적 존재

쿵.

"아야!"

주코가 바닥에 엉덩방아를 찧으며 소리를 질렀다.

다른 소환수들은 전투력만큼이나 반사신경이 뛰어나기 때문에 육체적 능력만으로도 충분히 어떤 상황이든 대처가 가능했다.

그래서 갑자기 생성된 바닥에도 가볍게 착지를 했지만 주코의 경우엔 마법을 사용할 수 없는 상황에는 몹쓸 저질 체력이 금방 티를 냈던 것이다.

"아고고. 그런데 주인, 여기가 도대체 어디야?"

하지만 유정상은 주코의 질문에 대답하지 않았다.

방금 엘레나, 죠슈아와 헤어지며 포탈에 빨려 들어가자마자 이곳으로 왔는데 황당하게도 다시 네 번째 미션을 끝냈을 때처럼 소환수 세 녀석이 곁에 있는 상황이 반복되니 조금 얼떨떨했던 것이다.

"에휴, 또 씹히는구나."

"괜찮아, 나도 자주 씹히니까."

"그걸 위로라고 쳐 하고 있냐?"

"……?"

주코가 화를 내면서 말했지만 비꼬는 고급어휘를 이해하지 못한 산제이는 그의 말을 알아듣지 못하고 어리둥절한 표정을 지을 뿐이다.

두 녀석이 평소처럼 그렇게 투닥거리는 사이 유정상은 주변을 살폈다.

일곱 개의 조각 미션은 이미 끝난 상황이다.

그렇다면 지금 그들이 떨어진 장소는 어디일까?

[일곱 개의 조각을 모두 얻는 데 성공했습니다.]

[레벨이 50상승합니다. 현재레벨 385.]

[보상으로 군주 포인트 3,000점이 추가됩니다. 현재 군주 포인트 12,480점]

[던전 출구 게이트가 열립니다.]

"얼레? 뭐야? 아까 일곱 번째 조각을 얻어야한다고 떠들지 않았어?"

주코가 황당하다는 표정으로 유정상에게 물었다.

첫 번째 미션도 시간의 흐름을 못 느꼈지만 두 번째 미션은 거의 한 달이 넘는 시간을 그 세계에서 머물렀다.

그런데도 주코의 말을 들어보니 전혀 모르는 눈치인 게 너무 신기했다.

아마도 두 번의 미션을 혼자서 치르는 동안 이곳의 시간은 완전히 멈춰 있었던 모양이었다.

"저 커서 녀석 이제 완전히 맛 간 거 아닐까?"

주코가 비아냥거리던 그때 출구 게이트가 열렸다.

세 녀석들 입장에서는 그냥 터널 한두 개를 통과한 기분이 들 테지만 유정상은 능력도 잃은 상태에서 개고생을 한 상황이었기에 이젠 조금 쉬고 싶었다.

클린볼만으로 도저히 이 피로를 다 풀 수가 없었다.

그렇다고 이 와중에 활력의 불꽃으로 모닥불을 피울 수도 없는 일이었다.

✣ ❖ ✣

탁.

유정상의 발이 지면에 다시 닿았다.

그런데 이번에 느껴지는 공기와 주변의 기운은 기존의 던전들과 다르다.

"겨우 돌아온 건가?"

유정상이 그렇게 중얼거리면서 주변을 돌아보았다.

도착한 곳은 세 개의 탑 정중앙에 위치한 그 던전의 입구였는데 어쩐지 주변이 상당히 소란스러웠다.

의아한 표정으로 돌아보자 무너지는 건물의 잔해 사이로 자이언트 리저드가 보였다..

유정상이 던전으로 들어가기 전에 저놈 한 마리가 소환되었지만 직접 그 놈을 해치우고 안으로 들어갔었다.

그런데 어찌된 영문인지 그 자이언트 리저드가 지금은 다섯 마리로 불어나 있었다.

중간을 건너뛴 상황이라서 어떻게 진행되고 있는 것인지는 정확히 알지 못했지만, 일단 저 놈들은 빨리 처리해야 할 상황이 분명했다.

그런데 세 개의 탑 사이로 펼쳐져 있던 주변 결계도 들어갈 때보다 약해져 있다.

빨리 처리하지 않으면 저 결계가 무너지고 진짜 위험한 상황이 되는 것이다.

저 자이언트 리저드는 결계가 생긴 이후에 일정한 간격으로 계속 생겨나고 있었다.

그러니까 한 마리가 있을 때 제때 잡으면 문제가 덜한데 그러지 못할 경우엔 계속 몬스터가 늘어나게 되는 것이다.

그러다보니 유정상이 나타난 시점에선 이미 다섯 마리로 불어나 있었다.

이젠 보통의 헌터들로서는 자이언트 리저드를 잡는 것은 고사하고 간간이 견제하는 것도 버거웠던 것이다.

그런데 엎친 데 덮친 격으로 시간이 흐르자 탑과 탑 사이에 있던 외부 결계마저 점점 약해지고 있다.

그것을 길드들도 알고 있었기 때문에 어떻게든 내부에서 해결해 보려고 필사적이었던 것이다.

"이거 참."

정신적으로 너무 피곤했던 유정상이 곤란하다는 표정으로 머리를 긁적이는데 그때 새로운 메시지가 떴다.

[던전 외부로 송출된 자이언트 리저드를 모두 처리하면 모든 미션이 완료된다.]

"에휴, 역시 마지막 하나가 남았었군. 순순히 보내줄 리 없다고 생각했지."

하지만 지금은 결계가 계속적으로 약해지고 있는 상황이라 잡념에 빠져 있을 시간이 없다.

유정상은 어떻게든 빨리 마무리하고 돌아가서 쉬고 싶다는 생각뿐이었다.

잠깐 고개를 절레절레 흔들던 유정상이 갑자기 표정을 바꾸면서 사방에 흩어져 있는 자이언트 리저드들을 향해 몸을 날렸다.

"씨바알! 뭔 놈의 몬스터가 이렇게 강한 거야! 이런 놈을 어떻게 죽여!"

"빨리 쏘라고!"

"젠자앙!"

콰아아앙!

몬스터의 꼬리가 휘둘러지자 주변에 남은 건물의 잔해를 완전히 가루로 만들어 버렸다.

그 여파가 미치는 자리에 있던 헌터들은 모두 공황상태에 빠져 버렸다.

헌터들은 모든 전력을 투입했음에도 이제껏 두 마리밖에 처리하지 못했다.

그것도 한 마리씩 있을 때나 가능한 일이었고, 두 마리가 넘었을 때부터는 무리한 공격을 가하던 헌터들만 죽어 나가고 있었다.

그러던 게 이제는 저 무지막지한 괴물이 다섯 마리로 늘어나서 막아서는 헌터들에게는 절망만 남아 있었다.

결계가 약해졌다는 이유로 더 많은 길드원들이 투입되었음에도 계속해서 밀리고만 있었다.

그렇게 상황이 급박하고 암울하게 돌아가는 때에 상상도 못한 일이 벌어져 버렸다.

콰아아앙!

천지가 개벽하는 것 같은 소리와 함께 그들 눈앞에 있던 거대한 자이언트 리저드가 순식간에 피떡이 되어 버렸다.

하늘에서 뭔가 강력한 기운이 떨어지는가 싶더니 거대한

몬스터의 몸이 마치 마치 바닥에 떨어진 물 풍선처럼 순식간에 터져나가 버린 것이다.

사방으로 몬스터의 피가 튀어 오르는 그 자리에 검은 옷의 사내가 가볍게 내려섰다.

"브, 블랙로브!"

중앙에 생긴 던전으로 들어간 지 몇 시간 되지도 않았는데, 그가 벌써 모습을 드러낸 것이다.

블랙로브가 던전에 들어간 것은 아직 8시간도 채 지나지 않았기 때문에 그가 나올 때까지 최소 4~5시간은 더 걸릴 거라고 예상하고 있었다.

그런데 그가 생각 이상으로 빨리 모습을 드러냈고 어찌 된 것인지 들어갈 때보다 더 강해진 것처럼 보였다.

왜냐하면.

콰아아앙!

이어지는 폭발음과 동시에 두 번째 자이언트 리저드도 비명소리 한 번 내지르지 못하고 박살이 나 버렸기 때문이었다.

분명 들어가기 전의 블랙로브도 충분히 강했었고 이 몬스터를 압도하긴 했지만, 이렇게 허무할 정도로 가볍게 죽이지는 못했었다.

이해하기 어려운 상황에 모두가 패닉에 빠졌지만 블랙로브의 움직임에는 거침이 없었다.

콰아아앙!

세 번째도 박살.

콰아앙!

콰가가가가가가.

네 번째에 이어서 특히 다섯 번째 자이언트 리저드는 꽤나 화려한 공격으로 가볍게 마무리를 지어 버리자 세계 최강의 길드라고 자부하던 헌터들조차도 오줌을 지릴 것 같은 압도감에 다리가 풀려 버릴 지경이었다.

자이언트 리저드의 사냥이 끝나자 잠시 후 던전을 중심으로 삼각형 모양으로 솟아 있던 세 개의 탑이 차례차례 땅속으로 들어가기 시작했다.

쿠쿠쿠쿠쿠쿠.

"어, 어떻게 이런?"

지금 그들은 자신의 눈앞에서 벌어지는 일들을 제대로 파악하지 못하고 그저 경악하며 바라보고만 있을 뿐이었다.

✣ ❈ ✣

영국에서 발생한 세 개의 탑과 그것으로 인해 대형 몬스터가 던전의 밖으로 나왔다는 소식은 최초 BBC를 통해 전 세계로 전파되었다.

그 뒤를 이어 CNN이나 기타 다른 다국적 방송에 의해 전 세계 곳곳으로 퍼져나갔다.

한국의 경우엔 대부분의 방송사가 보통의 국가들처럼 그들이 방송한 내용을 받아 연합뉴스로 내보내고 있었지만 JKBC는 조금 달랐다.

던전 관련 방송에서는 최고의 인기를 누리고 있는 고현아 캐스터가 발 빠르게 현장에 도착해 실시간으로 독점 방송을 하고 있었던 것이다.

그 때문에 지금 JKBC는 종편 케이블 방송의 뉴스임에도 공중파 방송들보다 월등히 높은 시청률이 나오고 있었다.

이 때문에 공중파는 물론 보도전문 채널인 YNN마저도 외국 방송영상을 송출하면서 동시에 추가적으로 JKBC의 녹화영상을 뒤늦게나마 받아오는 상황이었다.

그 때문에 방송국 내에선 얼마를 들여서라도 고현아를 빼와야 한다는 이야기가 심심치 않게 돌 정도였다.

아무래도 블랙로브가 요즘 모든 세상의 관심을 한 몸에 다 받고 있다 보니까 그에 대해 집요할 정도의 추적 취재를 하는 그녀의 인기 또한 급상승하고 있었던 탓이다.

방송국의 이런 사정이야 어찌되었건 방송국 직원들마저도 자신들의 뉴스가 아닌 JKBC의 실시간 방송에 심취해 있었다.

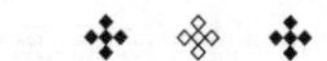

두다다다다다다.

세 개의 탑 바깥부분에서 고성능 망원렌즈를 이용한 촬영으로 영상을 잡아내면서 고현아가 실시간 방송을 진행 중이었다.

"블랙로브가 던전에 들어간 지도 벌써 7시간이 넘었습니다. 그사이 대형 도마뱀 몬스터들이 한 시간 단위를 간격으로 생겨나고 있습니다. 처음 두 마리는 최고의 헌터들로 이뤄진 세계 최대의 길드들이 사냥에 성공했습니다만, 그 뒤로는 계속 불어나 어느새 다섯 마리로 불어나고 말았습니다."

헬기의 소음에 묻히지 않기 위해 그녀는 크게 소리치며 방송하고 있었다.

그러나 상황이 상황인지라 그 큰 목소리엔 알게 모르게 암울함이 실려 있어 보는 사람들로 하여금 앞으로 벌어질 일에 대한 걱정과 두려움이 들게 만든다.

몬스터들의 숫자가 늘어나고 헌터들이 죽어 나가자 저 괴물들이 결계 밖으로는 빠져나오지 못한다고 알려졌음에도 런던 시내는 곧 아수라장으로 변해갔다.

당장 런던뿐만 아니라 공항이나 영불해협 터널이 연결된 세인트 팬크러스 인터내셔널역에도 영국을 탈출하려는 사람들로 인해 북새통을 이루었다.

영국은 즉시 국가재난사태를 선포했고, 가장 가까운 유럽 국가들의 지원이 속속 영국으로 모여들었다.

특히나 영국 해협에 있던 많은 숫자의 배들이 모여들어 피난을 서두르는 사람들을 배에 태우고 프랑스나 인근

유럽도시들로 이동시켜갔다.

그런 와중이었음에도 고현아는 실시간 방송을 고집했고, 그녀를 따르는 몇몇만이 그녀와 함께 목숨을 걸고 이 방송을 실시간으로 송출하고 있었다.

물론 지금 그들이 타고 있는 헬기도 엄청난 돈을 지불해서 섭외한 것이었다.

대다수의 헬기조종사들이 비행을 거부했으나 어디든 돈에 목숨을 거는 미친놈은 존재하는 법이었다.

"아직은 탑과 탑 사이에 만들어진 방어막으로 인해 몬스터들이 외부로 나가지 못하고 있습니다만, 지금 들어온 정보로는 그 방어막도 점점 약화되어가고 있다고 합니다. 이로 인해 영국정부는 국가재난사태를 선포……."

그렇게 정신없이 방송을 하고 있던 그때, 던전에서 모습을 드러낸 사람을 카메라가 확인했다.

그리고 그 영상을 본 고현아는 본능적으로 하던 말을 끊고 그쪽에 집중하면서 말했다.

"지, 지금. 던전에서 누군가 모습을 드러냈는데요. 아, 브, 블랙로브입니다!"

그 말에 방송을 보고 있던 사람들은 반사적으로 소리를 질렀다.

"와아아아아!"

고현아의 방송에서 가장 먼저 블랙로브의 모습을 확인했고, 그것을 시작으로 BBC 와 CNN 방송에서도 서둘러 그곳을 포착해서 곧바로 전 세계에 블랙로브의 재등장 모습이 송출되었다.

그 때문에 방송을 보던 세계의 많은 사람들이 환호성을 질렀다.

특히나 영국을 탈출하려던 사람들도 현재의 상황을 확인하면서 공항이나 기차역의 모습이 조금씩 안정되었고 서로 먼저 가겠다고 법석을 떨던 이들도 사라졌다.

하지만 블랙로브가 등장했다고 하더라고 지금상황은 그가 던전 안으로 들어갈 때와는 전혀 다르다.

그때야 한 마리밖에 없었고, 사실 한 마리 정도는 그가 없을 때도 두 번이나 사냥에 성공했었다.

하지만 지금은 그에게 희망을 걸 수밖에 없다는 것도 분명하다.

두 마리를 잡는 동안 이름 있는 세계 최강의 헌터들이 꽤나 많이 부상당하면서 지금은 저 대형 도마뱀을 상대할 수 있는 이가 전무했기에 사람들이 더욱 절망하고 있었던 것이다.

그런 것을 누구보다 잘 알고 있던 고현아도 자신의 마음을 담아 큰 목소리로 그를 응원하고 있었다.

"희망이 생겼습니다. 블랙로브라면, 어쩌면 그라면…… 이번 상황을……! 아!"

그녀의 음성이 격해지는 그 순간 카메라에서 블랙로브가 사라져 버렸다.

워낙 빨라서 계속 지켜보고 있었음에도 어느 방향으로

움직였는지 조차 가늠할 수가 없었다.

그리고 곧 엄청난 폭발음이 들렸다.

재빨리 소리가 나는 곳으로 화면을 돌리자 방금까지 헌터들을 몰아붙이고 있던 거대 도마뱀 한 마리가 폭발하듯 박살이 나 버리는 모습이 카메라에 잡혔다.

"아!"

고현아가 자신도 모르게 감탄성을 내뱉었다.

그녀는 뭔가 말을 해야 한다고 생각했지만 너무 놀라서 아무런 말도 할 수가 없었다.

그런데 이번엔 다른 방향에서 폭발음이 터졌다.

"앗!"

이번에도 도마뱀 한 마리가 찍소리도 내지 못한 채 폭발해 버린다.

그리고 다시 터지는 폭발음.

그렇게 이어지던 폭발음이 마지막에 이르러서는 대미를 장식이라도 하는 듯 연속적으로 울려 퍼졌다.

어느 샌가 다섯 마리의 도마뱀 모두가 파편만을 남긴 채 사라져 있었다.

그것을 본 고현아가 눈물이 고인 눈으로 소리쳤다.

"와아아아!"

실시간 방송중이라는 사실까지 망각하며 소리를 질렀지만, 방송을 보고 있던 이들의 상태도 그리 다르지 않았기에 누구도 그녀를 나무라는 이는 없었다.

✣ ❖ ✣

"으음."

감겨져 있던 눈이 서서히 떠졌다.

유정상의 눈동자에 초점이 잡히고 주변을 둘러보자 낯선 풍경이 눈에 들어온다.

"……?"

눈알을 굴리며 천장을 둘러보던 그는 미션을 완료하고 호텔에 도착하자마자 쓰러지듯이 잠들었다는 사실이 떠올랐다.

부스스한 눈을 비비며 침대에서 몸을 일으켰다.

"얼마나 잔거지?"

휴대폰을 확인해봤지만, 잠들 때의 시간을 정확히 기억하고 있지 않아 얼마동안 잤는지도 알 수 없었다.

아무튼 머릿속이 개운할 정도로 꿀잠을 잤으니 상관없었다.

그런 생각에 피식 웃어 버린 유정상이 무심하게 휴대폰을 이불 위에 툭 던져 버렸다.

그리고는 곧바로 침대에서 벗어나 샤워를 했다.

역시 클린볼 같은 깔끔한 느낌은 없지만 샤워만이 주는 상쾌함이 있다.

그렇게 오랜만에 샤워를 즐긴 유정상이 시원한 기분으로 나와서 제일 먼저 전화를 건 상대는 옥타비아였다.

왜냐하면 샤워를 끝내고 침대로 걸어오는데 바로 그 타이밍에 문자가 들어왔기 때문이었다.

– 깨어나셨어요? 방해되지 않는다면 전화부탁해요.

역시 귀신같은 여자라 생각하며 고개를 흔든 유정상이 전화를 걸었다.

"무슨 일이지?"

– 몸은 다 회복하셨나요?

"응, 뭐 푹 잤더니 개운하네."

– 전 세계는 온통 당신에게 열광하고 있는데, 잠을 이틀이나 주무시다니 어지간히도 많은 일을 겪으셨나 봐요.

"뭐? 이틀?"

– 날짜 확인 안 하셨어요?

"잠자고 일어나면서 굳이 날짜까지 확인하는 습관은 없으니까."

그렇게 말하면서도 유정상은 자신이 이틀이나 잠에 빠져 있었다는 사실에 조금 놀라고 있었다.

진짜 생전 처음으로 죽을 것처럼 피곤하기는 했지만 아무리 그렇다고 해도 설마 이틀이나 잠에 빠져 있었을 줄은 몰랐던 것이다.

그때 전화기 너머에서 옥타비아의 웃음소리가 들려왔다.

"왜 웃지?"

– 아……. 기분 나쁘셨다면 죄송해요.

"특별히 그런 건 아니고."

– 제가 웃은 이유는…… 인간적인 것 같아서요.

"인간적?"

– 이젠 인간의 영역을 초월해 버렸으니 은연중에 탑은 같은 인간이 아니라고 느꼈어요. 그런데 이틀이나 정신없이 잠에 빠져 있었다는 이야기를 들으니까. 갑자기 저도 모르게 웃음이 나온 거예요.

"싱겁군."

– 그러게요.

"본론은?"

– 아, 죄송해요. 우선 한 가지는 이번에 탑의 활약으로 영국의 국가비상사태 선포는 금방 해제되었어요.

"국가비상사태?"

– 모르셨어요? 당신이 던전에서 나오기 직전에 자이언트 리저드가 다섯 마리까지 늘어났다는 건 아시죠?

유정상이 모두 처리했으니 당연히 모를 수가 없다.

자이언트 리저드 다섯 마리라는 말을 들으니까 유정상도 대충 상황을 이해할 수 있었다.

한 마리만 해도 대형 길드 몇이 힘을 합쳐야 겨우 상대가 가능했는데 그런 놈이 다섯이나 되었으니 아주 절망적인 상황이었을 것이다.

거기다 외부 결계마저 점점 힘을 잃고 있었다는 걸 파악하고 있었다면 국가비상사태를 선포하는 것도 어쩌면 당연한 일이었다.

- 그 때문에 영국에선 당신에게 고맙다는 증표로……

"안 가."

- 그러…… 실거라 생각했어요. 제가 관여할 문제도 아니고요.

또 다시 옥타비아의 웃음소리가 들려왔다.

그리고 곧이어 옥타비아가 다른 이야기를 꺼냈다.

- 그리고 또 한 가지, 캐나다 옐로나이프 지역에 지진이 발생했어요.

느닷없는 지진이야기에 조금 의아했지만 그녀의 이야기를 계속 들어보기로 했다.

뜬금없는 이야기라고 해도 옥타비아라면 무슨 이유가 있어서 말을 시작했을 것이기 때문이었다.

- 지진의 규모자체는 그리 크지 않았지만, 문제는 그 지진이 생겨난 원인이에요.

"던전이라도 생긴 건가?"

- 맞아요.

"흔히 있는 일이 아니던가? 캐나다에 던전이 없을 리도 없고."

- 말씀대로에요. 문제는…….

"일반적인 게 아니라고?"

- 이번에도 제 예감일 뿐이지만, 큰일이 벌어질 것 같아요.

"큰일? 몬스터?"

- 아뇨. 혼돈이에요.

"혼돈? 너무 생뚱맞군."

– 제가 생각해도 그래요. 하지만 혼돈이라고 밖에는…….

뭔가 더 이야기하고 싶어 하는 눈치였지만, 다른 한편으로는 더 이상 표현하기 힘들어 하고 있음도 알 수 있었다.

그러니까 오직 혼돈이라는 단어만이 그녀가 가진 능력에 기인한 예지라는 말이었다.

"그렇게까지 이야기하니까 가보긴 해야겠군."

– 감사해요.

"아니, 캐나다엔 한 번쯤 가보고 싶었어. 그리고 어디라고 했지?"

– 옐로나이프.

"그래. 거기 폭포가 유명하다며. 나도 그런 거 보고 싶었거든."

– 오로라가 유명하죠.

"아, 그랬나?"

또 옥타비아의 작은 웃음소리가 전화기 너머에서 들려왔다.

커서 마스터

Cursor Master

9. 마지막 미션

커서 마스터

Cursor Master

9. 마지막 미션

원래라면 한국에 돌아가고 싶었지만 옥타비아의 얘기를 듣고 나서는 마음이 변했다.

다른 사람이 한 말이라면 그냥 못들은 셈 칠 수도 있겠지만, 그녀의 예지능력을 잘 아는 유정상으로서는 도저히 그 말을 무시할 수가 없었던 것이다.

공지훈은 어느 던전에 처박혀 있는지 전혀 연락이 되지 않아서 일단 유정상은 혼자서 옥타비아가 보내준 전용기를 타고 캐나다로 이동했다.

곧바로 옐로나이프공항으로 날아갔는데, 원래 이곳은 버스터미널처럼 조촐한 크기로 국내선 전용이었다.

하지만 옥타비아가 미리 손을 써둔 덕분에 유정상이 탄

전용기는 아무런 이상 없이 착륙할 수 있었다.

공항에 도착해서 밖으로 나오니까 사방이 온통 눈밭이었다.

10월초임에도 아침 온도는 벌써 영하권이라 한국과는 전혀 다른 풍경이었다.

무심한 표정으로 잠깐 경치를 감상하던 유정상이 공항을 빠져나오자 멋들어진 고급 SUV 한 대가 대기하고 있었다.

그리고 그 차량 앞에선 선글라스를 낀 백인 남성 한 명이 느긋하게 기대어 서 있다가 유정상을 보고는 다가와 물었다.

"미스터 탑?"

30대 정도로 보이는 그 사내의 말에 유정상이 고개를 끄덕였다.

그냥 대충 만든 이름인데 이놈저놈 불러대니까 이젠 탑이 진짜 자신의 이름인 것처럼 느껴질 정도였다.

"전 제레미 블레이크라고 합니다."

그렇게 말하며 손을 내밀자 유정상도 마주 내밀며 악수를 했다.

일반인이 아닌 각성자라는 건 처음 마주쳤을 때부터 알고 있었지만, 손을 잡고 보니까 그가 어느 정도의 능력을 가졌는지 대충 느껴진다.

그는 3급 수준의 각성자로 아마도 자신의 나라에서는 제법 대우를 받는 사람일 것이다.

자세히 알기위해선 커서를 사용하면 되지만 굳이 그렇게까지 알고 싶은 생각은 들지 않았다.

그런데 이만한 능력자가 겨우 자신을 안내하기 위해 이런 곳에서 기다리고 있었다는 건 쉽게 납득이 되지 않았다.

"제가 숙소로 안내하겠습니다."

"아니, 그보다 던전부터 보고 싶은데."

"알겠습니다."

확실히 쓸데없는 질문을 하지 않는 사람이었다.

아니, 오히려 던전을 찾는 유정상의 말을 반기는 것 같은 분위기였다.

하지만 아무런 말을 하지 않으니 자세한 사정은 알 수 없었고 유정상도 궁금하지 않아서 그냥 무시했다.

자동차에 오르자 그가 운전을 시작했다.

날이 어둑어둑한 늦은 시간이었고 바닥이 잔뜩 얼어 있었지만 그는 이런 길에 익숙한지 운전이 아주 능숙했다.

"나에 대해서 들은 이야기가 있습니까?"

유정상이 조수석에 앉아 제레미에게 물었다.

그러자 그가 고개를 끄덕였다.

"그렇습니다. 중요한 분이라고……."

"다른 건요?"

"더 이상은 들은바가 없습니다. 다만……."

"……?"

"제 개인적인 예상으론 짐작되는 사람이 있기는 합니다."

"거기까지만 듣죠. 더 이상은 확인하려고 하지 마세요."

"알겠습니다."

대충의 상황만 보고도 자신의 정체를 유추하는 것으로 봐선 제법 영리한 사람인 것 같았다.

게다가 유정상이 자신을 드러내고 싶어 하지 않는다는 걸 알고는 금방 수긍하는 자세도 대하기가 편했다.

그리고 두 사람은 특별한 대화 없이 목적하던 장소근처에 도착했다.

"이 앞은 던전의 영역이라 더 이상 자동차로는 진입할 수가 없습니다."

"그런 것 같군요."

그렇게 말하며 차에서 내린 유정상은 눈앞에 존재하는 던전이 옥타비아의 말처럼 평범한 던전이 아니라는 걸 금방 알 수 있었다.

물론 던전 에너지 감지기 따위를 사용한다면 보통의 3성급에서 4성급 정도의 던전으로 판명이 날 테지만, 이것이 특별한 던전임을 알아채는 이는 거의 없을 것이다.

하지만 자신의 예민한 감각에는 그 에너지를 넘어서는 불길한 기운이 숨겨져 있음이 느껴진다.

이곳 캐나다에 오면서 정보를 살펴보니 던전의 숫자도 땅덩어리의 크기만큼이나 어마어마한 숫자가 있었다.

그러니 이런 외진장소에 있는 던전 따위에 관심가질 만한 사람은 거의 없었다.

옥타비아가 예지하지 못했다면 이런 게 있다는 것은 누구도 알아차리지 못했을 것이다.

'이번에는 몰래 침투하겠다는 생각이냐?'

유정상은 그렇게 속으로 중얼거리며 눈밭 위를 걸어 던전을 향해 나아갔다.

시동을 걸어둔 채 차에서 내려 본네트 앞에 몸을 기댄 제레미는 담배 한 개비를 입에 물고 불을 붙였다.

그리고 호기심 어린 눈으로 던전으로 걸어가는 유정상의 뒷모습을 바라보았다.

그는 얼핏 보면 그저 평범해 보일 뿐인 동양인에 불과했다.

하지만 던전이 생겨나던 그때부터 최상위 각성자로 지내온 제레미의 감각은 저 동양인이 아주 특별한 사람이라는 사실을 알려왔다.

게다가 자신의 감각은 무시한다고 해도 그동안 모든 일에 냉정하던 옥타비아가 그렇게까지 신경 쓰는 인물이라면 분명 일반적인 인물은 아닐 것이다.

그리고 최근 들어 옥타비아의 동선이 누군가와 일치했다.

바로 블랙로브.

옥타비아가 이번에 생겨난 던전에 대해 우려를 표하고 있던 와중에 방문한 동양인.

모든 상황은 저 동양인이 바로 블랙로브라고 알려주는 듯 했다.

블랙로브는 최근 갑자기 모습을 드러낸 최강의 각성자였고, 제레미도 그에 대해서 조금의 호기심은 있었다.

물론 런던의 사건이 있기 전까지는 그랬다는 말이다.

그러나 그 날의 상황을 전해주는 방송을 보았던 그는 엄청난 충격에 빠지고 말았다.

어떻게 인간이 저렇게까지 강할 수 있는 것인지 도저히 납득할 수가 없었다.

물론 각성자들은 초인으로 인간을 월등히 초월한 존재임에는 분명했지만, 블랙로브는 그런 각성자들 중에서도 아예 차원이 다른 존재였다.

그렇게 생각하는 존재가 이렇게 비밀스럽게 캐나다에 방문했다.

그를 바라보는 제레미의 표정이 자못 심각하게 변해갔다.

던전을 향해 걸어가는 동안에도 유정상은 계속 이질적인 기운 때문에 인상을 펼 수가 없었다.

마치 시한폭탄 위를 걸어가는 기분이랄까.

예전이었다면 결코 느끼지 못했을 미세한 기운이었지만 일곱 개의 조각을 얻은 이후라 그런지 모든 감각과 예감이 전에 비해 날카롭다.

그런 그의 감각들이 그에게 경고를 보내고 있었다.

하지만 그러면서도 동시에 알 수 없는 충동이 그를 유혹해왔다.

저 위험천만한 던전이 또 한편으로는 먹음직스러운 음식처럼 느껴졌다.

그것은 마치 몸에 나쁜지 알면서도 자꾸만 집착하게 되는 중독현상과 닮아 있었다.

그렇게 유정상은 전신의 감각을 세우며 그곳으로 조금씩 다가가고 있었다.

그리고 어느 정도 던전 근처까지 다가갔을 무렵, 입구 게이트가 피처럼 붉은 빛이 감돈다는 것을 알게 되었다.

던전의 게이트를 수없이 통과해봤지만 저런 빛이 도는 건 처음 보았다.

온몸의 감각을 괴롭히는 서늘한 느낌과 합쳐지니까 그것은 마치 지옥의 입구처럼 느껴졌다.

"……."

애써 불안한 감정을 떨친 유정상은 커서로 던전의 입구를 살펴보았지만 특별한 메시지는 떠오르지 않는다.

혹시나 뭔가 특별한 현상이라도 발생할까 싶은 생각에 게이트 입구 쪽에 다가가 슬쩍 발을 들이밀어 넣었다.

그런데 갑자기 발이 퉁하며 밖으로 튕겨 나왔다.

[이벤트 발생 전이므로 입장 불가.]

'응? 이벤트 발생 전은 또 뭐야?'

런던에 생겨났던 던전도 자이언트 리저드가 생겨나기 전에는 입장이 불가능했었는데 이번에도 그런 종류인가 싶었다.

하지만 지금으로서는 단지 예측일 뿐, 알 수 있는 것이 전혀 없었다.

그렇다고 이벤트가 생겨날 때까지 이곳에서 무작정 기다리는 것도 우습다는 생각에 그냥 발길을 돌렸다.

그리고 제레미가 기다리는 자동차로 되돌아가서 조수석에 올라탔다.

제레미의 몸에서 옅은 담배냄새가 풍겨왔지만 밖에서 폈기에 그다지 심하지는 않았다.

그리고 계속 시동을 걸어놓은 상태라서 자동차 안은 여전히 푸근했다.

"마련된 숙소로 갈까요?"

"그럽시다."

"알겠습니다."

유정상이 자동차 시트에 기대며 긴장을 풀고 있으려니까 곧바로 자동차가 출발했다.

✣ ❖ ✣

아침이 되어 눈을 뜬 유정상이 생소한 풍경에 잠시 눈을 비벼본다.

곧 이곳이 캐나다라는 것을 떠올리고는 느긋하게 기지개를 켜며 하품을 했다.

곧바로 따뜻한 물로 샤워를 한 그는 편안한 차림으로

거실에 나왔다.

이곳에 호텔이 없는 건 아니었지만, 옥타비아가 특별히 유정상을 위해 단독주택을 섭외한 모양이었다.

유정상도 이런 단독주택이 호텔보다는 더 친숙하고 편한 느낌이었다.

그때 집안으로 누군가 들어섰다.

어제 자신을 픽업한 제레미였다.

“일어나셨군요. 컨디션은 어떻습니까?”

“뭐, 괜찮군요.”

그 말을 들은 제레미가 웃으며 거실 테이블에 종이봉투를 올려놓더니 내용물을 꺼내기 시작했다.

근처 마트에 들렀다 온 모양인지 과자나 시리얼과 우유, 그리고 한국산 라면까지 보인다.

유정상이 즐기는 음식들은 아니지만 나름 좋아할만한 것을 찾으려고 노력한 흔적이 보였다.

“입에 맞으실지 모르겠군요.”

“외국에서 내 입맛에 맞는 걸 찾는 건 쉽지 않으니까 어쩔 수 없는 일이죠.”

“이해해 주시니 감사합니다.”

입에 발린 소리를 잘하지 못하는 유정상의 대답에 살짝 어색한 공기가 흐른다.

그때 제레미가 리모컨을 이용해 TV를 켰다.

채널을 이곳저곳 돌리다 CNN 뉴스에서 고정시킨다.

역시 남자끼리 할 얘기 없을 땐 뉴스라도 틀어놔야 그나마 나은 듯싶었다.

한참 동안 유정상은 관심도 가지 않는 캐나다의 소소한 사건들을 시끄럽게 떠들던 여자아나운서가 말을 멈추더니 속보가 들어왔다면서 호들갑을 떤다.

그리고 '브레이킹 뉴스'라는 커다란 글자가 생성, 회전하더니 화면 오른쪽 상단에 박히며 새로운 화면으로 전환되었다.

그리고 곧이어 노이즈가 제법 보이는 흔들리는 영상이 나왔다.

– 방금 전 일본 야마나시 지역에서 엄청난 폭발이 있었습니다. 그 직후 그곳에 있던 일반인들이 촬영해서 올린 영상들입니다.

화질이 조금 떨어지는 세로화면이 비추는 먼 곳에서 검은색의 뭔가가 잔뜩 보인다.

무너진 건물의 잔해와 일본 글자가 적힌 잔해를 보면 그 배경은 아나운서의 소개처럼 폭발 이후의 야마나시 지역으로 보였다.

이어서 다른 각도에서 찍힌 화면으로 영상이 바뀌었다.

그런데 그중 아주 가까이에서 찍은 화면이 나오자 검은색의 정체가 인간의 모습을 하고 있다는 것을 알 수 있었다.

– 폭발과 함께 나타난 존재들은 인근 도시로 이동 중이며…….

"어?"

TV를 바라보던 유정상의 표정이 일그러졌다.

왜냐하면 화면에 보여 진 것들은 유정상에게 익숙한 존재들이었기 때문이다.

검은색의 무리들은 아직 지구에는 출몰하지 않았지만 이미 던전에서는 여러 번 충돌한 마계의 병사들이었다.

"어째서 저 놈들이!"

그런 유정상의 반응에 제레미가 심각한 표정으로 그를 돌아보며 물었다.

"저 놈들에 대해 알고 있는 겁니까?"

"일본으로 가야겠어."

"네? 하지만……."

"일본은 한국과 가까운 곳이야. 저놈들이 한국으로 건너가기라도 한다면 피해가 엄청나게 발생할거야."

유정상이 다급한 마음에 존칭도 생략하고 외치듯이 말했다.

그때였다.

[미션발생]

[좌표는…….]

"……!"

순간 움찔 놀란 유정상이 잠시 메시지를 바라보다 곧바로 휴대폰을 들어 좌표를 확인했다. 당연히 미션과 마계병사들의 출몰이 관계가 있을 거라고 생각했는데 어쩐 일인지 좌표는 바로 이곳의 던전을 가리키고 있었다.

"어, 어째서?"

순간 갈등이 생길 수밖에 없었다.

마계병사들이 대규모로 출몰한 이상 일본의 각성자들이 나설 테지만, 그들만으로는 저 마계의 병사들을 절대 저지할 수 없을 것이다.

그렇다고 다른 나라의 각성자들이 일본으로 건너가기엔 마계병사의 위험도에 대한 인식이 없고 시간도 부족하다.

아마도 대부분의 나라들은 일단 상황을 지켜보면서 나중을 대비하고 있을 것이 틀림없다.

하지만 한국의 경우엔 다른 나라와 상황이 좀 다르다.

지형적으로 일본과 가장 가까운 위치에 있는데다가 놈들의 능력이라면 바다를 건너 금방 한국까지 진격할 수도 있는 일이었으니까 발등에 불이 떨어진 셈이다.

그런데 이런 다급한 와중에 유정상에게는 이곳 캐나다의 외진 곳에 있는 미확인 던전으로 미션이 발생해 버린 것이다.

"곧 비행기를 준비시키겠습……."

"잠깐만요."

"……?"

그때 제레미의 말을 끊으며 거실로 들어온 사람은 바로 옥타비아였다.

"탑, 잠시만 제 이야기를 들어주세요."

그렇게 말하면서 방으로 들어온 옥타비아가 제레미 쪽으로 고개를 돌리자 그는 옥타비아를 향해 살짝 고개를 숙이며 인사하고는 바깥으로 나갔다.

그녀는 유정상과 단 둘이서만 이야기하기를 원한다는 걸 알고 알아서 자리를 피한 것이다.

그가 바깥으로 나가는 것을 확인한 옥타비아가 유정상을 바라보면서 입을 열었다.

"이 던전, 지금 일본에 등장한 것과 관계가 있는 건 아닐까요?"

안 그래도 유정상 역시 그 점을 의심하고 있었다.

느닷없이 미션이 발생한 것도 그렇고, 그곳에서 풍겨 나오는 기운도 자신이 그곳에 가야만 하지 않을까하는 생각이 들게끔 했다.

하지만 그런 감각으로 알게 된 정보와 이성적인 판단과는 달리 유정상의 본능은 가족의 위험을 떠올리며 빨리 한국으로 돌아가야 한다고 발버둥치고 있었다.

그것을 꾹 누르며 유정상이 침착하게 물었다.

"어째서 그렇게 생각하고 있는 거지?"

"모르겠어요. 그냥, 제 감각이 그렇게 말하고 있어요."

"하긴. 굳이 그런 걸 묻는 것도 이상하군."

"일본으로 가실 생각인가요?"

그녀의 말에 잠시 생각에 잠겼던 유정상이 고개를 저었다.

"아니, 당신 말대로 던전에 들어가 볼 생각이야. 나도 사실 비슷한 생각을 하고 있었으니까."

곧이어 유정상이 은신 스킬을 사용해 모습을 감추고는 빠르게 집을 빠져나와 던전을 향해 이동했다.

느긋한 척하고 있었지만 그의 마음은 그다지 여유가 없었던 것이다.

순간 옥타비아는 유정상이 자신의 감각에서 사라져 버리자 멍한 모습을 하며 소파에 앉아 있었다.

타타타타타.

유정상이 이네크의 걸음을 극성으로 발휘하며 발이 눈위를 스치듯 달려갔다.

자동차로 이동하면 대략 30분 가량이 걸리는 거리였지만 이네크의 걸음을 이용하자 3분이 채 걸리지 않았다.

근처에 도착한 유정상이 던전의 입구에 서자 하루사이에 느낌이 많이 달라져 있음을 알 수 있었다.

어젠 분명히 서늘하고 날카로운 기운이 자신을 밀어내는 느낌이었는데 오늘은 그것보다 훨씬 광폭한 기운이 자신을 끌어당긴다.

그는 조심스럽게 던전게이트 쪽으로 발을 뻗었다.

유정상의 발이 검은 게이트에 살짝 닫자 급격히 빨아들이는 기운이 느껴지면서 순식간에 그의 몸이 던전 속으로 빨려 들어가 버렸다.

눈을 깜빡였다가 다시 떠 보니까 앞에는 끝이 보이지 않을 정도로 거대한 푸른 초원이 펼쳐져 있었다.

유정상이 잠깐 주변을 둘러보고 있는 사이 소환수들이 차례대로 모습을 드러냈다.

"반갑다. 주인!"

"이번엔 이곳에서 부려먹으려는 건가?"

"삐이이이!"

그들의 개성적인 인사를 받은 유정상이 잠시 상황을 살피며 대기하자 곧 미션이 떴다.

[미션]

[천계의 군대를 막고 있는 결계를 뚫고 마물들을 처리하라.]

"이건 또 무슨 개소리야?"

영문을 알지 못한 주코가 메시지를 보자마자 혀를 차며 투덜거렸다.

사실 이건 유정상도 마찬가지였다.

그런데 이어지는 메시지에 그 생각이 쏙 들어가 버렸다.

[미션 실패 시 인간계를 침범한 마계 병력을 처리할 수 없다.]

[미션에 도움이 될 아이템이 생성된다.]

"이런!"

그제야 유정상은 일본에 나타난 마계 병사들과의 이 미션이 이어져 있음을 깨달은 것이다.

정말 옥타비아의 말처럼 이곳의 미션을 깨야 마계의 병사들을 막을 수 있다는 말이었다.

일단 인벤토리를 열어 아이템을 확인했다.

[드래그 팩터(Drag Factor)]

[커서에 장착해서 사용한다.]

조그맣게 생긴 황금색 반투명 보석이었다.

하지만 유정상은 불친절한 설명에 짜증이 치밀었다.

"사용법 정도는 알려달라고!"

뭔가 도움을 주겠다는 건 좋지만 그래도 최소한 어떻게 사용하는지는 알아야 할 텐데, 그런 방면으로는 정말 서비스가 꽝이었다.

하지만 불만을 가져봐야 아무런 도움도 되지 않으니 그냥 투덜거리며 한숨을 쉴 뿐이었다.

이어서 커서가 가리키는 방향을 확인한 유정상이 드레이크, 아니 드라칸을 소환했다.

"쿠어어어어어!"

거대한 덩치의 드라칸이 하늘에 모습을 드러내자 순간 푸른 초원에는 더욱 거대한 그림자가 그려진다.

빠른 속도로 유정상을 향해 활강해 내려온 드라칸은 곧바로 날개를 활짝 펼쳐서 속도를 줄이고는 지상에 가볍게 착지했다.

유정상과 산제이가 등에 올라타자 녀석은 강력한 점프와 동시에 양 날개를 펼치며 곧바로 힘차게 날아오르기 시작했다.

그 뒤를 주코와 백정이 따라서 날아오르다가 속도가 더 빨라지기 전에 얼른 드라칸의 등에 내려앉으며 자리를 잡았다.

순간적인 속도라면 몰라도 꾸준하게 빠른 속도로 날아가는 것은 주코와 백정도 드라칸을 따라올 수가 없었다.

커서가 가리키는 방향으로 허공에서 빠르게 이동한지 5분정도 흐르자 곧 엄청난 백색의 대군이 벌판에 모여 있는 것이 눈에 들어왔다.

그들은 앞에 버티고 막아선 엄청난 수의 마물들에 의해 진군이 늦어지고 있었다.

대충 봐도 병력의 차이는 수십 배 이상.

얼핏 2천 가량의 천계 병력에 비해 십만은 족히 넘어 보이는 마물이 대치하고 있는 상황이었다.

그런데 자세히 살펴보니 천계의 군대를 막고 있는 건 단지 마물만은 아니었다.

그들과 마물의 사이에는 거대한 결계의 장막이 보인다.

마물들에 앞서 끝없이 펼쳐진 회색의 안개가 천계 병력의 이동방향을 턱하니 가로막고 있는 상황이었다.

피라미드 던전에 들어갔을 때 피라미드들을 둘러싸고 있던 그 장막과 비슷한 모양이지만 느껴지는 기운이 훨씬 더 기분 나쁜 느낌이었다.

"절망의 벽이야."

어느새 유정상 뒤쪽으로 다가온 주코가 말했다.

"그게 뭐지?"

"마계와 천계의 경계야. 저건 힘으로 강제진입 할 수 없는 종류의 결계야."

"……."

마물의 뒤편 멀리로는 수십 명이 동시에 진입할 수 있을 것 같은 거대한 게이트가 보였다.

아마도 저 곳이 바로 인간계와 연결된 곳이 분명하리라.

"젠장, 그럼 저 게이트가 있는 곳이 마계의 영역이라는 거냐?"

"아니, 중간지대야."

"중간지대?"

"그래. 마계도 천계도 아닌 지역. 그러니까 저 마물새끼들은 제 영역도 아닌 곳에서 저렇게 잔뜩 몰려 있는 거지."

한국의 사정으로 치자면 북한과 남한 가운데 있는 비무장지대쯤으로 해석하면 될 것이다.

그런 곳에 십만의 마물이 몰려들었다는 것은 이미 천계와 마계의 전면전이 시작되었다는 의미일 것이다.

"저긴 전혀 통제받는 곳이 아니라는 건가?"

"아니, 저런 곳에 병력이나 마물들이 생겼다는 건 모두를 통제하는 통찰안에 허점이 생긴 탓이야."

"통찰안? 그게 뭔데?"

"나도 몰라. 그냥 신의 도구라는 정도밖엔. 그래도 그게 문제가 생기면 이렇게 중간지대를 막아놓은 장벽에 구멍이 생기는 모양이야."

통찰안은 뭔가 의미심장한 느낌의 단어였지만 주코도 그것에 대해 별로 아는 것이 없었다.

"결국 그 마계 쪽의 장벽에 구멍이 생겼고 그 때문에 마계 놈들이 인간계로 이동할 수 있는 게이트가 있는 이곳까지 진입해 들어왔었다는 얘기군."

"맞아. 주인 이해력이 높구나."

콩.

"아야!"

"건방떨지 말고 저걸 어떻게 뚫을 수 있는 지나 말해봐."

"아고, 나 자꾸 때리면 확!"

"그래, 안 그래도 요즘 많이 기어올라서 한번 푸닥거리해봐야 했는데……."

"절망의 벽! 말이지……."

주코가 얼른 유정상의 말을 끊고는 곧바로 설명을 시작했다.

"저걸 인위적으로 뚫는 건 불가능해."

"겉모양은 피라미드에서 본 거랑 비슷해 보이는데."

"그런 거랑은 차원이 달라. 애초에 비교대상이 아니라고."

"뚫을 수 있는 방법이 없다는 거야?"

"신계엔 있다고 들었지만, 그거야 마계와 천계와는 또 다른 영역이라 그 이상은 나도 모르겠어."

주코는 불가능하다고 하지만, 그렇다면 미션이 생성되었을 리 없을 테니까 방법은 있을 것이다.

잠깐 결계를 바라보던 유정상이 다시 커서를 돌아본다.

일곱 개의 조각을 얻은 커서는 예전과는 많이 다른 느낌으로 변해 있었다.

그것이 진화인지 아니면 단순히 성질만 변한 것인지는 알 수 없지만 유정상은 모든 해답이 이것에 있을 거라고 생각하고 커서를 결계가 있는 곳으로 가져갔다.

커서가 결계 속으로 들어가자 약간의 스파크가 튀며 거부반응이 생겼지만 특별한 영향을 받지는 않았다.

물론 그렇다고 커서로 인해 결계에 구멍이 뚫리는 것도 아니었다.

그런데 이상한 변화가 생겼다.

커서가 결계 속으로 들어간 지 5초 정도 되었을 때 유정상의 디스플레이에 복잡한 문양의 그림이 떠올랐던 것이다.

이 복잡한 문양은 처음 보는 것이 분명한데 어쩐지 이상하게 익숙하다는 기분이 들었다.

마법수정술을 쓸 때의 마법진과 비슷한 느낌이었다.

유정상은 자신 앞에 보이는 복잡한 문양을 종류별로 분석하며 보조 커서를 이용해 그것들을 하나하나 확인해 가기 시작했다.

엠버의 꿈 미션을 성공하고 얻은 '마법 수정술'이 일곱 개의 조각을 얻고 나자 더 한층 업그레이드되었다.

그러면서 더욱 정교한 작업을 할 수 있도록 유정상의 디스플레이와 합쳐졌지만 정작 본인은 그것을 제대로 인지하고 있지 못하고 있었다.

잠깐 그 문양을 바라보던 유정상은 순식간에 눈앞에 보이는 복잡한 수식에 빠져들었다.

그리고 얼마의 시간이 흘렀을까…….

완전히 집중한 상태에서 무언가에 홀린 사람처럼 몇 가지의 도형 위치를 옮기고 또한 몇 개를 삭제하자 결계에 박혀 있던 커서를 중심으로 강렬한 빛이 뿌려졌다.

그와 동시에 그 빛이 닿는 결계에는 커다란 구멍이 뚫리기 시작했다.

두두두두두두.

결계의 구멍을 귀신처럼 알아차린 백색의 군대가 유정상이 있던 곳으로 이동해오기 시작했다.

제자리에서 체공비행을 하고 있는 드라칸의 아래로 수천의 병사들이 질주하는 모습이 눈에 들어왔다.

설마 이런 식으로 결계를 뚫을 수 있을 거라고는 전혀 예상하지 못한 유정상이 조금 얼떨떨해 있는 사이에 천계의 군대가 먼저 그 안으로 진입해 들어가기 시작했다.

대다수의 병력이 구멍을 통과하자 유정상도 서둘러 그들을 따라서 안으로 들어갔다.

이 결계에는 자동복구 기능이 있어서 저 빛이 비추는 동안에 빨리 통과하지 않으면 다시 구멍이 메워지기 때문이다.

그런 사실을 잘 알고 있는지 천계의 병력들도 모두가 빠르게 움직이며 그 빛의 구멍을 통과해 갔다.

결계의 안으로 진입해서 살펴보니까 마계와 천계의 중간지대라고는 해도 그 넓이가 상식 밖으로 넓었다.

반대편에 있으리라 짐작되는 마계 쪽의 결계는 아예 보이지도 않았다.

그렇게 유정상과 천계군대가 결계 안으로 들어서자 그들의 앞을 엄청난 숫자의 마물들이 막아섰다.

상대하기 어려운 레벨은 아니지만 쪽수가 너무 많다.

유정상을 따라 들어온 드라칸이 먼저 자신의 부하들인 150마리의 드레이크를 소환했다.

그와 동시에 유정상도 그동안 모아온 12,480점의 군주포인트를 모조리 풀었다.

하지만 이번에도 소환수에서 뱀파이어는 제외시켰다.

마계 종족인 뱀파이어들은 잘못하면 천계병사들에게 공격당할 수도 있기에 이런 상황에서는 사용할 수가 없었다.

드루이드 200명, 코드 골렘 21기, 코드네피림 30개체, 그리고 코드 자이언트 웜 16마리를 소환하니 포인트가 딱 떨어졌다.

총 소환수는 267개체.

드라칸의 소환수와 합치면 대략 400이 조금 넘는다.

숫자로만 본다면 십만에 이르는 마물에 비할 바가 아니지만 하나하나가 일당백, 아니 일당천의 역할은 충분히 할 수 있는 막강한 녀석들이었다.

거기다 천계의 병사들까지 있으니 그렇게 힘든 싸움이 될 거라고 생각하지는 않았다.

그리고 그런 유정상의 예상이 정확하다는 것을 증명이라도 하는 듯이 소환수들과 천계의 병사들은 시작부터 일방적으로 마물들을 쓸어버리기 시작했다.

콰아아아아.

시작의 포문을 연건 당연 드레이크 군단이었다.

녀석들이 한꺼번에 뿜어내기 시작한 화염의 브레스에 선두에 섰던 마물들이 일시에 녹아내리기 시작했다.

"꾸에에에에에!"

"끄워어어엉어!"

비록 화염에 특화된 마물들은 그런 지옥의 불길 속에서도 어찌어찌 살아나오고는 있었지만 그래봤자 녀석들을 기다리고 있는 건 강력한 육상 소환수들과 천계의 기마대였다.

화염지옥을 뚫고 나오던 마물들의 많은 숫자가 갑자기 땅속으로 끌려가듯 사라졌다.

코드 자이언트 웜들이 바깥으로 튀어나오며 녀석들을 습격하기 시작한 탓이었다.

일단 한 번 끌려들어간 놈들은 대부분 바깥으로 나오지 못했다.

그런 상황에서 천계의 기마대가 놈들의 진영을 휩쓸며 흩어놓았다.

그다음 맞부딪친 상대는 코드 네피림들과 코드 골렘들이었다.

거대한 소환수들이 놈들의 사이사이에 뛰어들어 주먹으로 피떡을 만들었다.

한편에선 천계의 궁병들과 보병들로 이뤄진 무리가 질서정연하게 이동하며 막강한 공격력으로 마물들을 차근차근 쓰러뜨리며 이동하고 있었다.

무작정 달려드는 마물들은 그들에게 다가오기가 무섭게 전신이 갈기갈기 찢겨나갔다.

드루킹이 이끄는 200명의 드루이드들은 무력과 마력이 조합된 단단한 진을 형성한 채 빠르게 이동하며 놈들의 내부를 흔들어 놓았다.

유정상 역시도 직접 전장에 뛰어들어 대규모 집단전에 가장 최적화된 폭격펀치를 사용했다.

콰가가가가가가가.

마물들이 촘촘하게 몰려 있다 보니까 폭격펀치 한 방에 많게는 십여 마리 이상이 폭발하듯 터져나가기도 했다.

그렇게 연속으로 폭격펀치를 다량 사용하니 순식간에 수백 마리의 마물들이 유정상 한 사람에 의해 박살이 나고 있었다.

하지만 적의 숫자는 언뜻 보아도 십만 이상이다.

어마어마한 적들을 죽여 나갔지만 여전히 끝이 보이지 않을 정도로 많은 숫자가 깔려 있다.

이런 식으로 끝없이 상대만 하고 있다간 일본뿐만 아니라 한국까지 마계병사들에게 짓밟힐 수도 있었기에 유정상은 시간이 흐를수록 마음이 조급해져갔다.

아무리 막강한 실력을 가진 군대라 해도 총 2천 5백이 안 되는 병력으로 십만이라는 대군을 모두 쓰러뜨린다는 건 일단 물리적으로도 시간을 많이 소모할 수밖에 없다.

그때 번뜩 유정상의 머리에 떠오른 것이 있어서 곧바로 인벤토리를 열었다.

[드래그 팩터]

커서에 장착해서 사용한다는 정도의 설명만으로는 거의 감을 잡을 수 없었기 때문에 일단 인벤토리에 보관하고 있었지만 설명에 의하면 이게 바로 미션을 도와줄 아이템이었다.

유정상은 커서를 가져와 화살표 모양의 가운데에 그 조그마한 황금색 보석을 장착했다.

사실 장착이라고 할 것도 없는 것이 드래그 팩터는 그냥 커서를 가져다 대니까 마치 자석처럼 스스로 철썩 달라붙어 버렸다.

아무튼 그렇게 장착을 완료하자 커서가 평소보다 더욱 밝은 빛을 더 뿌리기 시작했다.

하지만 당장 유정상은 이 드래그 팩터라는 걸 어떻게 사용해야할지 알 수 가없었다.

하지만 곧 이름에 '드래그' 가 붙어 있는 걸 보면 드래그와 관련이 있을 것이다.

곧 아무 곳이나 임의로 지정해 드래그를 해보았다.

마물과 아군이 잔뜩 섞여서 싸우고 있는 장소였는데 순간 수백의 아군이 빛을 내며 지정되는 게 확인되었다.

그것을 확인한 유정상은 혹시나 하는 생각에 지정된 아군들을 다시 커서로 붙잡아서 살짝 드래그하자 바로 그 옆에 같은 모양의 아군이 또 생겨나 버렸다.

"크억!"

순간 유정상이 놀라움에 눈을 휘둥그레 떴다.

하지만 놀란 이는 유정상뿐만이 아니었다.

자신과 같은 모양의 존재들이 또 나타난 것 때문에 천계의 병사들이 순간 흠칫하며 놀라 버린 것이다.

하지만 그것과 달리 유정상의 소환수들은 자신이 복사되

든지 말든지 전혀 신경 쓰지 않고 그저 싸움에만 몰두하고 있었다.

다만 드루킹의 경우는 드래그 팩터에 의해 함께 지정되었지만 복제가 되지 않았다는 건 특이했다.

천계의 병사들은 갑작스럽게 생겨난 자신의 복제품들로 인해 잠시 소란이 생겼다.

하지만 복제품들이 무작정 눈앞의 적과 미친 듯이 싸우자 그들도 사소한 것에 신경 쓰기보다는 다시 전투에 열중해 들어갔다.

"이거 대박이네."

설마 드래그 팩터라는 보석에 이런 능력이 있을 거라고는 짐작도 하지 못했다.

물론 복사기능이야 전에도 있었지만 소환수 하나만을 몇 번 정도 복사하면 마나를 몽땅 소모하는 지라 특별히 전투에 도움이 된다는 생각은 들지 않았다.

그런데 이렇게 한꺼번에 복사가 가능하다면 마나의 효용면에서 단순 복제보다 전투엔 비교가 불가능할 정도로 도움이 되는 일이었다.

그런데 커서의 위에 뭔가 떠 있는 것이 보였다.

숫자 5.

그 숫자를 보는 순간 유정상도 이 드래그 펙트라는 게 사용횟수 제한이 걸려 있다는 걸 깨달았다.

바로 유정상이 이번에 드라칸을 불러서 그 등에 올라타

고는 공중으로 높이 날아올랐다.

최대한 많은 숫자의 아군이 드래그 영역 안으로 들어올 수 있게 하늘위로 올라간 것이다.

동시에 드레이크들도 드라칸의 아래로 집결시켜서 한꺼번에 드래그 영역 안에 모두 집어넣었다.

그리고는 다시 넓은 전장에 흩어져 있는 아군 모두를 드래그해서 지정했다.

그렇게 하고 보니까 이미 복사된 아군은 지정에서 빠지고 원판이라 할 수 있는 녀석들만 지정되었다.

복사된 녀석을 다시 복사할 수는 없는 모양이었다.

그래도 유정상의 노력이 통했는지 대부분의 아군을 지정할 수 있었다.

그리고 처음 했던 것처럼 지정된 아군들을 다시 커서로 붙잡아 바로 곁으로 드래그한 뒤 놓아 버리자 그 옆에는 똑같은 아군이 다시 생성되었다.

이번에는 천계의 병사들도 한 번 경험했던 일이어서 그런지 별로 당황하지 않았다.

그리고 커서 위의 숫자는 다시 4로 떨어진다.

처음 생겨난 아군의 숫자가 2~300가량, 이번에 추가된 아군도 2,400정도라 합하면 최소한으로 잡아도 2,600명 이상의 아군이 더해진 셈이어서 우리 편도 어느새 5천의 대군이 되어 있었다.

상대의 병력은 10만 이상이었지만 놈들도 이어진 전투로 어느새 2만 가까이는 줄어든 상태였다.

유정상은 더 생각할 것도 없이 부지런히 커서를 놀려 네 번의 남은 숫자를 모두 사용했다.

추가로 1만 명에 가까운 병력이 더 불어나자 총 합이 1만 5천에 근접하는 숫자로 늘어나 버렸다.

그사이 천계의 세력이 급상승하면서 동시에 상대 마물들의 숫자는 빠르게 줄어들기 시작했고 어느 샌가 아군과 마물의 숫자가 비슷해져 버리는 상황에 이르렀다.

애초에 압도적으로 강한 아군이었으니 어차피 이런 상황이라면 그냥 일방적인 학살에 가까웠다.

그리고 몇 분의 시간이 더 흐르자 전장에는 한 마리의 마물도 남지 않고 모두 쓰러지고 말았다.

['천계의 군대를 막고 있는 결계를 뚫고 마물들을 처리하라' 미션이 완수되었습니다.]

[레벨이 100올랐습니다.]

[이로써 레벨이 485가 됩니다.]

[새로운 칭호 생성.]

[천계의 우군, 명예 능품장군에 임명되었습니다]

[능품장군은 장군 서열상 6번째입니다.]

[많은 천계의 병사들이 당신의 소문을 듣고 존경하게 됩니다.]

[당신의 계급은 실제 전투에서 사용가능합니다.]

그다지 힘든 미션이 아니었는데 한꺼번에 100레벨이나 올랐다는 건 의외였다.

그리고 한동안 칭호는 가지고 있지 않았었기 때문에 이 칭호의 생성도 정말 뜻밖이었다.

그런데 능품장군이라는 건 또 뭔가 싶었다.

아무리 천계 서열이 6번째라고는 해도 앞에 명예라는 문구가 붙어 있는 이상 아무런 의미도 없는 호칭이라고 생각했다.

그리고 실전에서 사용가능하다고 해봐야 어디다 써야할지도 알지 못하니 그저 농담처럼 듣고는 웃고 말뿐이다.

잠시 후 복제되었던 아군들이 하나둘 분해되듯 사라지기 시작했다.

싸우는 동안 복제품들도 꽤나 소멸하긴 했지만 정작 원판들의 피해는 거의 없었다.

천계의 병사들은 모두가 질서정연하게 모여들면서 다시 정비를 하기 시작했다.

워낙 많은 숫자의 적과 상대한 후라 그들도 제법 지친 것 같아 보였다.

그들이 자리에 앉아 쉬는 동안 천계 병력의 지휘자들로 보이는 백색갑옷의 기사들 몇 명이 유정상에게 다가왔다.

그중 하얗고 긴 수염을 기른 덩치 큰 기사 하나가 유정상 근처에 오더니 유니콘에서 내렸다.

그러자 그를 따르던 기사들도 같이 유니콘에서 내려선다.

하나하나가 모두 상당한 실력을 가진 기사들이었지만 그 앞에 선 하얀 수염의 기사는 그중에서도 특별한 힘이 느껴지는 존재였다.

"난 군을 이끌고 있는 권품장군 에이단이라고 하오."

"난 남들이 블랙로브라 부르고 있지."

그 말에 주변에 있던 기사들의 눈썹이 꿈틀거렸다.

블랙로브 특유의 반말이 그들의 심기를 건드린 것이다.

하지만 에이단이라고 하는 늙은 장군은 그저 허허 하고 화통하게 웃을 뿐이었다.

"블랙로브라, 어쩐지 어울리는 이름이군. 나도 반말 괜찮겠나?"

"마음대로."

"허허허. 좋군, 좋아. 어쩐지 마음에 드는 친구야."

하지만 여전히 주변에선 정체를 알 수 없는 블랙로브의 반말이 마음에 들지 않는다는 표정이다.

유정상은 그런 주변의 분위기엔 관심 없다는 듯이 무시하고는 에이단이라는 노인을 바라보며 궁금한 것을 물었다.

"권품장군이면 높은 건가?"

"장군서열 7위일세."

"그럼 능품장군은?"

"호오. 그런 것도 알고 있나? 놀랍군."

"권품장군보다 높아?"

"그래. 능품장군이면 서열이 6위니까."

"그럼 내가 한 끗발 높은 거네?"

"뭣?"

"명예직이긴 해도 능품장군으로 칭해졌다고 하니까."

"누가 말인가?"

"나."

"……!"

순간 에이단이 멍한 얼굴로 유정상을 바라보고만 있었고, 주변에 있던 기사들도 황당한 표정으로 변해 버렸다.

그들 중에서 한 명은 어이가 없다는 표정이 되더니 자신의 검을 뽑아들며 외쳤다.

"이런, 미친!"

그런데 그때 병들이 모여 있던 곳에서 일반 병사들과는 조금 다른 형태의 복장을 한 병사 하나가 빠르게 달려왔다.

"긴급 전언입니다!"

그러자 칼을 뽑아 든 기사도 주춤거리며 멈췄고 모두가 병사 쪽으로 시선을 돌렸다.

도착한 병사는 곧바로 들고 온 주머니를 열어 그곳에서 조그마한 하얀색 보석 하나를 꺼내어 양손에 받쳐 들고는 마나를 주입했다.

번쩍!

보석은 순간 강렬한 빛을 뿌리더니 마치 홀로그램 영상처럼 허공에 영상이 맺힌다.

처음에는 조금 흐렸던 영상이 또렷해지면서 신비로운 느낌을 주는 백색의 페가수스 문양이 되었다.

그러자 그 문양을 바라본 모든 기사들이 바닥에 한쪽 무릎을 꿇고 가슴을 당당하게 편 상태로 양손을 앞으로 모으면서 동시에 머리를 숙였다.

물론 칼을 뽑아든 녀석과 대장이라는 에이단 노인도 마찬가지였다.

그리고 영상에서 음성이 흘러나왔다.

〈전사 블랙로브경을 명예 능품장군으로 봉한다!〉

그 순간 모두 움찔거리며 서로의 눈치를 보다가 다시 일시에 고개를 숙이며 외친다.

"명을 받듭니다!"

영상이 사라지자 그 전령은 착 소리가 나게 발을 모으며 인사를 하고는 곧바로 자신이 있던 곳으로 달려갔다.

한동안 무릎을 꿇은 채로 있던 기사들이 서서히 몸을 일으키더니 곧 다시 유정상을 향해 머리를 숙였다.

"감축 드립니다!"

"감축 드립니다!"

자신을 향해 인상을 쓰고 칼을 뽑아들기까지 했던 기사들이 저렇게 나오니 유정상은 흐뭇하게 웃었다.

그런데 곧 에이단도 유정상 곁으로 다가오더니 머뭇거림도 없이 머리를 숙인다.

"감축 드립니다."

설마 에이단까지 자신에게 머리를 숙일 거라고는 전혀 예상하지 못했던 탓에 조금 얼떨떨해 하던 유정상이 곧 피식 웃으며 그에게 말했다.

"이미 서로 말을 트고 지내기로 했으면 그뿐. 겨우 한 끗발 차이구만."

"아닙니다. 그래도 서열은 서열."

"괜찮다니까 그러네."

"……."

잠시 뜸을 들이던 에이단이 어색한 미소를 지으며 머리를 긁적였다.

"허허허 그럴까?"

순간 꽤나 능청맞은 노인네라 생각했지만 피식 웃으며 고개를 끄덕였다.

그들이 유정상과 작별을 하고 인간세상을 구하기 위해 검은 게이트로 들어가자 미션이 끝났다.

커서 마스터

Cursor Master

10. 재회 그리고 최후의 결전

커서 마스터

Cursor Master

10. 재회 그리고 최후의 결전

[모든 미션이 끝났습니다.]

[이제부터 커서 마스터의 운명과 마주하게 됩니다.]

[진정한 승리를 얻기를 기원합니다.]

"……!"

유정상은 황당한 표정으로 글을 읽다가 자신의 머리 위로 떨어지는 검은 그림자를 발견하고는 깜짝 놀랐다.

그놈은 예전에 한 번 처리한 적 있는 검은 누더기를 걸친 괴인이었다.

하지만 순간 녀석이 풍기는 기운이 예전과 전혀 다르다는 것을 파악하고는 놈을 향해 재빨리 주먹을 후려쳤다.

하지만 그 순간 교묘한 몸놀림으로 유정상의 공격을 피한 놈이 예상치 못한 짓을 했다.

콱.

유정상의 커서를 움켜 쥔 것이다.

그리고는 그것을 잡아당기며 치솟았다.

"크악!"

커서가 놈의 손에 끌려갔고 이어서 커서와 한 몸인 유정상도 같이 강한 힘에 딸려가자 깜짝 놀라 소리를 질렀다.

그 순간 허공에 새로운 구멍이 생겨났다.

놈이 먼저 그곳으로 커서를 가지고 들어가 버리자 유정상도 온몸을 바동거리며 딸려 올라갈 수밖에 없었다.

"주인!"

"삐이잇!"

소환수들이 달려들려 했으나 너무 순식간에 벌어진 일이라 반응하기도 전에 유정상은 순식간에 그곳으로 끌려들어가 버렸다.

구멍 속에 들어서자 처음 겪는 새로운 공간이 나타났다.

회색 안개에 켜켜이 쌓인 허공의 공간이 나타났지만, 커서가 끌려가고 있는 상황이어서 유정상 역시도 계속 끌려가기만 했다.

위급한 상황에서도 겨우 정신을 차린 유정상이 놈을 향해 반월광을 날렸다. 그런데 놈은 필살기에 가까운 반월광을 아무것도 아니라는 듯이 가볍게 튕겨내 버렸다.

당황한 유정상이 이번엔 3개의 반월광을 연속으로 두 번, 총 6개를 놈에게 날렸다. 하지만 그것마저도 놈의 휘적거리는 손에 막혀 허무하게도 공중에서 부서져 버렸다.

이런 공격은 더 이상 통하지 않음을 느낀 유정상이 이번엔 놈의 손아귀에 들어간 커서를 빼내기 위해 좌우로 흔들었다.

부르르.

커서가 놈의 손에서 잠시 떠는가 싶더니 그대로 요지부동이었다. 이어서 커서 전체를 옥죄여오는 강력한 힘에 제대로 대응을 하지 못하자 순간 유정상은 정신이 혼미해졌다.

커서와의 교감능력이 떨어지면서 시간이 흐를수록 점점 정신적 대미지를 받기 시작한 탓이었다.

그런데 그때 흐려지는 유정상의 시야 먼 곳에 푸르스름한 빛이 어렴풋이 보인다.

헛것이 보이는 건가 싶었지만 그 빛이 자신을 향해서 빠른 속도로 다가오자 허상이 아니라는 것을 깨달았다.

그 빛은 바로 녹색의 기사였다.

압도적인 전투력을 과시하며 유정상을 한 번 구해준 적이 있던 그가 이번에도 이 위급한 순간에 모습을 드러낸 것이다.

번쩍.

녹색의 기사가 자신의 검을 휘두르자 그 검의 궤적을 따라서 빛이 일며 누더기 괴인에게 날아갔다. 그러자 놈이 다급한 움직임으로 그 공격을 회피하다 그만 커서를 놓쳐 버렸다.

커서는 놈의 손을 벗어나더니 곧바로 유정상의 머리로 되돌아와서 박혔다. 그리고 그것과 동시에 유정상의 몸이 아래로 추락하기 시작했다.

순간 그 상황을 벗어나려했지만 모든 능력에 제한이 걸린 것처럼 제대로 발휘되지 않았다. 머리에 박혀 버린 커서 역시도 제대로 말을 듣지 않으니 허공에서 그가 할 수 있는 건 아무것도 없었다.

혹시나 하는 마음에 드라칸을 소환해봤지만 역시 아무런 반응도 없었다. 그렇게 아래로 끝없이 추락을 하고 있는데 갑자기 유정상의 곁에 누군가가 모습을 드러냈다.

바로 녹색의 기사였다.

그는 얼굴까지 완벽하게 가리고 있는 투구를 쓰고 있었는데 그가 어둠속의 시선으로 유정상을 잠시 바라보더니 곧 그의 허리를 붙들었다. 그리고는 한순간에 떨어지는 속도를 늦추더니 다시 몸을 바로 세우며 허공을 날아올랐다.

유정상이 겨우 안도의 한숨을 내쉬는데 그들 주위로 검은색 누더기를 뒤집어쓴 괴인들 다섯 명이 모여들었다.

역시 한 놈이 아니었다고 생각하며 인상을 찌푸리는데 놈들이 다가오자마자 고온의 불덩이를 만들어서 던졌다.

유정상이 반월광을 날려서 막으려고 했으나 어쩐 일인지 더 이상 마나가 모이지 않았다.

그 와중에 불덩이가 그들에게 날아들자 녹색의 기사는 자신의 검을 이용해서 그 불덩이들을 흡수하기 시작했다.

한꺼번에 다섯 개의 불덩이를 흡수한 녹색의 기사는 여전히 유정상의 허리를 붙든 채로 방어 자세를 취하고 있었다.

놈들 중 한 녀석이 두 사람에게 달려들더니 날카로운 손톱을 만들며 휘두른다.

아무래도 놈들의 궁극적인 목적은 유정상의 목숨이었는지 공격이 교묘하게 뒤에 숨어 있는 유정상을 향해 날아들었다.

하지만 녹색의 기사는 차분하게 능숙한 움직임으로 그것을 모두 막아내고는 가볍게 자신의 검을 움직여서 가까이 접근한 놈의 머리에 박아 넣었다.

푸슉!

놈이 심하게 요동치는가 싶더니 검은 연기를 흘리며 사라져 버렸다. 또 하나의 누더기 괴인이 반대편으로 공격해 들어왔지만, 녹색의 기사가 다루는 검은 부드럽게 움직이며 다시 놈의 머리를 꿰뚫어 버렸다.

순식간에 두 놈이 소멸해 버렸음에도 그들은 유정상에 대한 집착을 버리지 못하고 계속해서 무섭게 달려들었다.

이번엔 세 놈이 한꺼번에 달려들었다.

녹색의 기사는 한쪽팔로 유정상을 붙들고 있는 상황이라서 부자연스러운 움직임이었음에도 압도적인 검술을 발휘하면서 두 놈의 머리를 추가로 더 꿰뚫었다.

그러는 와중에 남은 한 놈이 유정상의 머리에 붙은 커서에 손을 뻗자 유정상도 남은 마나를 모두 끌어 모아서 놈의 턱에 주먹기파를 올려붙였다.

퍼억!

예상치 못했던 유정상의 공격 때문에 괴인이 휘청거렸고, 녹색의 기사는 그 틈을 놓치지 않고 단번에 남아 있는 마지막 놈의 머리까지 관통시켜 버렸다.

크우우우우우!

괴이한 소리가 울리더니 남은 마지막 녀석까지 모두 검은 연기로 화하여 사라졌다.

놈들이 소멸해 버리자 녹색의 기사는 유정상을 붙든 채로 뭔가를 고민하고 있었다. 표정이 전혀 보이지 않음에도 그가 난감해하고 있다는 것이 여실히 느껴질 정도였다.

"원래 있던 곳으로 돌려보내 줄 수는 없나?"

답답한 마음에 유정상이 먼저 물었지만 그는 대답 없이 그저 고민에 잠시 머뭇거릴 뿐이었다.

그러다가 곧 그가 입을 열었다.

"지금은 곤란하오."

"곤란하다고?"

"당신을 원래대로 데려다주고 움직이면 내가 늦게 되니까."

뭔가 다급한 일이 있는 모양이었다.

"게다가 당신을 내 버려두면 차원의 틈에 갇혀 영원히 떠돌게 될 거요."

"그럼 네가 가야할 곳으로 날 데려가라고, 네 일을 방해하지는 않을 테니까."

"……."

"거짓말이 아니야."

"알고 있소."

"알고 있다고?"

유정상은 녹색의 기사에 대해 아는 바가 없는데 그는 자신을 잘 알고 있다는 투로 말했다.

하지만 이런 다급한 상황에서 쓸데없는 이야기로 말꼬리를 물고 늘어질 수는 없다는 생각에 애써 호기심을 누르고 급한 말부터 했다.

"어쨌건, 여기에 남을 수는 없으니까 네가 가야 할 곳으로 그냥 가자고, 일이 마무리되면 그때 혼자 돌아갈 수 있으면 가는 거고, 못하면 데려다주고."

그 말에 녹색의 기사는 잠시 고민에 빠지는가 싶더니 곧 고개를 끄덕였다.

"……알겠소."

그는 순식간에 자신의 칼을 아공간에 집어넣더니 그곳에서 다시 푸른색 보석 하나를 꺼내고는 곧바로 그들 앞으로 던졌다. 그러자 그 푸른색 보석이 작은 폭발을 일으키면서 보랏빛의 구멍이 생겨났다.

그것을 확인한 녹색의 기사가 유정상의 몸을 더 꽉 붙들고는 그곳으로 뛰어들었다.

슈아아아아.

다시 깊은 구멍으로 빠져들어 갔고 잠시 후 유정상의 눈앞에는 또다시 새로운 공간이 생겨났다.

그런데 이번엔 이제껏 경험하지 못한 전혀 다른 공간이었다. 마치 우주에 떠 있기라도 한 것처럼 무중력 상태에다 사방에 보이는 크고 작은 불빛들이 마치 우주의 별들처럼 빛나고 있었다.

"여긴 어디지?"

"설명은 나중에 여유가 있을 때 하겠소."

"정말 바쁜가 보군."

"누군가의 운명과 세상의 운명이 걸려 있으니까."

"……?"

그 정도면 그렇게 바쁜 것도 이해가 된다.

누구의 운명을 말하는 것인지 조금 궁금하긴 하지만 지금은 그런 것을 물어볼 타이밍은 아니었다. 묻는다 해도 알려주지도 않을 것 같고 또한 알려준다고 해도 자신이 아는 사람도 아닐 것이다.

녹색의 기사는 유정상을 붙든 채로 빠르게 어딘가로 이동해갔다. 마치 슈퍼맨처럼 빠르게 날아 이동하는 그의 모습은 뭔가를 부지런히 찾고 있는 것처럼 보였다.

그리고 원하는 것을 찾았는지 다시 속력을 높이며 그곳을 향해 직선으로 빠르게 나아갔다. 유정상의 눈엔 다 비슷비슷해 보이는 장소라 다른 곳과의 차이점을 알 수 없지만 그에겐 이곳에 대한 독해력이 있을 것이다.

유정상이 잠시 혼란스러운 표정으로 주윌 돌아보는데 녹색의 기사는 원하는 장소에 도착했는지 이동하는 것을 멈추었다. 그리고는 다시 자신의 아공간을 열더니 이번에는 검은색의 보석을 꺼내 앞으로 던졌다.

펑!

다시 작은 폭발과 함께 흑갈색의 구멍이 생겨나자 녹색의 기사는 그 안으로 거침없이 뛰어든다.

분명 이동경로를 쉽게 파악하기 힘들 정도로 격렬하게 움직이고 있었음에도 어쩐지 유정상의 커서엔 지금이 이동이 모두 기록되고 있었다. 마치 내비게이션에 이동경로가 저장되고 있는 것처럼 느껴지는 것이 아마도 커서에게는 이곳이 아주 익숙한 장소 같았다.

아무튼 새롭게 진입한 공간에선 더욱 복잡한 세계가 눈에 펼쳐졌다. 짙은 파랑색의 공간이 나타난 것이다.

이곳에서의 움직임은 무중력의 공간이나 회색 안개에 휩싸인 공간보다는 좀 나았지만, 그렇다고 원래의 세상처럼 아주 자유롭다거나하는 건 아니었다.

그런 공간 멀리로 검은색의 집단들이 우글거리며 움직이는 모습이 보이자 녹색의 기사는 빠른 속도로 그곳을 향해 날아갔다.

그의 등에 매달려 그곳에 도착하니 그야말로 엄청난 숫자의 누더기 괴인들이 똘똘 뭉쳐서 와글거리고 있었다.

다만 앞서 만났던 괴인들과는 달리 저들은 모두 다리가 없는 것을 보니 확실히 인간은 아닌 듯 보였다.

그러나 유정상이 있는 이 공간은 어차피 허공에 만들어진 무중력의 공간이었기에 다리의 필요성은 그다지 없어보였다.

녹색의 기사는 먼저 유정상을 놓아주고는 놈들이 와글거리는 곳으로 뛰어들었다.

허공에서 몸을 제어하는 것은 그리 쉽지는 않았지만 유정상은 마력의 도움으로 금방 적응할 수 있었다.

일단 이 공간은 나름 마나가 제대로 충전되는 곳이어서 유정상으로서도 어느 정도는 싸울 수 있을 만 한 느낌이었다.

그런데 그때 백정과 주코, 산제이까지 모습을 드러냈다.

"앗! 주인! 괜찮은 거냐?"

"삐이이이."

"괜찮아 보인다."

녀석들이 괴인들에게 끌려가던 상황을 기억하며 걱정스럽게 말했지만 유정상은 그런 것을 설명할 틈이 없었다.

"그건 다음에 얘기하고 너희들은 이거나 도와!"

그렇게 소리치던 유정상이 앞서서 족히 3백 이상은 되어 보이는 누더기 괴인들을 향해 빠르게 이동했다.

소환수 셋도 곧바로 유정상의 의도를 파악하고는 그곳을 향해 이동했다.

처음엔 새로운 공간인데다가 중력이 작용하지 않는 곳이라 조금 어색했으나 이들도 마력을 능숙하게 다루었기에 곧 적응하고 움직이는 법을 터득해서 빠르게 이동했다.

녹색의 기사는 먼저 놈들 사이로 뛰어들어 검을 휘두르며 놈들의 머리통을 부수며 소멸시키고 있었다.

유정상은 그곳에 도착하자마자 먼저 인벤토리를 열어 아론다이트를 꺼냈다. 그러자 우타슈가 같이 소환되었다.

그는 새로운 공간임에도 금방 움직임에 적응하더니 자연스럽게 유정상곁으로 다가서서 물었다.

"검은 놈들이 적인가?"

"그래. 녹색의 기사는 아군이니까, 싸우려하지 마."

"알겠다."

은색의 검, 아론다이트를 든 우타슈가 유정상보다 앞서서 빠르게 움직이며 놈들 사이로 뛰어들었다.

그런데 우타슈도 한꺼번에 서너 놈씩 상대하는 걸 보면 이곳의 특성 때문인지 누더기 괴인 놈들이 그리 강하다는 느낌은 없었다.

이어서 군주 포인트 사용도 가능하다는 것을 확인한 유정상이 이번엔 흡혈귀들을 소환했다. 놈들도 원래 주코처럼 마법을 사용한 비행능력이 있던 놈들이었기에 무중력의 상태에서 움직임이 더 자유롭다고 판단한 것이다.

120여 마리의 뱀파이어들이 소환되자 검은색들끼리 마구 얽히며 싸우기 시작했다.

아직 수적으로는 조금 불리했지만 뱀파이어는 대등한 수준의 전투력이었고 다른 소환수나 유정상의 경우엔 앞도하고 있었으며, 특히 녹색의 기사는 여기저기서 번쩍이며 발군의 실력을 보이고 있었기에 오히려 싸움은 점차 유리한 국면으로 접어들었다.

그때 놈들이 뭉쳐 있던 사이에 있던 존재가 모습을 드러냈다. 처음엔 모두가 적이라고 생각했는데, 자세히 보니 놈들이 뭉쳐 있었던 이유는 그 존재를 공격하기 위함이었던 것이었다. 그 존재를 확인하고는 빠르게 다가갔다.

전신이 찢겨진 짙은 회색의 전투무복을 입고 있었으며, 긴 백발을 가진 당당한 체격의 사내였다.

그런데 중년으로 보이는 그의 얼굴은 어쩐지 익숙한 느낌이 들었다. 하지만 워낙 정신없는 전투를 치르는 순간이었기에 그런 것을 떠올릴 정신이 없었고 그저 놈들을 제거하는 것에 집중했다.

잠시 후 끈질기게 달려드는 누더기의 괴인들을 모두 제거한 유정상이 잠깐 한숨을 돌리는데 백발의 사내가 가까이 다가오더니 한참을 아무 말 없이 바라보는 것이다. 게다가 그 눈빛이 어쩐지 오랫동안 헤어졌던 친구를 다시 만난 것처럼 반가워하는 느낌이라 조금 의아한 기분이 들었다.

유정상이 이해할 수 없는 상황에 갸우뚱거리는데 그때, 백발의 사내가 먼저 말을 걸어 왔다.

"이제야 오셨군요. 스승님."

"뭐?"

"저, 이네크입니다."

"……!"

유정상은 믿기 힘든 그의 말에 순간 말문이 막혀 버렸다.

얼마 전 어린 시절의 이네크를 만나서 미션을 수행했을 때도 상당히 황당한 느낌이었는데 아무리 그렇다고 해도 이건 좀 너무 나간 것이 아닐까 하는 생각마저 들었다.

아니 그가 진짜 이네크라고 쳐도 왜 그가 이곳에 있는 것인지는 도무지 알 수가 없었다.

"정말 네가 이네크라고?"

"네. 다시 만날 수 있을 거라는 어머니의 말씀이 맞았군요."

"……."

황당해하는 유정상을 보면서도 이네크는 지금의 상황을 간단하게 설명했다.

지금 그들은 장소는 수많은 유계 중 한곳인 플레이그램이라는 곳으로 살아 있는 생명체는 존재할 수 없는 곳이라고 했다. 하지만 유정상은 살아 있으면서도 특수한 힘에 의해서 강제로 끌려온 경우라 특별히 강력한 힘을 발휘하고 있는 상황이었다.

"그럼, 넌 지금 살아 있는 게 아니야?"

"그렇습니다. 제 육체는 이미 수백 년 전에 소멸했습니다."

그 말을 들으니 유정상은 어쩐지 마음이 짠해졌다.

얼마 전까지만 해도 자신을 따르던 총명한 꼬마 녀석이었는데 이미 수백 년 전에 죽었고 지금의 자신은 사념에 불과하다고하니까 씁쓸한 마음마저 들었던 것이다.

"하지만, 저의 싸움은 아직 끝나지 않았습니다."

"무슨 싸움?"

"마신과의 싸움입니다."

"마신?"

갑자기 등장하는 황당한 레벨의 이야기에 유정상의 눈이 휘둥그레졌다. 아직까지 마신에 대해서는 그 존재에 대해서도 들은바가 없었던 것이다.

하지만 그의 얘기에 가장 놀란 건 주코였다.

"말도 안 돼! 마신은 이미 몇 백 년 전에 죽……. 아! 설마 마신과 함께 동귀어진했다는 전설속의 인간이 바로 당신이야?"

하지만 그런 주코의 말은 들은 채도 않은 이네크가 계속 유정상을 바라보면서 설명을 했다.

"지금의 마신 역시도 저처럼 사념만 남은 상태지만 놈의 야심은 죽어서도 멈추질 않았습니다. 놈은 끈질긴 사념만으로 신계의 기록인 통찰안의 빈틈을 뚫고 중심 시스템인 신의 커서를 훔쳐냈습니다."

언젠가 주코로부터 언뜻 들었던 통찰안이 다시 등장했다.

게다가 유정상의 커서가 바로 신의 커서이며 통찰안에 포함되어 있었던 거라는 말이다.

갑자기 전개되는 상황에 유정상은 그냥 따라가기도 버거울 정도였다.

"결국 마신 녀석이 통찰안의 커서를 얻으려는 그 때

저쪽에 있는 기사의 도움으로 저 역시 사념만으로 일시적인 부활을 하게 되었습니다."

이네크는 옆쪽에 서 있는 녹색의 기사를 가리키면서 그렇게 말했다.

"놈이 커서를 얻었던 그 순간에 난입한 저와의 격렬한 전투로 인해 커서가 파괴되며 여러 차원으로 흩어져 버린 겁니다."

아마 유정상의 머리에 커서가 날아와서 박힌 것은 바로 저 사건의 직후일 것이다.

"결국 마신은 신의 커서를 가지고 자신의 육체를 부활시킴과 동시에 여러 차원의 인간들을 정복하려는 움직임을 시작했습니다. 그것의 시작이 바로 방금 싸웠던 '크리퍼'란 놈들입니다."

크리퍼는 결국 마족들의 배후였으며 지구에 생겨나는 이상한 던전들과 연관이 있었다. 그 모든 것이 결국은 모든 차원을 지배하려는 마신의 야욕이었다는 것이다.

"크리퍼 놈들은 마신의 수족처럼 움직이며 전 차원을 뒤져 커서의 조각을 얻으려 했습니다만 결국 스승님의 활약 때문에 실패를 했습니다."

"그럼, 저 녹색의 기사는……?"

"OS 디펜서, 그린나이트입니다. 그는 OS 지킴이로서 커서가 놈들의 손에 들어가는 걸 막기 위해 저와 함께 싸우고 있던 존재입니다."

유정상도 드디어 자신이 가진 커서가 신들이 만든 OS에 있던 프로그램의 일종이라는 것을 알게 되었다.

커서는 결국 그것을 가지려는 마신과 막으려던 이네크와의 싸움으로 파괴되었고, 그것의 조각 중 하나가 유정상의 머리에 박혔던 것이다.

"저는 스승님이 주고 떠나신 반지를 통해 그동안 있었던 모든 기억을 읽을 수 있었습니다. 그 기억을 통해 커서라는 존재에 대해 의구심을 가졌고, 결국 평생 그 사건을 추적해서 여기에 이른 것입니다. 하지만 저도 300년이라는 긴 시간이 걸릴 줄은 미처 몰랐습니다."

꿀꺽.

유정상은 300년이라는 이네크의 말을 듣자 얼마나 긴 세월일지 감도 오지 않아 자신도 모르게 침을 삼켰다.

그런데 그때 저기 멀리서 온몸에 붉은 불꽃이 이글거리는 존재가 그들 앞에 모습을 드러냈다. 붉은 피부위로 기괴한 문신을 전신에 한 것 같은 모습의 근육질의 사내였다.

양옆으로 회오리처럼 휘말려 있어서 괴기스럽게 생긴 두 개의 거대한 뿔 때문에 그 얼굴이 주는 압도감이 어마어마했다. 괴이한 분위기를 가진 놈의 등장에 소환수들은 한꺼번에 모두 몸이 굳어 버렸는지 전혀 움직이지도 못했다.

그런 반응은 백정이나 주코, 산제이 그리고 우타슈도 마찬가지였다.

"그렇다면 저게, 마신……?"

"그렇습니다. 저놈은 지금 스승님이 가지고 계신 완전한 커서를 노리고 있을 겁니다."

"내가 커서를 가지고 온 건 결국 잘못된 거잖아."

"아뇨, 커서 마스터만이 녀석을 완전히 소멸시킬 수 있습니다."

어차피 커서는 이곳으로 올 운명이었다. 다만, 가지고 오는 주체가 다르니 그 용도가 달라질 뿐이었다.

마신의 붉은 눈동자가 유정상의 커서로 향했다.

아무래도 놈의 목적이 커서라는 건 분명해보였다.

하지만 유정상이 곁에 있던 이네크가 부담스러운지 계속 경계하고 있는 눈치였다.

"제가 녀석과 싸울 동안 놈을 마무리 해주십시오."

"놈의 약점은?"

"그건 저도 모릅니다."

"그걸 모른다면서 어떻게 마무리 하라고?"

"커서를 사용하면 된다는 것만 알고 있을 뿐 그 이상은 저도 알지 못합니다."

'하긴 커서를 직접 사용해보지 않았다면 그 사용법을 알리 없겠지.'

유정상이 알겠다며 수긍하자 그가 순간 이동으로 놈의 곁으로 다가가 공격을 시작했다.

그와 동시에 놈의 주변으로 무수히 생겨나는 검은색 괴인, 아니 크리퍼들.

놈들이 유정상이 있는 곳으로 빠르게 모여들었다.

그러자 그린나이트가 자신의 검을 들고 놈들에게 빠르게 다가갔고, 그제야 정신을 차린 유정상의 소환수들이 다시 놈들을 향해 빠르게 돌진해 들어갔다. 하지만 놈들의 숫자는 천을 훌쩍 넘어갈 정도로 어마어마했다.

필사적으로 소환수들과 녹색의 기사가 놈들을 몰아붙이며 길을 열었다. 놈들도 필사적이기는 마찬가지. 그 때문에 이네크와 마신이 싸우는 장소까지 다가가는 것이 쉽지가 않았다.

유정상도 순간이동으로 돌파하고 싶었지만 이곳에서는 공간왜곡이 너무 심해서 이동계열 스킬이 전혀 발동되지 않았다.

그 때문에 강제로 돌파해야만 하는 상황.

놈들이 잔뜩 몰려 있는 곳을 향해 폭격펀치를 수차례 시전했다.

콰가가가가가.

공격당한 놈들이 충격에 그 자리에서 튕겨나가기는 했지만 쉽사리 소멸하지는 않았다.

놈들의 방해가 심해 마신과 이네크의 싸움이 있는 곳으로 커서를 보내려고 했지만 그것도 안 된다.

일정 거리 이상은 커서가 영향을 미치지 않는다는 걸 알고 있었지만, 이곳에서는 그 거리조차 이상하리만큼 짧았으니 무조건 싸우고 있는 곳까지 다가가야만 했다.

거기다 크리퍼놈들은 하나하나가 만만치 않은 놈들이었다.

생긴 건 거의 같아도 놈들의 전투력은 편차가 심한 편이라 놈들 사이에 오버스러울 정도로 강한 놈들이 섞여 있어서 흡혈귀들이 그놈의 손톱 공격에 의해 순식간에 5마리 이상 소멸해 버리는 일도 발생했다.

그렇게 강한 놈들이 발견되면 가장 강한 소환수 넷 중 하나가 나서거나 그린나이트가 나서 처리하며 힘의 균형을 맞춰가고 있었다.

드래그 팩터라도 사용가능했다면 아군의 숫자라도 불릴 수 있을 테지만 그것도 사용불가능. 거기다 커서 방패도 생겨나지 않아 방어에도 취약해져 있었다.

유정상은 자신이 가진 능력을 최대한 발휘해야만 했다.

휘리리리릭.

반월광이 뭉쳐 있는 놈들을 향해 날아갔다.

기존의 반월광보다는 위력이 약해져 있었지만 그래도 기본 파괴력이 가장 강한 공격. 크리퍼 7놈을 한꺼번에 토막 내 버리자 그 자리에서 바로 소멸해 버렸다.

하지만 크리퍼들은 계속 자리를 메우며 유정상의 이동에 방해를 주었다.

그때 주코가 유정상 쪽으로 다가와 소리쳤다.

"주인! 우리가 엄호할게! 한 번에 돌파하자!"

그리고 유정상의 주변을 주코, 백정, 산제이가 감싸듯 보호했다. 유정상이 고개를 끄덕이자 곧바로 놈들을 향해 돌파를 시작했다.

선두에 있던 산제이가 눈앞으로 다가오는 놈들을 빠르게 베었고, 측면에 있던 백정과 주코가 그것을 보조했다.

그러자 우타슈가 빠르게 따라 붙었고, 곧 그린나이트도 유정상의 곁에 붙었다. 동시에 마구잡이식으로 싸우던 흡혈귀들고 쐐기형의 대열을 만들며 그들을 둘러쌓다.

모든 병력이 오로지 놈들을 일직선으로 뚫고 지나가기 위한 형태로 바뀌자 싸움의 양상도 조금 변해갔다.

전체적으로 균형을 가진 싸움이 놈들의 포위에 압박을 심하게 받자 주변에 있던 흡혈귀들을 우선으로 놈들의 미친 듯한 공격에 쓸려나가기 시작했다. 그러나 소모가 많은 만큼 뚫고 들어가는 것도 속도가 붙었다.

좌르르르륵!

한순간에 십여 기의 흡혈귀가 쓸려나갔다. 마치 대기권을 돌파하는 로켓처럼 동체의 일부분이 떨어져 나가듯 뭉텅뭉텅 사라졌다. 하지만 그런 것을 신경 쓸 수는 없는 일이었다.

지금은 오로지 마신을 소멸시키는 것이 사명일뿐이다.

그리고 놈들 진영을 절반 이상 뚫고 들어갔을 때 소환 흡혈귀가 모두 소멸해 버렸다.

그 상태에서 그를 지켜주는 것은 다섯뿐.

하지만 이들은 흡혈귀와는 전혀 다른 레벨의 존재들이라 빠른 돌파에도 꽤나 견고하게 유정상을 보호하며 이동했다.

"캇!"

산제이가 이상한 소리를 질렀다.

선두에 있다 보니 놈들의 공격에 당해 팔 하나가 잘려 나간 모양이었다. 그런데 문제는 이 유계에선 재생이 되지 않는지 그 상태로 계속 싸우고 있다는 것이다.

그리고 곧 주코의 힐링 마법도 멈추었다. 그나마 녀석의 힐링에 연장하던 생명력들이 빨리 빠져나가기 시작했다. 그 상태에서 백정의 검 하나가 부러져 나갔다.

그리고 놈들의 무리를 끝이 조금 보이려고 할 때 유정상이 준비를 마쳤다.

"길을 열어!"

그러자 다섯이 동시에 앞을 향해 남은 공격력을 퍼붓고는 유정상의 곁에서 떨어져나갔다. 그리고 동시에 유정상이 반월광 4개를 한꺼번에 날렸다.

콰라라라라라.

마지막 힘을 쏟아 부은 반월광이 폭발적인 힘을 뿌리며 놈들을 뚫고 지나갔고, 그것을 쫓아 유정상이 빠르게 나아갔다.

잠시 후 놈들이 뭉쳐 있던 그곳 끝에 반월광 한 개만이 뚫고 나오자 약간의 구멍이 생겼고, 그곳을 유정상이 빠른 속도로 빠져나왔다. 그리고 이네크와 마신의 전투영역으로 진입, 본능적으로 커서를 회전시켜 그곳을 뚫고 들어갔다.

싸움은 이미 극에 달해 이네크는 팔 하나를 잃은 상태로 고전하고 있었지만, 마지막 사력을 다해 놈과 혈전을 벌이고 있었다. 유정상이 그곳을 뚫고 들어왔다는 것을 전혀 인식하지 못할 정도로 둘의 싸움은 치열하기만 했다.

그 상태에서 유정상이 커서를 이동시켜 마신의 몸 쪽으로 보냈다. 하지만 놈의 움직임이 너무 빨라 커서를 고정시키기가 쉽지 않았다.

그런데 그때 놈의 몸에서 얼핏 뭔가가 보였다가 사라졌다.

순간 그것이 무엇인지를 깨달은 유정상이 놈의 움직임을 쫓아 커서를 움직였다. 하지만 역시 움직임이 너무 빠른 탓에 얼핏 뭔가가 보일뿐 전혀 커서에 잡히지 않는다.

그러던 차에 문득 유정상의 머리를 스치는 생각.

'오른쪽 클릭?'

그 순간 커서에서 오른쪽 비활성 상태창이 떴다.

[삭제]

'저거다!'

이제부터는 타이밍 싸움이었다. 놈의 빠른 움직임에 맞춰 커서를 빠르게 움직였다. 동시에 유정상은 자신의 모든 감각을 끌어올려 그것에 집중했다.

팟! 팟!

두 존재들의 싸움은 그야말로 천외천의 싸움이었다. 지금의 유정상이 모든 힘을 다 가지고 있었다하더라도 감히 상대할 수 없을 정도의 엄청난 놈들이었다.

겨우 사념만으로도 저만한 능력을 가진 녀석들이니 본신

의 힘을 얻는다면 마신이 얼마나 강해질지 감도 오지 않았다. 거기다 놈이 지구를 노린다면 막을 방법도 없을 것이다.

번쩍! 번쩍!

놈의 빠른 움직임이 조금씩 적응되어가고 있었다. 불규칙한 움직임이라고 생각했는데 그 움직임도 큰 틀에선 규칙이 존재했다.

그것을 조금씩 이해하며 쫓다보니 한순간 찰나의 기회를 발견했다. 그리고 커서를 미리 조금 앞에 가져갔고, 동시에 놈의 몸에 커서가 닿으려할 때 오른쪽 클릭을 했다.

[삭제]

놈의 붉은 심장이 지정되며 동시에 활성화된 삭제버튼이 생성되었다. 유정상은 생각할 겨를도 없이 그것을 클릭했다.

딸깍!

【크어어억!】

마신이 이네크에게 강력한 일격을 날리려다 비명을 질렀다.

그리고는 놈의 붉은 눈이 유정상을 향했다.

이제야 가까이 접근한 그를 발견한 것이다. 그리고 녀석의 전신에서 엄청난 에너지가 유정상을 향해 뻗어나갔다.

[삭제하시겠습니까?]

"그딴 걸 왜 물어? 당연하잖아!"

[삭제합니다.]

유정상을 향해오던 에너지파가 순식간에 소멸해 버렸다.

어느새 유정상을 막아선 이네크가 최후의 공격을 막은 것이다.

【워어어어어어!】

지정되어 있던 놈의 심장이 갑자기 종적을 감췄다.

그리고 동시에 놈이 소리를 지르더니, 가뭄에 논바닥이 갈라지듯 전신이 쩍쩍 갈라졌다.

그리고 그 사이에서 빛을 사방으로 뿌렸다.

콰아아앙!

마신의 몸이 결국 터져나가며 소멸했고, 더불어 크리퍼들도 전신이 가루처럼 변하며 쏟아져 내리기 시작했다.

그렇게 그들의 처절한 싸움이 끝이 났다.

한동안 모두는 마신과 크리퍼들이 사라진 모습을 멍하게 바라보고 있었다. 그리고 곧 현실로 돌아왔다.

"이젠 끝났네."

격한 상황이 끝난 유정상이 팔이 떨어지고 전신이 엉망이 돼 버린 이네크를 보며 말했다. 그러자 이네크가 피식 웃었다.

"네. 길고 길었던 싸움이 이제야 끝이 났군요."

"너에겐 정말 길었겠네."

그렇게 말한 유정상의 시야에 그린나이트의 너덜너덜한 모습이 보였다.

"……커서를 회수할 건가?"

"……."

"나 바보 아니야. 그 정도는 눈치 채고 있었으니까, 속일 필요는 없어."

유정상의 말에 주코가 화들짝 놀라며 끼어들었다.

"주인, 무슨 말이야? 커서를 저 녀석에게 줄 거야?"

"뭐야? 네가 가장 좋아할 거라 생각했는데."

"개소리 하지 마! 가족이 서로 욕한다고 사라지길 원하는 놈이 어디 있어?"

"……가족?"

그들의 그런 모습을 본 그린나이트가 한숨을 푹 쉬었다.

"신파극 그만하시오. 손발이 오글거려 더 이상 못 보겠소."

"큼……. 커서는 원래의 곳으로 가져갈 테지?"

유정상의 말에 한 번 더 한숨을 쉰 그린나이트가 고개를 가로저었다.

"아니, 그런 일은 없을 거요. 애초에 회수하려고 이곳까지 온 게 아니니까."

"……."

"이미, 새로운 커서가 자리를 대신하고 있는 마당에 다시 가져가봐야 휴지통으로 직행이지."

"그, 그럼……?"

"마신의 손에 들어가지 않게 하는 게 내 목적이었고, 원래대로라면 커서를 입수하는 즉시 소멸시켜야 할 테지만…… 커서도 자신의 보금자리를 찾은 것 같으니, 난 그냥 이대로 돌아갈 생각이오."

순간 주코의 표정이 굳어 버렸다.

괜한 신파까지 하며 난리법석을 떨었던 것이 떠올라 머리를 감싸 쥐었다.

"끄아아아! 나 돌아갈래!"

마신을 쓰러뜨리고 세 달이 지났다.

일본에 나타난 마족들은 화려하게 등장한 천상의 군대가 깨끗하게 정리해 버렸다. 그 후로는 전 세계의 그 어떤 던전들도 이상을 일으키는 일은 발생하지 않았다.

오히려 대부분의 던전이 안정화되었고, 이젠 헌터들도 안정적인 사냥이 가능해졌다. 급작스러운 던전의 변화가 대부분의 던전 관련자들에게 험난한 시련을 안겨주기도 했지만, 그만큼 강한 헌터들을 양성하는 계기가 되기도 했다. 그렇게 전 세계는 다시 던전 사냥이라는 열풍이 불었고, 안정이 되어갔다.

끼익!

미리 예고된 부산 기장에 생성된 5급 던전 '지옥의 불길' 던전 근처에 고급세단 차량 한 대가 멈춰 서자 많은 기자들과 사람들이 몰려들었다.

그들은 차량 인근에서 사진을 찍으며 잔뜩 기대한 얼굴로 차에서 내릴 누군가를 기다렸다.

그리고 곧 차의 문이 열리자 카메라 플래시가 마구 터졌다.

탁.

차에서 나온 헌터복장의 사내.

그는 공지훈이었다.

"아아, 이런. 너무 관심집중이네."

하지만 차에서 더 이상 내리는 사람이 없다는 사실을 알고는 대부분의 사람들이 실망한 얼굴이 되었다.

공지훈이 블랙로브와 함께 움직인다는 사실은 이제 누구나 알고 있는 사실이었고, 공지훈이 SNS를 통해 미리 공략할 던전과 날짜를 공개한 덕분에 엄청난 사람들과 언론들이 몰려들었다.

당연히 블랙로브도 모습을 드러낼 거라 예상한 탓이다.

그러나 그곳에 나타난 것은 공지훈 혼자였다.

물론 공지훈도 훌륭한 뉴스거리기는 했지만 그렇다고 이 많은 사람들이 그를 위해 몰려든 건 아니었다.

공지훈이 던전에 들어갈 때쯤엔 이미 대부분의 사람들이 그곳을 빠져나가고 있었다.

"5급 던전 따위에 올 리가 없잖아. 쯧쯧."

그 모습을 본 공지훈이 작게 중얼거리며 어깨를 한 번 으쓱하고는 던전 속으로 들어갔다.

그리고 그 시각 던전 인근 10키로 지점 바닷가 근처의 한 던전에 검은색 복장의 사내가 모습을 드러냈다.

검은 로브를 뒤집어쓴 사내. 블랙로브였다.

최근 그는 너무 많은 관심을 받고 있던 탓에 이렇게 공지훈과 같이 이동하면서도 이런 방법으로 사람들을 따돌렸다.

그리고 유정상이 이곳에 온 이유는 최근 생성된 2급 던전을 공략하기 위함이었다.

느긋한 발걸음으로 유정상이 던전에 들어가려던 찰나 그의 감각에 뭔가가 걸렸다.

그리고 그 감각이 생소하지 않은 것이라 한숨을 푹 쉬었다.

"젠장. 끈질기네."

그렇게 고개를 절레절레 흔드는데 그때 누군가 모습을 드러냈다.

"블랙로브! 한 말씀만 해주세요!"

카메라맨을 동반한 여자리포트가 거지꼴을 한 채로 숲에서 튀어나온 것이다.

그녀는 케이블 채널 JKBC의 '극한던전을 가다'의 진행자 고현아였다. 그런데 꼴을 보니 꽤나 오랫동안 유정상을 이곳에서 기다린 모양이었다. 그 노력이 가상해 유정상은 어깨를 축 늘였다가 곧 그녀를 향해 몸을 돌렸다.

그러자 그녀의 표정이 밝아지며 다시 소리쳤다.

"블랙로브, 던전 입장 전에 한 말씀 해주실 수 없을까요?"

"블랙로브가 아니다!"

"네?"

"이제부턴 나를 커서 마스터라고 불러!"

그렇게 말하고는 느긋한 동작으로 몸을 돌리더니 던전 속으로 유유히 사라져갔다.

"커, 커서 마스터?"

고현아는 그가 사라진 곳을 바라보며 고개를 갸웃거렸다.

〈완 결〉